本書爲國家社科基金重大項目
『漢魏六朝集部文獻集成（13&ZD109）』成果

唐詩證選

馬燕鑫 著

河北大學出版社
·保定·

責任編輯：郝　健
裝幀設計：趙　謙
責任校對：姚萌萌
責任印制：常　凱

圖書在版編目（CIP）數據

唐詩證選 / 馬燕鑫著 . — 保定 : 河北大學出版社 , 2021.12（2024.11 重印）
ISBN 978-7-5666-1936-5

Ⅰ . ①唐… Ⅱ . ①馬… Ⅲ . ①唐詩 – 選集 Ⅳ . ① I222.742

中國版本圖書館 CIP 數據核字 (2021) 第 239239 號

TANGSHI ZHENGXUAN

出版發行：河北大學出版社
地址：河北省保定市七一東路2666號　郵編：071000
電話：0312-5073003　0312-5073029
網址：www.hbdxcbs.com
郵箱：hbdxcbs818@163.com
印　　刷：涿州市般潤文化傳播有限公司
幅面尺寸：170 mm × 240 mm
字　　數：243千字
印　　張：16.25
版　　次：2021年12月第1版
印　　次：2024年11月第2次印刷
書　　號：ISBN 978-7-5666-1936-5
定　　價：68.00 元

自　　序

《昭明文選》於李唐一代詩文，沾溉弘多。唐人文集之注，近世證《選》之作，皆以《文選》爲詞林語海，潛搜賾索，不遺餘力，可藉以覘其大略矣。雖然，亦有不能愜人意者，概而言之，其病有三：

一曰貪多務博，唯求形似。詩家落筆，自鑄語詞，未必皆有出處，後人一一究其來歷，强斷其有據，必謂其有本，失之在泥。或字面偶同，用意兩别，不加審辨，附會牽合，失之在惑。子美《望嶽》"蕩胸生層雲，决眥入歸鳥"，上句仇氏引《南都賦》"淯水蕩其胸"爲注，不知"蕩胸"本常語，何嘗用典，且《南都》"蕩其胸"者，言淯水流蕩於南陽之前，杜詩與之兩不相涉；下句李氏謂出《子虚賦》"中必决眥"，《子虚》"决眥"謂箭中獸目，使其眥裂，杜詩"决眥"謂窮極目力，語本曹植《冬獵篇》"張目决眥"，與長卿之語字同義乖。又《自京赴奉先縣詠懷五百字》"以兹悟生理"，杜詩"生理"謂立身之道。注家引嵇康《養生論》"悟生理之易失"爲典，不知後者乃養生之理。且"生理"爲習見語，何待假借。再如《劍門》"雞犬各相放"，謂三皇五帝時，蜀地與中原不通職貢，杜詩取義蓋本《老子》雞犬聲聞，不相往來。注家乃引潘安仁《西征賦》述新豐事"混雞犬而亂放"，何其乖剌。夫仲尼陽虎，狀類心異，周鼠鄭璞，名同義殊，豈可强作眷屬，妄稱一物。歷來注家不免此弊，直同買菜求益，翻使治絲愈棼。

二曰不辨版本，罔顧異文。《文選》傳鈔，諸本紛呈，字句互異，文義爰殊。注家不辨町畦，混淆甲乙，或箋而不確，或漏而失注。白樂天《想東遊》"投竿出比目"，語出《西都賦》"投文竿，出比目"。注家不知五臣本作"投"，李善本作"揄"，乃引潘尼"沉鉤出比目"爲典，未能探源。岑嘉州《白雪歌》"瀚海闌干百丈冰，愁雲黲淡萬里凝"，鋪衍《詠霍將軍北伐》"瀚海愁雲生"句。注者不知五臣本作"愁雲"，李善本作"愁陰"，竟亦失注。他若權載之《旅館雪晴》"廣庭積素偏相映"，語本《雪賦》"積素未虧"，所據爲李善本，而不用五臣本之"積雪"；李文饒《述夢詩》"重價連懸璧"，語出《重贈盧諶》"握中有懸璧"，亦從李善本，而不用五臣本之"玄璧"；李太白《東海有勇婦》"名在列女籍"，用五臣本《白馬篇》"名在壯士籍"，而不用李善本"名編壯士籍"；杜子美《後出塞》"召募赴薊門"，用五臣本《東武吟》"召募到河源"，而不用李善本"占募到河源"。又如儲光羲《遊茅山》"九衢平若水"，用鮑明遠《結客少年場行》句，"衢"字與敦煌本同，而諸本作"塗"；竇庠《于闐鐘歌》"恐剕此鐘無一聲"，用陳孔璋《答東阿王牋》語，"剕"字與《音決》本同，而諸本作"拂"。此皆注家之所輕忽，而吾人之所當留意者也。

三曰疏於注語，昧於家數。唐人注《選》，今所知者尚有八九家之多，而各懷異説，屢見歧解。文士援據，因時取宜，左右采獲，不拘一家。後人風合馬牛，冠同張李，繆引注釋，誤解詩意，致使歧中生歧，何異夢裏説夢。李青蓮《獻從叔當塗宰陽冰》"遥知禮數絶，常恐不合並"，語本任彦昇《出郡傳舍哭范僕射》"平生禮數絶"。李善引《左傳》"名位不同，禮亦異數"，謂任、范二人名位懸絶。李周翰則云"交道相得，雖品命有異，不爲禮數"。太白謂已當初頗聞陽冰聲譽之隆，然因二人名位懸殊，雖懷仰慕，常恐無由會聚結交。其詩顯用李善之注。王琦不察詩意，輒引李周翰語爲注，不知太白此處追叙二人相識前之事，尚未謀面，何能稱"交道相得"，王注乖違殊甚。又岑嘉州《夜過盤石隔河望永樂》"盈盈一水隔"，語出《古詩十九首·迢迢牽牛星》"盈盈一水間"。劉良注"在一水之間"，"間"讀平聲。《文選音决》讀去聲"居莧反"，則當訓爲"隔"。岑詩一則云"隔河望"，再則云"一水隔"，是其讀"間"爲去聲，用《音决》之注。若劉文房《京口懷洛陽舊居兼寄廣陵二三知己》"一水阻佳期，相望空脉脉"，白香山《除官赴闕留贈微之》"一水盈盈路不通"，俱從《音决》。注家不詳詩意，不考注解，但引《古詩》原句，注猶未注。至如杜少陵《到村》“歸來散馬蹄”、《白露》“清晨散馬蹄”，皆用《白馬篇》“俯身散馬蹄”五臣注。《投簡成華兩縣諸子》“朝廷故舊禮數絶”用上舉任彦昇詩李善注。《别贊上人》“百川日東流，客去亦不息”，則兼用謝玄暉“大江流日夜，客心悲未央”句李善、五臣注。李氏《證選》謂少陵不取五臣注，蔽於成見，殊乖情實。吾人從事於此，固當涇渭有辨，弗使淄澠相淆。

有唐詩人，二千餘家，《昭選》衣被，固非一人。羅隱《文選閣》云“間生元子出蕭梁，作選爲書化萬邦”（《全唐詩續補遺》卷十二），昭諫唐人，述當世見聞，必非虚語。劉彦和稱《楚辭》一書，“才高者菀其鴻裁，中巧者獵其艷辭，吟諷者銜其山川，童蒙者拾其香草”，唐人於《選》，亦猶乎是。惜乎後世箋注唐人詩集，多在名家，於二千餘家之數，十不足一。證《選》之作，尤爲寥寥。清初錢陸燦評點《文選》，曾有鉤稽，洵具隻眼。然其所及唐人二十五家，除少陵、義山外，率皆一條（此趙俊玲説）。李審言所作《證選》，允爲佳構，而獨少陵、昌黎兩家。時賢或廣續李書（如金啓華、丁紅旗、林英德、路元敦），或旁及他家（如劉鵬、林英德），雖有新獲，皆窺豹一斑，未及全體。今據《全唐詩》諸書，弋釣纂排，彙爲一編，庶有裨於觀李唐一代之詩歌風習，亦可爲治《文選》者之一助。

目　　録

凡　　例

一、本編唐詩含《全唐詩》，河世寧《全唐詩逸》，王重民《補全唐詩》《補全唐詩拾遺》，孫望《全唐詩補逸》，童養年《全唐詩續補遺》，陳尚君《全唐詩續拾》。

二、本編《文選》諸本，李善本爲南宋淳熙八年尤袤本，五臣本爲南宋紹興三十一年陳八郎本、朝鮮正德四年本，《文選鈔》《文選音决》及陸善經本爲集注本。

三、本編所録諸條，求其確切，凡字同義殊者不録，熟典習語者亦不盡録。至若失察罣漏，在所不免，庚續補苴，則俟諸來日。

四、《文選》各本文字不同者，則標明異文；《文選》各家注解相異者，則引據原注，以見詩家之從違。

五、《全唐詩》文字與《文選》不盡相同，各依其舊，不求齊一。

六、前賢時流之書，頗有參觀，亦加揀擇，不能備注，非敢掠美。

七、正文依《全唐詩》諸書卷目爲次，逐條羅列。末編附録，依《文選》篇卷爲次，庶便檢索。

前　　編

《全唐詩》

卷一

太宗皇帝《賦得白日半西山》。【案】《文選》卷二七王仲宣《從軍詩五首》其三句。

《置酒坐飛閣》。【案】《文選》卷三一江文通《雜體詩·魏文帝遊宴》句。

《賦得秋日懸清光賜房玄齡》。【案】《文選》卷二七江文通《望荆山》句。

卷三〇

王珪《詠漢高祖》“鴻門既薄蝕”。【案】《文選》卷二一謝宣遠《張子房詩》“鴻門銷薄蝕”。

袁朗《賦飲馬長城窟》“朔風動秋草”。【案】《文選》卷二九王正長《雜詩》成句。

《和洗椽登城南坂望京邑》“南登少陵岸，還望帝城中”。【案】《文選》

卷二三王仲宣《七哀詩二首》其一“南登霸陵岸，迴首望長安”。

卷三一

魏徵《暮秋言懷》“歲芳坐淪歇”。【案】《文選》卷二二鮑明遠《行藥至城東橋》“容華坐消歇”。

卷三三

劉孝孫《送劉散員同賦陳思王詩游人久不歸》。【案】《文選》卷二〇曹子建《送應氏詩二首》其一“遊子久不歸”。賦得舊句，不容有誤字，疑初唐有本即作“人”字。此首又見卷七七〇賀朝清。

又“鄉關渺天末，引領悵懷歸”。【案】《文選》卷三〇陸士衡《擬蘭若生朝陽》“引領望天末”。

又“羈旅久滯淫”。【案】《文選》卷二三王仲宣《七哀詩二首》其二“何爲久滯淫”。

卷三四

楊師道《侍宴賦得起坐彈鳴琴二首》。【案】《文選》卷二三阮嗣宗《詠懷詩·夜中不能寐》句。又見卷七六九楊希道。

《詠笙》“短長插鳳翼，洪細摹鸞音。能令楚妃歎，復使荆王吟。切切孤竹管，來應雲和琴”。【案】《文選》卷十八潘安仁《笙賦》“寫皇翼以插羽，摹鸞音以厲聲”，又“荆王喟其長吟，楚妃歎而增悲”。卷三五張景陽《七命》“吹孤竹，拊雲和”。又見卷七六九楊希道。

《奉和聖製春日望海》“浮天駭浪長”。【案】《文選》卷十二木玄虛《海賦》“浮天無岸”。

卷三五

許敬宗《送劉散員同賦陳思王詩山樹鬱蒼蒼》。【案】《文選》卷二四曹子建《贈白馬王彪》其二句。

卷三七

王績《薛記室收過莊見尋率題古意以贈》"酌醴焚枯魚"。【案】《文選》卷二一應休璉《百一詩》成句。

《在京思故園見鄉人問》"去剪故園萊"。【案】《文選》卷三〇謝玄暉《觀朝雨》"去翦北山萊"。翦，九條本作"剪"。

卷三九

張文琮《詠水》"方流涵玉潤，圓折動珠光"。【案】《文選》卷二六顏延年《贈王太常》"玉水記方流，琁源載圓折"。李善注："《尸子》曰：凡水，其方折者有玉，其圓折者有珠。"五臣注同。

卷四一

盧照鄰《中和樂九章・歌明堂第二》"左平右城"。【案】《文選》卷一班孟堅《西都賦》"左城右平"，又卷二張平子《西京賦》"右平左城"。

《于時春也慨然有江湖之思寄贈柳九隴》"翔禽鳴我側，旅獸過我前"。【案】《文選》卷二四曹子建《贈白馬王彪》其四"寒蟬鳴我側"，又卷二六陸士衡《赴洛道中作二首》其一"孤獸更我前"。

《懷仙引》"若有人兮山之曲"。【案】《文選》卷三三屈平《九歌・山鬼》"若有人兮山之阿"。王逸注："阿，曲隅也。"

卷四二

盧照鄰《劉生》"但令一顧重，不悋百身輕"。【案】《文選》卷三〇謝玄暉《和王主簿怨情》"生平一顧重，宿昔千金賤"。

《初夏日幽莊》"風煙鳥路長"。【案】《文選》卷二六謝玄暉《暫使下都夜發新林至京邑贈西府同僚》"風雲有鳥路"。雲，五臣本作"煙"。盧氏不及見五臣《文選》，其作"煙"者，蓋據别本。盧曾從曹憲學訓詁之學，意其或兼習選學，然則所用當爲曹本。李善雖爲憲之弟子，其所據之本亦有與本師不同者。

卷四三

李百藥《賦得班去趙姬升》。【案】《文選》卷二八鮑明遠《白頭吟》句。

卷四四

任希古《和李公七夕（謝惠連體）》。【案】《文選》卷三〇謝惠連《七月七日夜詠牛女》。任詩擬之。

卷四五

陳元光《太母魏氏半徑題石》“曹侯感舊詩”。【案】《文選》卷二九曹顔遠《感舊詩》。

卷四七

張九齡《冬中至玉泉山寺屬窮陰冰閉崖谷無色及仲春行縣復往焉故有此作》“石壁開精舍，金光照法筵”。【案】《文選》卷二二謝靈運《石壁精舍還湖中作》。李善注：“精舍，今讀書齋是也。”吕向注：“言靈運游山寺也。”曲江詩以精舍爲寺，與五臣注同。九齡於開元二十四年貶荆州長史，吕延祚進《五臣文選》在開元六年，則其所據蓋即五臣本。此後如卷一九二韋應物《藍嶺精舍》、卷二七〇戎昱《題招提寺》，皆以精舍爲佛寺。

《題畫山水障》“而迫區中緣”。【案】《文選》卷二六謝靈運《登江中孤嶼》“緬邈區中緣”。唐人詩用“區中緣”者甚多。

卷四八

張九齡《和韋尚書答梓州兄南亭宴集》“始知西峙嶽，同氣此相求”（注：陸平原《贈弟》有“子爲東峙嶽”之句）。【案】《文選》卷二四陸士衡《又贈弟士龍》“我若西流水，子爲東跱岳”。跱，五臣作“峙”。

《酬王六寒朝見詒》“忽枉兼金訊”。【案】《文選》卷二四陸士衡《贈馮文羆》“良訊代兼金”。

《送竇校書見餞得雲中辨江樹》。【案】《文選》卷二七謝玄暉《之宣城出新林浦向版橋》句。

《送韋城李少府》"相知無遠近，萬里尚爲鄰"。【案】《文選》卷二四曹子建《贈白馬王彪》其六"丈夫志四海，萬里猶比鄰"。

《自豫章南還江上作》"磷磷見底清""況乃濯吾纓"。【案】《文選》卷二七沈休文《新安江水至清淺深見底貽京邑遊好》"俯映石磷磷"，又"願以潺湲水，沾君纓上塵"。

《望月懷遠》"滅燭憐光滿，披衣覺露滋"。【案】《文選》卷二五謝宣遠《答靈運》"開軒滅華燭，月露皓已盈"。皓，五臣作"浩"。

《初秋憶金均兩弟》"憂喜嘗同域"。【案】《文選》卷十三賈誼《鵩鳥賦》"憂喜聚門兮，吉凶同域"。

卷四九

張九齡《酬趙二侍御使西軍贈兩省舊僚之作》"忽枉兼金訊"。【案】見上卷《酬王六寒朝見詒》。

又"嘗欲退微躬"。【案】《文選》卷二二沈休文《遊沈道士館》"便欲息微躬"。

《洪州西山祈雨是日輒應因賦詩言事》"兹山蘊靈異"。【案】《文選》卷二六范彦龍《古意贈王中書》"岱山饒靈異"。

《登樂遊原春望書懷》"表裏見皇州"。【案】《文選》卷二八鮑明遠《結客少年場行》"表裏望皇州"。

《郡内閑齋》"庭蕪日復滋"。【案】《文選》卷三一劉休玄《擬行行重行行》"庭中緑草滋"。

《當塗界寄裴宣州》"如何分虎竹"。【案】《文選》卷三一鮑明遠《擬古三首》其一"將以分虎竹"。虎竹，五臣作"符竹"。卷一六四李白《塞下曲六首》其五"將軍分虎竹"，卷八一五皎然《答蘇州韋應物郎中》"受辭分虎竹"，皆從李善本作"虎竹"。作"符竹"者，有卷四六三李諒《蘇州元日郡齋感懷寄越州元相公杭州白舍人》"絲綸暫厭分符竹"，卷四七七李涉《與梧州劉中丞》"又分符竹到天涯"，卷四八〇李紳《肥河維舟阻凍祇待敕命》"罷分符竹作閑官"，卷五四八薛逢《北亭醉後叙舊贈東川陳書記》"符竹謬分錦水外"。

卷五〇

楊炯《從軍行》"烽火照西京"。【案】《文選》卷二八鮑明遠《出自薊北門行》"烽火入咸陽"。

《有所思》"少别比千年"。【案】《文選》卷十六江文通《别賦》"暫遊萬里，少别千年"。文通賦又襲用鮑明遠《升天行》"暫遊越萬里，近别數千齡"。

《送梓州周司功》"舉杯聊勸酒，破涕暫爲歡"。【案】《文選》卷二五劉越石《答盧諶詩並書》"時復相與舉觴對膝，破涕爲笑，排終身之積慘，求數刻之暫歡"。

《途中》"鬱鬱園中柳，亭亭山上松"。【案】《文選》卷二九《古詩十九首·青青河畔草》成句。卷二三劉公幹《贈從弟三首》其二成句。

《和石侍御山莊》"酌醴焚枯魚"。【案】《文選》卷二一應休璉《百一詩》成句。

《送李庶子致仕還洛》"此地傾城日，由來供帳華"。【案】《文選》卷二〇孫子荆《征西官屬送於陟陽候作詩》"傾城遠追送，餞我千里道"。

《和劉侍郎入隆唐觀》"瀟灑軼浮埃"。【案】《文選》卷七楊子雲《甘泉賦》"騰清霄而軼浮景兮"。

卷五一

宋之問《入崖口五渡寄李適》"永謝區中緣"。【案】《文選》卷二六謝靈運《登江中孤嶼》"緬邈區中緣"。

《洞庭湖》"楚臣悲落葉"。【案】《文選》卷三二屈平《九歌·湘夫人》"洞庭波兮木葉下"。

卷五二

宋之問《春日山家》"丘中無俗事，身世兩相違"。【案】《文選》卷二一鮑明遠《詠史》“君平獨寂漠，身世兩相棄”。宋用鮑句，而寓意相反。

《寄天台司馬道士》“微尚日磷緇”。【案】《文選》卷二六謝靈運《初去郡》“伊余秉微尚”。

又“不寄西山藥，何由東海期”。【案】《文選》卷二二沈休文《宿東園》“若蒙西山藥”。

《送杜審言》“河橋不相送”。【案】《文選》卷二九李少卿《與蘇武詩三首》其三“攜手上河梁”。劉良注：“河梁，橋也。”宋早於五臣，其語與劉注同，皆有所本。

又“别路追孫楚，維舟弔屈平”。【案】《文選》卷二〇孫子荆《征西官屬送於陟陽候作詩》“傾城遠追送”。卷六〇顔延年《祭屈原文》“弭節羅潭，艤舟汨渚，乃遣户曹掾某，敬祭故楚三閭大夫屈君之靈”。同卷賈誼《弔屈原文》。

《晚泊湘江》“表裏見衡山”。【案】《文選》卷二八鮑明遠《結客少年場行》“表裏望皇州”。

《渡吴江别王長史》“銷魂獨黯然”。【案】《文選》卷十六江文通《别賦》“黯然銷魂者，唯别而已矣”。

卷五三

宋之問《早發始興江口至虚氏村作》“行剪故園萊”。【案】《文選》卷三〇謝玄暉《觀朝雨》“去翦北山萊”。翦，九條本作“剪”。

《發端州初入西江》“即事尋丹梯”。【案】《文選》卷二七謝玄暉《敬亭山》“即此陵丹梯”。

《稱心寺》“泄雲多表裏”。【案】《文選》卷六左太沖《魏都賦》“窮岫泄雲”。卷二七謝玄暉《敬亭山》“渫雲已漫漫”。渫，五臣作“泄”。

卷五四

崔湜《餞唐州高使君赴任》“遠道不可思，宿昔夢見之”。【案】《文選》卷二七《飲馬長城窟行》成句。宿，李善本作“夙”。

崔液《擬古神女宛轉歌二首》其一“願爲雙鴻鵠，比翼共翱翔”。【案】

《文選》卷二九《古詩十九首·西北有高樓》“願爲雙鳴鶴”。鳴鶴，五臣本作“鴻鵠”。崔液早於五臣，其所據之本與五臣同。卷二三阮嗣宗《詠懷詩·昔日繁華子》“願爲雙飛鳥，比翼共翱翔”。

卷五六

王勃《杜少府之任蜀州》“海内存知己，天涯若比鄰”。【案】《文選》卷二四曹子建《贈白馬王彪》其六“丈夫志四海，萬里猶比鄰”。

卷五七

李嶠《鷓鴣》“客子常畏人”。【案】《文選》卷二九魏文帝《雜詩二首》其二成句。

卷五八

李嶠《九月奉教作》“還當明月夜，飛蓋遠相從”。【案】《文選》卷二〇曹子建《公讌詩》“清夜遊西園，飛蓋相追隨。明月澄清景，列宿正參差”。

卷五九

李嶠《月》“玲瓏鑒薄帷”。【案】《文選》卷二三阮嗣宗《詠懷詩·夜中不能寐》“薄帷鑑明月，清風吹我襟”。鑑，五臣本作“鑒”。

《笙》“懸匏曲沃上，孤篠汶陽隈。形寫歌鸞翼，聲隨舞鳳哀”。【案】《文選》卷十八潘安仁《笙賦》“河汾之寶，有曲沃之懸匏焉。鄒魯之珍，有汶陽之孤篠焉”，又“寫皇翼以插羽，摹鸞音以厲聲”。

卷六〇

李嶠《簾》“纖纖上玉鈎”。【案】《文選》卷三〇鮑明遠《翫月城西門廨中》“纖纖如玉鈎”。

卷六一

李嶠《倡婦行》“團扇辭恩寵”。【案】《文選》卷三〇謝玄暉《和王主簿怨情》“辭寵悲班扇”。班，五臣作“團”。

卷六九

韋元旦《奉和九日幸臨渭亭登高應制得月字》“秦京游俠窟”。【案】《文選》卷二一郭景純《遊仙詩七首》其一“京華遊俠窟”。

《奉和幸安樂公主山莊應制》“方知朝野更歡娱”。【案】《文選》卷二一張景陽《詠史》“朝野多歡娱”。

卷七〇

李適《答宋十一崖口五渡見贈》“躋險造幽絶”。【案】《文選》卷三〇謝靈運《石門新營所住四面高山迴溪石瀨脩竹茂林詩》“躋險築幽居”。

又“捫壁窺丹井，梯苔瞰乳穴”“從爾泛海澨”“斯言非徒設”。【案】《文選》卷三一江文通《雜體詩・謝臨川遊山》“乳竇既滴瀝，丹井復寥泬”，即以“乳竇”“丹井”相對。又“映月遊海澨”“賞心非徒設”。

卷七二

陳嘉言《晦日宴高氏林亭》“公子申敬愛”。【案】《文選》卷二〇曹子建《公讌詩》“公子敬愛客”。

卷七四

蘇頲《敬和崔尚書大明朝堂雨後望終南山見示之作》“日華動涇渭”。【案】《文選》卷三〇謝玄暉《和徐都曹》“日華川上動”。

卷七五

蔡孚《打毬篇》“俱能走馬入長楸”。【案】《文選》卷二七曹子建《名都篇》“走馬長楸間”。

卷七六

徐彦伯《擬古三首》其一“和鳴弄江風”。【案】《文選》卷二二謝靈運《於南山往北山經湖中瞻眺》“天雞弄和風”。

其三“頽光無淹晷，逝水有迅流”。【案】《文選》卷二八陸士衡《長歌行》“寸陰無停晷，尺波豈徒旋”。

《奉和幸新豐温泉宫應制》“姬典歌時邁，虞編記省方”。【案】《文選》卷二二顔延年《車駕幸京口三月三日侍遊曲阿後湖作》“虞風載帝狩，夏諺頌王遊”。徐句即仿顔詩。

卷七七

駱賓王《夏日遊德州贈高四》“東陵五色瓜”。【案】《文選》卷二三阮嗣宗《詠懷詩・昔聞東陵瓜》“五色曜朝日”。

《在江南贈宋五之問》“京洛多風塵”。【案】《文選》卷二四陸士衡《爲顧彦先贈婦二首》其一成句。

《帝京篇》“萬户千門平旦開”。【案】《文選》卷二八鮑明遠《放歌行》“禁門平旦開”。

又“趙李經過密”。【案】《文選》卷二三阮嗣宗《詠懷詩・平生少年時》“趙李相經過”。

《代女道士王靈妃贈道士李榮》“惟將濁水況清塵”。【案】《文選》卷二三曹子建《七哀詩》“君若清路塵，妾若濁水泥”。

又“此時空牀難獨守”。【案】《文選》卷二九《古詩十九首・青青河畔草》“空牀難獨守”。

又“遲暉麗色滿皇州”。【案】《文選》卷三〇謝玄暉《和徐都曹》“春色滿皇州”。

卷七八

駱賓王《從軍行》“平生一顧重”。【案】《文選》卷三〇謝玄暉《和王主簿怨情》“生平一顧重，宿昔千金賤”。生平，五臣本作“平生”。

《途中有懷》“莫言無皓齒，時俗薄朱顔”。【案】《文選》卷二九曹子建《雜詩六首》其四“時俗薄朱顔，誰爲發皓齒”。

《詠美人在天津橋》“移步襪生塵”。【案】《文選》卷十九曹子建《洛神賦》“羅襪生塵”。

《賦得白雲抱幽石》。【案】《文選》卷二六謝靈運《過始寧墅》句。

《秋晨同淄川毛司馬秋九詠・秋雁》“刷羽泛清瀾”。【案】《文選》卷三〇沈休文《和謝宣城》“刷羽汎清源”。

卷七九

駱賓王《秋日山行簡梁大官》“地偏心易遠”。【案】《文選》卷三〇陶淵明《雜詩二首》其一“心遠地自偏”。陶詩言心遠則地偏，駱詩云地偏則心遠，用意不同。

《久戍邊城有懷京邑》“雲浮西北蓋”。【案】《文選》卷二九魏文帝《雜詩二首》其二“西北有浮雲，亭亭如車蓋”。

卷八一

喬知之《擬古贈陳子昂》“孟秋七月時，相送出外郊”。【案】《文選》卷二八陶淵明《挽歌詩》“嚴霜九月中，送我出遠郊”。

又“一彈再三歎”。【案】《文選》卷二九《古詩十九首・西北有高樓》成句。

卷八二

劉希夷《孤松篇》“如何秋風起，零落從此始”。【案】《文選》卷二三阮嗣宗《詠懷詩・嘉樹下成蹊》“秋風吹飛藿，零落從此始”。

《洛川懷古》“白首同所歸”。【案】《文選》卷二〇潘安仁《金谷集作詩》成句。

卷八三

陳子昂《感遇詩・蒼蒼丁零塞》“黄沙幙南起，白日隱西隅”。【案】

《文選》卷三一江文通《雜體詩·劉太尉傷亂》"飲馬出城濠，北望沙漠路。千里何蕭條，白日隱寒樹"。

《感遇詩·丁亥歲云暮》"窮岫泄雲生"。【案】《文選》卷六左太沖《魏都賦》"窮岫泄雲"。又卷二七謝玄暉《敬亭山》"渫雲已漫漫"。渫，五臣作"泄"。

卷八四

陳子昂《晦日重宴高氏林亭》"公子好追隨，愛客不知疲"。【案】《文選》卷二〇曹子建《公讌詩》"公子敬愛客，終宴不知疲"，又"飛蓋相追隨"。

《萬州曉發放舟乘漲還寄蜀中親朋》"江海事多違"。【案】《文選》卷三〇沈休文《學省愁卧》成句。

卷八六

張説《奉和聖製賜諸州刺史應制以題坐右》"朝廷多秀士"。【案】《文選》卷二三阮嗣宗《詠懷詩·湛湛長江水》"三楚多秀士"。

《奉和聖制義成校獵喜雪應制》"夜霰氛埃滅"。【案】《文選》卷三〇沈休文《應王中丞思遠詠月》"夜静滅氛埃"。

《五君詠五首》序："達志、美類、刺異、感義、哀事，顏氏之心也，擬焉。"【案】《文選》卷二一顏延年《五君詠》。

其四《郭代公元振》"志康天地屯"。【案】《文選》卷十九謝靈運《述祖德詩二首》其一"改服康世屯"。

《雜詩四首》其三"佳期今復存"。【案】《文選》卷二五謝靈運《酬從弟惠連》"詎存空谷期"。

卷八七

張説《李工部挽歌三首》其一"那堪霸陵岸，回首望京師"。【案】《文選》卷二三王仲宣《七哀詩二首》其一"南登霸陵岸，迴首望長安"。

卷八八

張説《三月二十日詔宴樂遊園賦得風字》"表裏望郊宫"。【案】《文選》卷二八鮑明遠《結客少年場行》"表裏望皇州"。

《酬崔光禄冬日述懷贈答》"春郊緑畝秀，秋澗白雲滋"。【案】《文選》卷二六謝靈運《入彭蠡湖口》"春晚緑野秀，巖高白雲屯"。

卷九二

李乂《哭僕射鄂公楊再思》"零落掩山丘"。【案】《文選》卷二七曹子建《箜篌引》"零落歸山丘"。

卷九三

盧藏用《宋主簿鳴臯夢趙六予未及報而陳子云亡今追爲此詩答宋兼貽平昔遊舊》"歸守西山趾"。【案】《文選》卷二三阮嗣宗《詠懷詩・嘉樹下成蹊》"去上西山趾"。

馬懷素《奉和人日讌大明宫恩賜綵縷人勝應制》"日宇千門平旦開"。【案】《文選》卷二八鮑明遠《放歌行》"禁門平旦開"。

卷九四

員半千《隴右途中遭非語》"冠冕無醜士"。【案】《文選》卷二六陸士衡《吴王郎中時從梁陳作》"玄冕無醜士"。

卷九五

沈佺期《和杜麟臺元志春情》"白日忽西匿"。【案】《文選》卷二四曹子建《贈白馬王彪》其四成句。

《入少密溪》"自言避喧非避秦"。【案】《文選》卷三〇沈休文《和謝宣城》"避世不避喧"。

卷九八

趙冬曦《奉答燕公》“屢傷神氣阻”。【案】《文選》卷二三嵇叔夜《幽憤詩》“神辱志沮”。沮、阻通。此詩陳尚君《全唐詩續拾》卷十二繫之王琚。

尹懋《奉陪張燕公登南樓》“徒使淚如霰”。【案】《文選》卷二七謝玄暉《晚登三山還望京邑》“淚下如流霰”。卷三一江文通《雜體詩·李都尉從軍》“握手淚如霰”。

王琚《美女篇》“濃纖得中非短長”。【案】《文選》卷十九曹子建《洛神賦》“襛纖得衷，脩短合度”。衷，五臣本作“中”。

卷九九

張柬之《大堤曲》“南國多佳人”。【案】《文選》卷二九曹子建《雜詩六首》其四“南國有佳人”。

卷一〇〇

司馬逸客《雅琴篇》“朝野歡娱樂未央”。【案】《文選》卷二一張景陽《詠史》“朝野多歡娱”。

鄭遂初《別離怨》“蕩子戍遼東”。【案】《文選》卷二九《古詩十九首·青青河畔草》“今爲蕩子婦”“蕩子行不歸”。吕延濟注：“婦人比夫爲蕩子，言夫從征役也。”李善注：“《列子》曰：有人去鄉土遊於四方而不歸者，世謂之爲狂蕩之人也。”鄭詩用五臣注。

卷一〇六

鄭愔《胡笳曲》“傳書問蘇武，陵也獨何心”。【案】《文選》卷四一李少卿《答蘇武書》“側耳遠聽，胡笳互動，……晨坐聽之，不覺淚下。嗟乎子卿，陵獨何心，能不悲哉”。

卷一〇八

李元紘《緑墀怨》“别君如昨日”。【案】《文選》卷三一江文通《雜體詩・古離别》“送君如昨日”。

胡皓《奉和聖製送張尚書巡邊》“玉樹有華滋”。【案】《文選》卷二九《古詩十九首・庭中有奇樹》“緑葉發華滋”。

卷一一一

張嘉貞《奉和早登太行山中言志應制》“憑兹士馬妍”。【案】《文選》卷十一鮑明遠《蕪城賦》“士馬精妍”。

卷一一六

張子容《泛永嘉江日暮迴舟》“無雲天欲暮”。【案】《文選》卷三〇陶淵明《擬古詩》“日暮天無雲”。

卷一一七

賀朝《賦得遊人久不歸》。【案】《文選》卷二〇曹子建《送應氏詩二首》其一“遊子久不歸”。此首又見卷三三劉孝孫《送劉散員同賦陳思王詩游人久不歸》、卷七七〇賀朝清《賦得遊人久不歸》。

又“鄉關渺天末，引領悵懷歸”。【案】《文選》卷三〇陸士衡《擬蘭若生朝陽》“引領望天末”。

又“羈旅久滯淫”。【案】《文選》卷二三王仲宣《七哀詩二首》其二“何爲久滯淫”。

卷一一八

孫逖《丹陽行》“覽古愁吟淚如霰”。【案】《文選》卷二七謝玄暉《晚登三山還望京邑》“淚下如流霰”。卷三一江文通《雜體詩・李都尉從軍》“握手淚如霰”。

《送周判官往台州》“飲冰攀璀璨，驅傳歷莓苔”。【案】《文選》卷十一孫興公《遊天台山賦》“琪樹璀璨而垂珠”，又“踐莓苔之滑石”。

卷一一九

崔國輔《白紵辭二首》其二“璧帶金釭皆翡翠”。【案】《文選》卷十一何平叔《景福殿賦》“落帶金釭，此焉二等。明珠翠羽，往往而在”。李善注：“落帶，壁帶也。”或云崔詩用《漢書》語，然此句下有“翡翠”字，知其必用平叔賦語，且依崇賢之注也。崔詩各本皆訛作“璧”。

卷一二〇

李昂《從軍行》“長途羽檄何相望，天子按劍思北方”。【案】《文選》卷二八鮑明遠《出自薊北門行》“羽檄起邊亭”“分兵救朔方”，又“天子按劍怒，使者遥相望”。

卷一二一

陳希烈《賦得雲生棟梁間》。【案】《文選》卷二一郭景純《遊仙詩七首》其二“雲生梁棟間”。今本《文選》並作“梁棟”。

卷一二二

盧象《雜詩二首》其二“須識苦寒士，莫矜狐白温”。【案】《文選》卷三〇王景玄《雜詩》“詎憶無衣苦，但知狐白温”。

《八月十五日象自江東止田園移莊慶會未幾歸汶上小弟幼妹尤嗟其别兼賦是詩三首》其三“家人皆佇立，相候衡門裏”“田園轉蕪没”。【案】《文選》卷四五陶淵明《歸去來兮辭》“僮僕歡迎，稚子候門”，又“田園將蕪胡不歸”。盧詩又見王維集。

卷一二四

李元操《和從叔祿愔元日早朝》“曖曖城霞旦，隱隱禁門開”。【案】《文選》卷二八鮑明遠《放歌行》“禁門平旦開”。

又“冠冕多秀士”。【案】《文選》卷二三阮嗣宗《詠懷詩·湛湛長江水》"三楚多秀士"。又卷二六陸士衡《吴王郎中時從梁陳作》"玄冕無醜士"。李詩糅合阮、陸二家語意。

卷一二五

王維《贈房盧氏琯》"蕭條人吏疏，鳥雀下空庭"。【案】《文選》卷三〇謝靈運《齋中讀書》"虚館絶諍訟，空庭來鳥雀"。

《春夜竹亭贈錢少府歸藍田》"夜静羣動息"。【案】《文選》卷三〇陶淵明《雜詩二首》其二"日入羣動息"。

又"采蕨輕軒冕"。【案】《文選》卷二七謝玄暉《休沐重還道中》"志狹輕軒冕"。

《贈裴十迪》"風景日夕佳"。【案】《文選》卷三〇陶淵明《雜詩二首》其一"山氣日夕佳"。

《秋夜獨坐懷内弟崔興宗》"夜静羣動息"。【案】《文選》卷三〇陶淵明《雜詩二首》其二"日入羣動息"。

《送陸員外》"陰風悲枯桑"。【案】《文選》卷二七《飲馬長城窟行》"枯桑知天風"。

《送綦毋秘書棄官還江東》"扣舷明月中"。【案】《文選》卷二六陶淵明《辛丑歲七月赴假還江陵夜行塗口作》"叩枻新秋月"。李善注："《楚辭》曰：漁父鼓枻而去。王逸曰：叩船舷也。"

《别綦毋潛》"伊洛方清泚"。【案】《文選》卷三〇謝玄暉《始出尚書省》"寒流自清泚"。

《冬日遊覽》"雞鳴咸陽中，冠蓋相追逐"。【案】《文選》卷二八鮑明遠《放歌行》"雞鳴洛陽裹，禁門平旦開。冠蓋縱横至，車騎四方來"。

《華嶽》"遂爲西峙嶽"。【案】《文選》卷二四陸士衡《又贈弟士龍》"我若西流水，子爲東跱岳"。跱，五臣作"峙"。

《韋侍郎山居》"歸雲時抱峰"。【案】《文選》卷二六謝靈運《過始寧墅》"白雲抱幽石"。

《宿鄭州》"窮邊狥微禄"。【案】《文選》卷二二謝靈運《登池上樓》"徇禄反窮海"。

《濟上四賢詠·崔録事》“賢哉此丈夫”。【案】《文選》卷二一張景陽《詠史》成句。

《濟上四賢詠·鄭霍二山人》“息陰無惡木”。【案】《文選》卷二八陸士衡《猛虎行》“熱不息惡木陰”。

《老將行》“昔時飛雀無全目”（雀作箭，校云：當作雀）。【案】《文選》卷三一鮑明遠《擬古三首》其一“驚雀無全目”。

《不遇詠》“且此登山復臨水”。【案】《文選》卷三三宋玉《九辯》“登山臨水兮送將歸”。

《雙黄鵠歌送别》“主人臨水送將歸”。【案】《文選》卷三三宋玉《九辯》“登山臨水兮送將歸”。

卷一二六

王維《送宇文三赴河西充行軍司馬》“更逐李輕車”。【案】《文選》卷二八鮑明遠《東武吟》“後逐李輕車”。

《涼州郊外遊望》“羅襪自生塵”。【案】《文選》卷十九曹子建《洛神賦》“羅襪生塵”。

《達奚侍郎夫人寇氏挽詞二首》其一“遺挂空留壁，迴文日覆塵”。【案】《文選》卷二三潘安仁《悼亡詩三首》其一“遺挂猶在壁”。李善注：“《廣雅》曰：挂，懸也。”吕延濟曰：“遺挂，謂平生翫用之物尚在於壁。”摩詰詩“遺挂”與“迴文”對仗，若據李善注則失對，故詩意本五臣注。

卷一二七

王維《奉和聖製幸玉真公主山莊因題石壁十韻之作應制》“谷静泉逾響，山深日易斜”。【案】《文選》卷三〇謝靈運《石門新營所住四面高山迴溪石瀨脩竹茂林詩》“崖傾光難留，林深響易奔”。

《青龍寺曇壁上人兄院集》“眇眇孤煙起，芊芊遠樹齊”。【案】《文選》卷二二謝玄暉《遊東田》“遠樹曖仟仟，生煙紛漠漠”。仟仟，五臣作“阡阡”。李善注：“《廣雅》曰：芊芊，盛也。仟與芊同。”摩詰所據爲李善注。

《河南嚴尹弟見宿弊廬訪别人賦十韻》“花醥和松屑”。(《蜀都賦》：觴以醥清。注：酒清謂之醥。）【案】《文選》卷四左太沖《蜀都賦》“觴以清醥”。集注本、冷泉本、北宋本作“醥清”，與詩注同。正德本、奎章閣本李周翰注云：“醥清，酒也。”陳八郎本訛作“醥花酒也”。詩注蓋述五臣注之意。

《清如玉壺冰》。【案】《文選》卷二八鮑明遠《白頭吟》句。

《賦得秋日懸清光》。【案】《文選》卷二七江文通《望荆山》句。

卷一二八

王維《輞川集·漆園》“古人非傲吏”。【案】《文選》卷二一郭景純《遊仙詩七首》其一“漆園有傲吏”。

《伊州歌》“蕩子從戎十載餘”。【案】《文選》卷二九《古詩十九首·青青河畔草》“今爲蕩子婦”“蕩子行不歸”。吕延濟注：“婦人比夫爲蕩子，言夫從征役也。”李善注：“《列子》曰：有人去鄉土遊於四方而不歸者，世謂之爲狂蕩之人也。”王詩用五臣注。

卷一二九

裴迪《春日與王右丞過新昌里訪吕逸人不遇》“不如高卧眄庭柯”。【案】《文選》卷四五陶淵明《歸去來兮辭》“眄庭柯以怡顔”。

卷一三〇

崔顥《結定襄郡獄效陶體》“文墨相填委”。【案】《文選》卷二九劉公幹《雜詩》“職事相填委，文墨紛消散”。相，五臣作“煩”。崔詩用李善本。

《邯鄲宫人怨》“我家青樓臨道傍”。【案】《文選》卷二七曹子建《美女篇》“青樓臨大路”。

卷一三一

祖詠《蘇氏别業》“屋覆經冬雪，庭昏未夕陰”。【案】《文選》卷二六顔延年《贈王太常》“庭昏見野陰，山明望松雪”。

卷一三二

李頎《寄萬齊融》"香稻盈田疇"。【案】《文選》卷十一王仲宣《登樓賦》"黍稷盈疇"。又卷二七王仲宣《從軍詩五首》其五"黍稷盈原疇"。

又"山色映潛虬"。【案】《文選》卷二二謝靈運《登池上樓》"潛虬媚幽姿"。

卷一三三

李頎《放歌行答從弟墨卿》"長楸走馬誰相數"。【案】《文選》卷二七曹子建《名都篇》"走馬長楸間"。

《魏倉曹東堂檉樹》"若到麻源第三谷"。【案】《文選》卷二六謝靈運《入華子崗是麻源第三谷》。

《送山陰姚丞攜妓之任兼寄蘇少府》"他日知尋始寧墅"。【案】《文選》卷二六謝靈運《過始寧墅》。

卷一三四

李頎《野老曝背》"目送歸鴻籬下眠"。【案】《文選》卷二四嵇叔夜《贈秀才入軍》"目送歸鴻"。

卷一三六

儲光羲《述華清宮五首》其二"六龍儼齊首"。【案】《文選》卷十九曹子建《洛神賦》"六龍儼其齊首"。

《遊茅山五首》其一"九衢平若水"。【案】《文選》卷二八鮑明遠《結客少年場行》"九塗平若水"。塗，敦煌本（P. 2554）作"衢"。

其四"悠然望遠山"。【案】《文選》卷三〇陶淵明《雜詩二首》其一"悠然望南山"。

《效古二首》其二"踠足空夷猶"。【案】《文選》卷十七傅武仲《舞賦》"或有宛足鬱怒，般桓不發"。宛，五臣作"踠"。

《雜詩二首》其一"虎豹對我蹲"。【案】《文選》卷二七魏武帝《苦寒行》“熊羆對我蹲，虎豹夾路啼”。

《題應聖觀》“皎皎河漢女”。【案】《文選》卷二九《古詩十九首・迢迢牽牛星》成句。

《至閑居精舍呈正上人》“太室三招提，其趣皆不同。不同非一趣，况是天遊宫”。【案】《文選》卷三〇謝靈運《田南樹園激流植援》“樵隱俱在山，由來事不同。不同非一事，養痾丘園中”。

又“念以息微躬”。【案】《文選》卷二二沈休文《遊沈道士館》“便欲息微躬”。

卷一三七

儲光羲《同王十三維偶然作十首》其十“中庭有奇樹”。【案】《文選》卷二九《古詩十九首・庭中有奇樹》。

《田家雜興八首》其八“清淺望河漢”。【案】《文選》卷二九《古詩十九首・迢迢牽牛星》“河漢清且淺”。

《哥舒大夫頌德》“攻伐若振槁”。【案】《文選》卷五左太沖《吴都賦》“麾城若振槁”。

《春雨初霽獻給事二首》其二“妙年弄柔翰”。【案】《文選》卷二一左太沖《詠史八首》其一“弱冠弄柔翰”。

《登商丘》“河水日夜流，客心多殷憂”。【案】《文選》卷二六謝玄暉《暫使下都夜發新林至京邑贈西府同僚》“大江流日夜，客心悲未央”。

《夏日尋藍田唐丞登高宴集》“是時春載陽，佳氣滿皇州”。【案】《文選》卷三〇謝玄暉《和徐都曹》“春色滿皇州”。

卷一三八

儲光羲《敬酬陳掾親家翁秋夜有贈》“顧我闕音塵”。【案】《文選》卷十三謝希逸《月賦》“美人邁兮音塵闕”。

《酬李處士山中見贈》“恬然謝朝列”。【案】《文選》卷二〇謝靈運《九日從宋公戲馬臺集送孔令詩》“脱冠謝朝列”。

《奉和韋判官獻侍郎叔除河東採訪使》“超超青雲器”。【案】《文選》卷二一顔延年《五君詠·阮始平》“仲容青雲器”。此爲詩家熟典。

《獄中貽姚張薛李鄭柳諸公》“踠足思驤首”。【案】《文選》卷十七傅武仲《舞賦》“或有宛足鬱怒，般桓不發”。宛，五臣作“踠”。又卷三〇謝玄暉《觀朝雨》“戢翼希驤首”。

《京口題崇上人山亭》“花林開宿霧”。【案】《文選》卷三〇陶淵明《詠貧士》“朝霞開宿霧”。

《朝邑蔡主簿期不會二首》其一“朝念池上酌”。【案】《文選》卷二六謝玄暉《郡内高齋閑坐答吕法曹》“已有池上酌”。

《閑居》“悠然念故鄉，乃在天一隅。安得如浮雲，來往方須臾”。【案】《文選》卷二九李少卿《與蘇武三首》其一“仰視浮雲馳，奄忽互相踰。風波一失所，各在天一隅”。儲詩用李詩之語而變其意。

卷一三九

儲光羲《苑外至龍興院作》“飄飄仙步迴”（飄飄，一作“飄颻”）。【案】《文選》卷二九何敬祖《雜詩》“飄颻若仙步”。

《答王十三維》“忽奉朝青閣”。【案】《文選》卷二六謝玄暉《酬王晉安》“拂霧朝青閣”。

《官莊池觀競渡》“清池發櫂歌”。【案】《文選》卷二七丘希範《旦發漁浦潭》“櫂歌發中流”。

卷一四〇

王昌齡《爲張僨贈閻使臣》“泣盡繼以血”。【案】《文選》卷三九江文通《詣建平王上書》“泣盡而繼之以血也”。

又“棄之如埃塵”。【案】《文選》卷二一左太沖《詠史八首》其六“視之若埃塵”。

《贈史昭》“齋中起長歎”。【案】《文選》卷二一顔延年《秋胡詩》其八“閨中起長歎”。

《送劉昚虛歸取宏詞解》“豈復淚如霰”。【案】《文選》卷二七謝玄暉《晚登三山還望京邑》“淚下如流霰”。卷三一江文通《雜體詩·李都尉從軍》“握手淚如霰”。

卷一四一

王昌齡《詠史》“進則恥保躬，退乃爲觸藩”。【案】《文選》卷二一郭景純《遊仙詩七首》其一“進則保龍見，退爲觸藩羝”。

卷一四二

王昌齡《静法師東齋》“築室在人境”。【案】《文選》卷三〇陶淵明《雜詩二首》其一“結廬在人境”。

《宿京口期劉昚虚不至》“明發不能寐，徒盈江上尊”。【案】《文選》卷九曹大家《東征賦》“明發曙而不寐兮”，又“酌罇酒以弛念兮”。

卷一四三

王昌齡《題灞池二首》其一“腰鐮欲何之，東園刈秋韭”。【案】《文選》卷二八鮑明遠《東武吟》“腰鐮刈葵藿”。

卷一四四

常建《古意三首》其二“明月照高樓”。【案】《文選》卷二三曹子建《七哀詩》成句。

卷一四六

陶翰《古塞下曲》“哀哀淚如霰”。【案】《文選》卷二七謝玄暉《晚登三山還望京邑》“淚下如流霰”。卷三一江文通《雜體詩·李都尉從軍》“握手淚如霰”。

卷一四七

劉長卿《對酒寄嚴維》“門前七里瀨，早晚子陵過”。【案】《文選》卷二六謝靈運《七里瀨》。

《送李員外使還蘇州兼呈前袁州李使君賦得長字袁州即員外之從兄》

“歸獻西陵作”。【案】《文選》卷二五謝惠連《西陵遇風獻康樂》。

《送李摯赴延陵令》“看山採菊遲”。【案】《文選》卷三〇陶淵明《雜詩二首》其一“采菊東籬下，悠然望南山”。

《送張栩扶侍之睦州》“東征隨子去”。【案】《文選》卷九曹大家《東征賦》“余隨子乎東征”。

《送齊郎中典括州》“石門康樂住”。【案】《文選》卷三〇謝靈運《石門新營所住四面高山迴溪石瀨脩竹茂林詩》。《文選鈔》曰：“靈運《遊名山志》云：石門在永嘉。”括州即永嘉。

卷一四八

劉長卿《送南特進赴歸行營》“去逐李輕車”。【案】《文選》卷二八鮑明遠《東武吟》“後逐李輕車”。

《送李侍御貶鄱陽》“迴車仍昨日，謫去已秋風”。【案】《文選》卷二九張景陽《雜詩十首》其八“下車如昨日，望舒四五圓”，又卷三一江文通《雜體詩・古離別》“送君如昨日，簷前露已團”。

《龍門八詠・石樓》“寂寞羣動息”。【案】《文選》卷三〇陶淵明《雜詩二首》其二“日入羣動息”。

卷一四九

劉長卿《陪元侍御遊支硎山寺》“林巒非一狀”。【案】《文選》卷二二沈休文《鍾山詩應西陽王教》“發地多奇嶺，干雲非一狀”。

《孫權故城下懷古兼送友人歸建業》。【案】《文選》卷三〇謝玄暉《和伏武昌登孫權故城》。

《京口懷洛陽舊居兼寄廣陵二三知己》“一水阻佳期，相望空脉脉”。【案】《文選》卷二九《古詩十九首・迢迢河漢女》“盈盈一水間，脉脉不得語”。劉良曰：“喻端麗之女，在一水之間，而自矜持不得交語。”既曰“在一水之間”，則讀“間”爲平聲。九條本旁記音“間，居莧反”（此爲《文選音決》音），讀去聲，訓爲阻隔。長卿詩云“阻”，與《音決》同。

《雨中登沛縣樓贈表兄郭少府》“辭家尚如昨”。【案】《文選》卷二六謝靈運《過始寧墅》"違志似如昨"。

《登東海龍興寺高頂望海簡演公》"變化非一狀"。【案】《文選》卷二二沈休文《鍾山詩應西陽王教》"干雲非一狀"。

卷一五〇

劉長卿《贈別于羣投筆赴安西》"風寒馬毛縮"。【案】《文選》卷二八鮑明遠《出自薊北門行》"馬毛縮如蝟"。

卷一五一

劉長卿《送柳使君赴袁州》"惟有郡齋窗裏岫，朝朝空對謝玄暉"。【案】《文選》卷二六謝玄暉《郡内高齋閑坐答吕法曹》"牕中列遠岫"。牕，五臣作"窻"。

《小鳥篇上裴尹》"長似孤雲無所依""衆鳥紛紛皆有託"。【案】《文選》卷三〇陶淵明《詠貧士》"孤雲獨無依"，又《讀山海經》"衆鳥欣有託"。

《送杜越江佐覲省往新安江》"見説江中孤嶼在，此行應賦謝公詩"。【案】《文選》卷二六謝靈運《登江中孤嶼》。

卷一五二

顔真卿《題杼山癸亭得暮字》"淹留悵晨暮"。【案】《文選》卷二二謝靈運《遊赤石進帆海》"水宿淹晨暮"。

《使過瑶臺寺有懷圓寂上人》"遠訪區中緣"。【案】《文選》卷二六謝靈運《登江中孤嶼》"緬邈區中緣"。

卷一五五

崔曙《對雨送鄭陵》"别淚還如霰"。【案】《文選》卷二七謝玄暉《晚登三山還望京邑》"淚下如流霰"，又卷三一江文通《雜體詩・李都尉從軍》"握手淚如霰"。

卷一五六

王翰《古蛾眉怨》“宫車晚出向南山”。【案】《文選》卷十六江文通《恨賦》“一旦魂斷，宫車晚出”。

卷一五七

孟雲卿《鄴城懷古》“白日忽西暮”。【案】《文選》卷二四曹子建《贈白馬王彪》其四“白日忽西匿”。

《傷時二首》其二“四時更變化”。【案】《文選》卷二九《古詩十九首·東城高且長》成句。

卷一五八

賀蘭進明《行路難五首》其三“蕩子從軍事征戰”。【案】《文選》卷二九《古詩十九首·青青河畔草》“今爲蕩子婦”“蕩子行不歸”。吕延濟注：“婦人比夫爲蕩子，言夫從征役也。”李善注：“《列子》曰：有人去鄉土遊於四方而不歸者，世謂之爲狂蕩之人也。”賀蘭詩用五臣注。

卷一五九

孟浩然《登江中孤嶼贈白雲先生王迥》。【案】《文選》卷二六謝靈運《登江中孤嶼》。

又“泛舟如昨日”。【案】《文選》卷二九張景陽《雜詩十首》其八“下車如昨日”。

《晚春卧病寄張八》“翠羽戲蘭苕”。【案】《文選》卷二一郭景純《遊仙詩七首》其三“翡翠戲蘭苕”。

又“常恐填溝壑”。【案】《文選》卷三七曹子建《求自試表》“常恐先朝露，填溝壑”。

《宿揚子津寄潤州長山劉隱士》“所思在建業，欲往大江深。日夕望京口，煙波愁我心”。【案】《文選》卷二九張平子《四愁詩》“我所思兮在桂林，欲往從之湘水深，側身南望涕沾襟”。

《將適天台留别臨安李主簿》“定山既早發，漁浦亦宵濟”。【案】《文選》卷二七沈休文《早發定山》。又卷二六謝靈運《富春渚》“宵濟漁浦潭”。

又“羽人在丹丘”。【案】《文選》卷十一孫興公《遊天台山賦》“仍羽人於丹丘”。

《送吴悦遊韶陽》“去去日千里，茫茫天一隅”。【案】《文選》卷二九《古詩十九首·行行重行行》“相去萬餘里，各在天一涯”。又同卷李少卿《與蘇武三首》其一“各在天一隅”。

《送從弟邕下第後尋會稽》“誰能不驚骨”。【案】《文選》卷十六江文通《别賦》“心折骨驚”。

《與王昌齡宴王道士房》“漆園有傲吏”。【案】《文選》卷二一郭景純《遊仙詩七首》其一成句。

《尋香山湛上人》“身世兩相棄”。【案】《文選》卷二一鮑明遠《詠史》成句。

《宿天台桐柏觀》“緬尋滄洲趣”。【案】《文選》卷二七謝玄暉《之宣城出新林浦向版橋》“復協滄洲趣”。

《題終南翠微寺空上人房》“緬懷赤城標，更憶臨海嶠”。【案】《文選》卷十一孫興公《遊天台山賦》“赤城霞起而建標”。又卷二五謝靈運《登臨海嶠與從弟惠連》。

又“風泉有清音，何必蘇門嘯”。【案】《文選》卷二二左太沖《招隱詩二首》其一“山水有清音”“何事待嘯歌”。

《耶溪泛舟》“脉脉不得語”。【案】《文選》卷二九《古詩十九首·迢迢河漢女》成句。

《彭蠡湖中望廬山》“舟子知天風”。【案】《文選》卷二七《飲馬長城窟行》“枯桑知天風”。

《越中逢天台太乙子》“瀑布當空界”“福庭常自然（一作不死）”。【案】《文選》卷十一孫興公《遊天台山賦》“瀑布飛流以界道”“尋不死之福庭”。宋蜀刻本《孟浩然詩集》作“自然”，作“不死”者，蓋或有注引興公賦語，鈔刻者涉注而誤也。

《早發漁浦潭》。【案】《文選》卷二七丘希範《旦發漁浦潭》。

《經七里瀨》“揮手弄潺湲”。【案】《文選》卷二六謝靈運《入華子崗是麻源第三谷》“乘月弄潺湲”。

卷一六〇

孟浩然《東陂遇雨率爾貽謝南池》“森森雨足垂”。【案】《文選》卷二九張景陽《雜詩十首》其四“森森散雨足”。

《寄天台道士》“裛露采靈芝”。【案】《文選》卷三〇陶淵明《雜詩二首》其二“裛露掇其英”。

又“屨躡（一作踐）莓苔滑”。【案】《文選》卷十一孫興公《遊天台山賦》“踐莓苔之滑石”。

《重酬李少府見贈》“養疾衡簷（一作茅）下”。【案】《文選》卷二六陶淵明《辛丑歲七月赴假還江陵夜行塗口作》“養真衡茅下”。

《送袁太祝尉豫章》“江南佳麗地”。【案】《文選》卷二八謝玄暉《鼓吹曲》成句。

《裴司士員司户見尋》“落日池上酌，清風松下來”。【案】《文選》卷二六謝玄暉《郡内高齋閑坐答吕法曹》“已有池上酌，復此風中琴”。

《賦得盈盈樓上女》“空牀難獨守”。【案】《文選》卷二九《古詩十九首·盈盈樓上女》成句。

《閨情》“一别隔炎涼，君衣忘短長。裁縫無處等，以意忖情量。畏瘦疑傷窄，防寒更厚裝。半啼封裹了，知欲寄誰將”。【案】《文選》卷三〇謝惠連《擣衣詩》“紈素既已成，君子行未歸。裁用笥中刀，縫爲萬里衣。盈篋自余手，幽緘候君開。腰帶準疇昔，不知今是非”。孟詩自謝詩衍出，刻畫益入微。

《登安陽城樓》“才子乘春來騁望，羣公暇日坐銷憂”。【案】《文選》卷十一王仲宣《登樓賦》“登兹樓以四望兮，聊暇日以銷憂”。暇，五臣作“假”。假日者，假借時日也。襄陽此詩“乘春”“暇日”相對，則疑其原作“假”，後人誤改。

《題長安主人壁》“我來如昨日，庭樹忽鳴蟬”。【案】《文選》卷二九張景陽《雜詩十首》其八“下車如昨日，望舒四五圓”，又卷三一江文通《雜體詩・古離别》“送君如昨日，簷前露已團”。

《下瀨石》“榜人苦奔峭”。【案】《文選》卷二六謝靈運《七里瀨》“徒旅苦奔峭”。

卷一六一

李白《古風・咸陽二三月》“子雲不曉事”。【案】《文選》卷四〇楊德祖《答臨淄侯牋》“吾家子雲，老不曉事”。

《古風・君平既棄世》“君平既棄世，世亦棄君平”。【案】《文選》卷二一鮑明遠《詠史》“身世兩相棄”。

《古風・昔我遊齊都》“沈吟爲誰故”。【案】《文選》卷二七魏武帝《短歌行》“但爲君故，沈吟至今”。

《古風・秋露白如玉》“人生鳥過目”。【案】《文選》卷二九張景陽《雜詩十首》其二“人生瀛海内，忽如鳥過目”。

《古風・碧荷生幽泉》“秋花冒緑水”。【案】《文選》卷二〇曹子建《公讌詩》“朱華冒緑水”。

《古風・羽檄如流星》“泣盡繼以血”。【案】《文選》卷三九江文通《詣建平王上書》“泣盡而繼之以血也”。

《古風・孤蘭生幽園》“飛霜早淅瀝”。【案】《文選》卷十三謝惠連《雪賦》“霰淅瀝而先集”。

《古風・殷后亂天紀》“女嬃空嬋媛”。【案】《文選》卷三二屈平《離騷經》“女嬃之嬋媛兮”。

《古風・戰國何紛紛》“悠悠送春目”。【案】《文選》卷三〇謝玄暉《和王著作八公山詩》“遠近送春目”。

《古風・惻惻泣路歧》“田竇相傾奪”。【案】《文選》卷二九曹顔遠《感舊詩》“田竇相奪移”。

卷一六二

李白《蜀道難》“捫參歷井仰脅息”。【案】《文選》卷十九宋玉《高唐賦》“脅息增欷”。

又“錦城雖云樂，不如早還家”。【案】《文選》卷二九《古詩十九首・明月何皎皎》“客行雖云樂，不如早旋歸”。

又“側身西望長咨嗟”。【案】《文選》卷二九張平子《四愁詩》“側身西望涕沾裳”。

《梁甫吟》“手接飛猱搏彫虎”。【案】《文選》卷二七曹子建《白馬篇》“仰手接飛猱”。卷十五張平子《思玄賦》“執彫虎而試象兮”，李善注：“《尸子》：中黄伯曰‘余左執太行之獶而右搏彫虎’。”

《將進酒》“請君爲我側耳聽”。【案】《文選》卷四一李少卿《答蘇武書》“側耳遠聽”。

《天馬歌》“雞鳴刷燕晡秣越”。【案】《文選》卷十四顔延年《赭白馬賦》“旦刷幽燕，晝秣荆越”。

卷一六四

李白《門有車馬客行》“死託萬鬼隣”。【案】《文選》卷二八陸士衡《挽歌詩三首》其二“今託萬鬼鄰”。

《東海有勇婦》“名在列女籍”。【案】《文選》卷二七曹子建《白馬篇》“名編壯士籍”。編，五臣作“在”。太白用五臣本。

《塞下曲六首》其五“將軍分虎竹”。【案】《文選》卷三一鮑明遠《擬古三首》其一“將以分虎竹”。虎竹，五臣作“符竹”。参卷四九張九齡《當塗界寄裴宣州》。

卷一六六

李白《梁園吟》“却憶蓬池阮公詠，因吟渌水揚洪波”。【案】《文選》卷二三阮嗣宗《詠懷詩・徘徊蓬池上》“緑水揚洪波”。

《金陵城西樓月下吟》“解道澄江淨如練”。【案】《文選》卷二七謝玄暉《晚登三山還望京邑》“澄江靜如練”。今本皆作“靜”。考《白氏長慶集》卷二八《與元九書》所引作“澄江淨如練”，《全唐詩》卷四〇六元稹《泛江翫月十二韻》“委波添淨練”，亦與太白字同。蓋唐人所見本作“淨”。

《東山吟》“浩浩洪流之詠何必奇”。【案】《文選》卷二四嵇叔夜《贈秀才入軍》“浩浩洪流，帶我邦畿”。《分類補注李太白詩》卷七，蕭士贇曰：“蓋白志在青山，則不以邦畿爲奇也。”

卷一六七

李白《江夏行》“只言期一載，誰謂歷三秋”。【案】《文選》卷二九曹子建《雜詩六首》其三“自期三年歸，今已歷九春”。

《清溪行》“借問新安江，見底何如此”。【案】《文選》卷二七沈休文《新安江水至清淺深見底貽京邑遊好》。

《詶殷明佐見贈五雲裘歌》“朔風颯颯吹飛雨”。【案】《文選》卷三〇謝玄暉《觀朝雨》“朔風吹飛雨，蕭條江上來”。

又“著令山水含清暉”，又“頓驚謝康樂，詩興生我衣。襟前林壑斂暝色，袖上雲霞收夕霏”。【案】《文選》卷二二謝靈運《石壁精舍還湖中作》“山水含清暉”，又“林壑斂暝色，雲霞收夕霏”。

卷一六八

李白《贈饒陽張司户燧》“攀嵇是當年”。【案】《文選》卷二一顏延年《五君詠・向常侍》“攀嵇亦鳳舉”。

《贈新平少年》“寒苦坐相仍”。【案】《文選》卷二八鮑明遠《白頭吟》“猜恨坐相仍”。

卷一六九

李白《書情贈蔡舍人雄》“煙濤恣崩奔”。【案】《文選》卷二六謝靈運《入彭蠡湖口》“圻岸屢崩奔”。

《憶襄陽舊遊贈馬少府巨》“高冠佩雄劍”。【案】《文選》卷五〇范蔚宗《宦者傳論》“若夫高冠長劍”。又卷三三屈平《九章・涉江》“帶長鋏之陸離兮，冠切雲之崔巍”。

《叙舊贈江陽宰陸調》“掛席拾海月”。【案】《文選》卷二二謝靈運《遊赤石進帆海》成句。

卷一七〇

李白《贈從弟南平太守之遥二首》其一“别後遥傳臨海作，可見羊何共和之”。【案】《文選》卷二五謝靈運《登臨海嶠初發彊中作與從弟惠連見羊何共和之》。

卷一七一

李白《贈宣城宇文太守兼呈崔侍御》“遂歸池上酌，掩抑清風絃”。【案】《文選》卷二六謝玄暉《郡内高齋閑坐答吕法曹》“已有池上酌，復此風中琴”。

《自梁園至敬亭山見會公談陵陽山水兼期同遊因有此贈》“渡江如昨日，黄葉向人飛”。【案】《文選》卷二九張景陽《雜詩十首》其八“下車如昨日，望舒四五圓”，又卷三一江文通《雜體詩・古離别》“送君如昨日，簷前露已團”。

《經亂後將避地剡中留贈崔宣城》“世路成奔峭”。【案】《文選》卷二六謝靈運《七里瀨》“徒旅苦奔峭”。

《獻當塗宰陽冰》“遥知禮數絶”。【案】《文選》卷二三任彦昇《出郡傳舍哭范僕射》“平生禮數絶”。李善注引《左氏傳》曰：“名位不同，禮亦異數。”李周翰注：“禮數絶，謂交道相得，雖品命有異，不爲禮數。”絶，李善意爲懸絶，五臣意爲棄絶。太白用李善注，王琦注引五臣，非。

又“常恐不合并”。【案】《文選》卷二九王仲宣《雜詩》“人欲天不違，何懼不合并”。

卷一七二

李白《安陸白兆山桃花嵒寄劉侍御綰》“杳無區中緣”。【案】《文選》卷二六謝靈運《登江中孤嶼》“緬邈區中緣”。

《淮南卧病書懷寄蜀中趙徵君蕤》“贈爾慰離析”。【案】《文選》卷三〇謝靈運《南樓中望所遲客》“云何慰離析”。

《寄韋南陵冰余江上乘興訪之遇尋顔尚書笑有此贈》“山花開欲然”。

【案】《文選》卷二七沈休文《早發定山》“山櫻發欲然”。

卷一七三

李白《三山望金陵寄殷淑》“三山懷謝朓”。【案】《文選》卷二七謝玄暉《晚登三山還望京邑》。

卷一七四

李白《夢遊天姥吟留別》“身登青雲梯”。【案】《文選》卷二二謝靈運《登石門最高頂》“共登青雲梯”。

《感時留別從兄徐王延年從弟延陵》“伏枕寄賓館，宛同清漳湄”。【案】《文選》卷二三劉公幹《贈五官中郎將四首》其二“余嬰沈痼疾，竄身清漳濱”。

又“援毫投此辭”。【案】《文選》卷二四曹子建《贈白馬王彪》其七“援筆從此辭”。

《留別龔處士》“都無人世喧”。【案】《文選》卷三〇陶淵明《雜詩二首》其一“而無車馬喧”。

《留別賈舍人二首》其一“化爲繞指柔”。【案】《文選》卷二五劉越石《重贈盧諶》成句。

其二“何必兒女仁”。【案】《文選》卷二四曹子建《贈白馬王彪》其六“無乃兒女仁”。

《別韋少府》“築室在人境，閉門無世喧”。【案】《文選》卷三〇陶淵明《雜詩二首》其一“結廬在人境，而無車馬喧”。

卷一七六

李白《灞陵行送別》“云是王粲南登之古道”。【案】《文選》卷二三王仲宣《七哀詩二首》其一“南登霸陵岸”。

《送于十八應四子舉落第還嵩山》“開酌盼庭柯”。【案】《文選》卷四五陶淵明《歸去來兮辭》“眄庭柯以怡顏”。蘇東坡書帖亦作“盼”。

《送張秀才從軍》“志存解世紛”“齊珪安肯分”。【案】《文選》卷二一左太沖《詠史八首》其三“遭難能解紛”“對珪不肯分”。

卷一七七

李白《江上送女道士褚三清遊南嶽》“足下遠遊履，凌波生素塵”。【案】《文選》卷十九曹子建《洛神賦》“踐遠遊之文履”，又“凌波微步，羅襪生塵”。

《送舍弟》“應得池塘生春草”。【案】《文選》卷二二謝靈運《登池上樓》。

《送二季之江東》“初發强中作，題詩與惠連”。【案】《文選》卷二五謝靈運《登臨海嶠初發彊中作與從弟惠連見羊何共和之》。

《涇川送族弟錞》“愧無海嶠作，敢闕河梁詩”。【案】《文選》卷二五謝靈運《登臨海嶠初發彊中作與從弟惠連見羊何共和之》。又卷二九李少卿《與蘇武三首》其三“攜手上河梁，遊子暮何之”。

《送崔氏昆季之金陵》“滅燭延清光”。【案】《文選》卷二五謝宣遠《答靈運》“開軒滅華燭”。

卷一七八

李白《訓王補闕惠翼莊廟宋丞泚贈別》“鸞翮我先鎩，龍性君莫馴”。【案】《文選》卷二一顏延年《五君詠·嵇中散》“鸞翮有時鎩，龍性誰能馴”。

《訓裴侍御對雨感時見贈》“忠義非外獎”。【案】《文選》卷三〇謝靈運《擬魏太子鄴中集詩·王粲》“客心非外獎”。

卷一七九

李白《同友人舟行遊台越作》“謝客拾海月”“掛席泛溟渤”。【案】《文選》卷二二謝靈運《遊赤石進帆海》“挂席拾海月”。

《春日陪楊江寧及諸官宴北湖感古作》“昔聞顏光禄，攀龍宴京湖”“延年獻佳作”。【案】《文選》卷二二顏延年《應詔觀北湖田收詩》。

《與周剛清溪玉鏡潭宴別》“康樂上官去，永嘉遊石門。江亭有孤嶼，千載跡猶存”。【案】《文選》卷二二謝靈運《登石門最高頂》，又卷二六《登江中孤嶼》。

《夜泛洞庭尋裴侍御清酌》“孤舟無端倪”。【案】《文選》卷二二謝靈運《遊赤石進帆海》“溟漲無端倪，虛舟有超越”。

又“巖居陵丹梯”。【案】《文選》卷二七謝玄暉《敬亭山詩》“即此陵丹梯”。

卷一八〇

李白《登金陵冶城西北謝安墩》“想像東山姿”。【案】《文選》卷二六謝靈運《登江中孤嶼》“想像崑山姿”。

《掛席江上待月有懷》“耿耿金波裏，空瞻鳷鵲樓”。【案】《文選》卷二六謝玄暉《暫使下都夜發新林至京邑贈西府同僚》“金波麗鳷鵲”。

卷一八一

李白《安州應城玉女湯作》“濯濯氣清泚”。【案】《文選》卷三〇謝玄暉《始出尚書省》“寒流自清泚”。

又“晞髮弄潺湲”。【案】《文選》卷二六謝靈運《入華子崗是麻源第三谷》“乘月弄潺湲”。

《宿鰕湖》“暝投鰕湖宿”。【案】《文選》卷二五謝靈運《登臨海嶠初發彊中作與從弟惠連見羊何共和之》“暝投剡中宿”。

《秋夜板橋浦泛月獨酌懷謝朓》。【案】《文選》卷二七謝玄暉《之宣城出新林浦向版橋》。

又“天上何所有，迢迢白玉繩。斜低建章闕，耿耿對金陵”。【案】《文選》卷二六謝玄暉《暫使下都夜發新林至京邑贈西府同僚》“玉繩低建章”“秋河曙耿耿”。

又“漢水舊如練，霜江夜清澄”。【案】《文選》卷二七謝玄暉《晚登三山還望京邑》“澄江靜如練”。

《入彭蠡經松門觀石鏡緬懷謝康樂題詩書遊覽之志》“水碧或可采，金精秘莫論”。【案】《文選》卷二六謝靈運《入彭蠡湖口》“金膏滅明光，水碧綴流温”。

卷一八二

李白《春日獨酌二首》其一“彼物皆有託，吾生獨無依”。【案】《文選》卷三〇陶淵明《詠貧士》“萬族各有託，孤雲獨無依”。

卷一八三

李白《翰林讀書言懷呈集賢諸學士》“嚴光桐廬溪，謝客臨海嶠”。【案】《文選》卷二五謝靈運《登臨海嶠初發彊中作與從弟惠連見羊何共和之》。

卷一八四

李白《題宛溪館》“何謝新安水，千尋見底清”。【案】《文選》卷二七沈休文《新安江水至清淺深見底貽京邑遊好》。

《閨情》“水或戀前浦，雲猶歸舊山”。【案】《文選》卷二九張景陽《雜詩十首》其八“流波戀舊浦，行雲思故山”。

《思邊》“南園緑草飛蝴蝶”。【案】《文選》卷二九張景陽《雜詩十首》其八“胡蝶飛南園”。

卷一八八

韋應物《寄令狐侍郎》“寒暑已推斥”。【案】《文選》卷二三劉公幹《贈五官中郎將四首》其一“四節相推斥”。

卷一八九

韋應物《天長寺上方别子西有道》“行子倦風塵”。【案】《文選》卷三〇鮑明遠《翫月城西門廨中》“仕子倦飄塵”。李善注：“陸機《答張士然詩》曰：飄颻冒風塵。”黄季剛《文選平點》卷三：“據注，飄改風。”韋詩亦可爲一旁證。又參卷七九九魏氏《贈外》。

《送楊氏女》“零淚緣纓流”。【案】《文選》卷二一郭景純《遊仙詩七首》其五成句。

卷一九〇

韋應物《酬鄭户曹驪山感懷》“日出煙嶠緑，氛氲麗層甍”。【案】《文選》卷二七謝玄暉《晚登三山還望京邑》“白日麗飛甍”。

《清都觀答幼遐》“粲然顧我笑”。【案】《文選》卷二一郭景純《遊仙詩七首》其二“靈妃顧我笑，粲然啓玉齒”。

卷一九二

韋應物《登西南岡卜居遇雨尋竹浪至澧壖縈帶數里清流茂樹雲物可賞》“綿延稼盈疇”。【案】《文選》卷十一王仲宣《登樓賦》“黍稷盈疇”，又卷二七《從軍詩五首》其五“黍稷盈原疇”。

《與幼遐君貺兄弟同遊白家竹潭》“臨風還默默”。【案】《文選》卷二二江文通《從冠軍建平王登廬山香爐峯詩》“臨風默含情”。

《藍嶺精舍》“石壁精舍高”。【案】《文選》卷二二謝靈運《石壁精舍還湖中作》。參卷四七張九齡《冬中至玉泉山寺云云》。

卷一九三

韋應物《題石橋》“遠學臨海嶠”。【案】《文選》卷二五謝靈運《登臨海嶠初發彊中作與從弟惠連見羊何共和之》。

卷一九四

韋應物《長安道》“白日西南馳”。【案】《文選》卷二七曹子建《名都篇》成句。

卷一九八

岑參《冬夜宿仙遊寺南涼堂呈謙道人》“願謝區中緣”。【案】《文選》卷二六謝靈運《登江中孤嶼》“緬邈區中緣”。同卷《登嘉州凌雲寺作》“願割區中緣”，《登千福寺楚金禪師法華院多寶塔》“庶割區中緣”。

《酬成少尹駱谷行見呈》“飛雪縮馬毛”。【案】《文選》卷二八鮑明遠《出自薊北門行》“馬毛縮如蝟”。

《送王大昌齡赴江寧》“惜君青雲器，努力加餐飯”。【案】《文選》卷二一顏延年《五君詠·阮始平》“仲容青雲器”。又下句爲卷二九《古詩十九首·行行重行行》成句。

《北庭貽宗學士道別》“曾逐李輕車，西征出太蒙”。【案】《文選》卷二八鮑明遠《東武吟》“後逐李輕車，追虜窮塞垣”。

《春歸晚次潼關懷古》“遂登關城望，下見洪河流”。【案】《文選》卷二六潘安仁《河陽縣作二首》其二“登城望洪河”。

《下外江舟懷終南舊居》“水宿已淹時”。【案】《文選》卷二二謝靈運《遊赤石進帆海》“水宿淹晨暮”。

《暮秋山行》“千念集暮節”。【案】《文選》卷二六謝靈運《入彭蠡湖口》“千念集日夜，萬感盈朝昏”。

卷一九九

岑參《白雪歌送武判官歸京》“瀚海闌干百丈冰，愁雲黲淡萬里凝”。【案】《文選》卷二一虞子陽《詠霍將軍北伐》“瀚海愁陰生”。陰，五臣作“雲”。

《熱海行送崔侍御還京》“陰火潛燒天地爐”。【案】《文選》卷十二木玄虛《海賦》“陰火潛然”。

《函谷關歌送劉評事使關西》“聖朝無外不須關”。【案】《文選》卷一班孟堅《東都賦》“識函谷之可關，而不知王者之無外也”。

卷二〇〇

岑參《夜過盤石隔河望永樂寄閨中效齊梁體》“盈盈一水隔”。【案】《文選》卷二九《古詩十九首·迢迢牽牛星》“盈盈一水間”。間，五臣注爲“在一水之間”，讀平聲。《文選音决》音“居莧反”，是“間隔”義。岑詩與《音决》同。詳卷一四九劉長卿《京口懷洛陽舊居兼寄廣陵二三知己》。

卷二〇一

岑參《趙將軍歌》“城南獵馬縮寒毛”。【案】《文選》卷二八鮑明遠《出自薊北門行》“馬毛縮如蝟”。

卷二〇二

梁鍠《七夕汎舟》“雲端有靈匹”。【案】《文選》卷三〇謝惠連《七月七日夜詠牛女》“雲漢有靈匹”。

卷二〇三

閻寬《古意》“庭樹發華滋”。【案】《文選》卷二九《古詩十九首・庭中有奇樹》“庭中有奇樹，緑葉發華滋”。

又“天中有靈匹”。【案】《文選》卷三〇謝惠連《七月七日夜詠牛女》“雲漢有靈匹”。

荆冬倩《奉試詠青》“草濃河畔色”。【案】《文選》卷二七《飲馬長城窟行》“青青河畔草”。王重民《補全唐詩》題作孟浩然。

卷二〇四

竇冀《懷素上人草書歌》“枕糟藉麴猶半醉”。【案】《文選》卷四七劉伯倫《酒德頌》“枕麴藉糟”。

卷二一一

高適《過盧明府有贈》“登高見百里，桑野鬱芊芊”。【案】《文選》卷二六潘安仁《在懷縣作》“登城臨清池”，又“稻栽肅仟仟”。

《酬龐十兵曹》“世情惡疵賤，之子憐孤直”。【案】《文選》卷二六范彦龍《贈張徐州稷》“物情棄疵賤，何獨顧衡闈”。同卷《宋中别李八》“世情薄疵賤，夫子懷賢哲”，同用范詩。

《答侯少府》“浮沈各異宜”。【案】《文選》卷二三曹子建《七哀詩》“浮沉各異勢”。

《漣上别王秀才》“行矣當自愛”。【案】《文選》卷四二魏文帝《與朝歌令吴質書》“行矣自愛”。

卷二一二

高適《酬别薛三蔡大留簡韓十四主簿》“迴首淚如霰”。【案】《文選》卷二七謝玄暉《晚登三山還望京邑》“淚下如流霰”。卷三一江文通《雜體詩·李都尉從軍》“握手淚如霰”。

《宓公琴臺詩三首》其二“入室想其人”。【案】《文選》卷二三潘安仁《悼亡詩三首》其一“望盧思其人，入室想所歷”。

卷二一三

高適《送渾將軍出塞》“從軍借問所從誰”“平戎早寄仲宣詩”。【案】《文選》卷二七王仲宣《從軍詩五首》其一“從軍有苦樂，但問所從誰”。

卷二一四

高適《東平旅遊奉贈薛太守二十四韻》“一麾俄出守”。【案】《文選》卷二一顔延年《五君詠·阮始平》“一麾乃出守”。

卷二一五

馮著《短歌行》“亭亭山上松”。【案】《文選》卷二三劉公幹《贈從弟三首》其二成句。

卷二一六

杜甫《奉贈韋左丞丈二十二韻》“丈人試靜聽，賤子請具陳”。【案】《文選》卷二八鮑明遠《東武吟》“主人且勿諠，賤子歌一言”，又卷二九《古詩十九首·今日良宴會》“歡樂難具陳”。

又“立登要路津”。【案】《文選》卷二九《古詩十九首·今日良宴會》“先據要路津”。

又“致君堯舜上”。【案】《文選》卷四二應休璉《與從弟君苗君胄書》

“思致君於有虞”，李善注引《孟子》“吾豈若使是君爲堯舜之君哉”。杜詩兼用應氏之書與孟子之語。

又“蹭蹬無縱鱗”。【案】《文選》卷十二木玄虚《海賦》“其魚則横海之鯨……或乃蹭蹬窮波”，又卷四七王子淵《聖主得賢臣頌》“沛乎若巨魚縱大壑”。

又“竊效貢公喜”。【案】《文選》卷五五劉孝標《廣絶交論》“王陽登則貢公喜”。

又“萬里誰能馴”。【案】《文選》卷二一顔延年《五君詠·嵇中散》“龍性誰能馴”。

《送高三十五書記》“各在天一涯”。【案】《文選》卷二九《古詩十九首·行行重行行》成句。

又“早寄從軍詩”。【案】《文選》卷二七王仲宣《從軍詩》。参卷二一三高適《送渾將軍出塞》。

《贈李白》“李侯金閨彦”。【案】《文選》卷十六江文通《别賦》“金閨之諸彦”。

《遊龍門奉先寺》“雲卧衣裳冷”。【案】《文選》卷二八鮑明遠《升天行》“雲卧恣天行”。

《望嶽》“造化鍾神秀”。【案】《文選》卷十一孫興公《遊天台山賦》“天台山者，蓋山嶽之神秀也”。

《陪李北海宴歷下亭》“蘊真愜所遇”。【案】《文選》卷二六謝靈運《登江中孤嶼》“蘊真誰爲傳”。

《今夕行》“馮陵大叫呼五白”。【案】《文選》卷三三宋玉《招魂》“成梟而牟，呼五白些”。

《兵車行》“縱有健婦把鋤犂”。【案】《文選》卷二七王仲宣《從軍詩五首》其一“相隨把鋤犂”。

《高都護驄馬行》“功成惠養隨所致”。【案】《文選》卷十四顔延年《赭白馬賦》“願終惠養”。

《白絲行》。【案】李審言云：“仿郭泰機《答傅咸詩》。”郭詩見《文選》卷二五。

《秋雨歎三首》其三“涅污后土何時乾”。【案】《文選》卷三三宋玉《九辯》“皇天淫溢而秋霖兮，后土何時兮得乾”。

《醉歌行》“衆賓皆醉我獨醒”。【案】《文選》卷三三屈平《漁父》“衆人皆醉我獨醒”。

《苦雨奉寄隴西公兼呈王徵士》“鷹隼亦屈猛”。【案】《文選》卷十三張茂先《鷦鷯賦》“蒼鷹鷙而受緤……屈猛志以服養”。

《同諸公登慈恩寺塔》“自非曠士懷，登兹翻百憂”。【案】《文選》卷二八鮑明遠《放歌行》“安知曠士懷”。卷十一王仲宣《登樓賦》“登兹樓以四望兮，聊暇日以銷憂”。下句反用王賦意。

《示從孫濟》“勿受外嫌猜”。【案】《文選》卷二八鮑明遠《放歌行》“不受外嫌猜”。

《九日寄岑參》“思君令人瘦”。【案】《文選》卷二九《古詩十九首·行行重行行》“思君令人老”。

《飲中八仙歌》“揮毫落紙如雲煙”。【案】《文選》卷五六潘安仁《楊荆州誄》“翰動若飛，紙落如雲”。

《麗人行》“鑾刀縷切空紛綸”。【案】《文選》卷十潘安仁《西征賦》“雍人縷切，鑾刀若飛”。

《渼陂行》“鳧鷖散亂櫂謳發”。【案】《文選》卷四左太沖《蜀都賦》“發櫂謳”。

又“馮夷擊鼓羣龍趨”。【案】《文選》卷十九曹子建《洛神賦》“馮夷鳴鼓”。

又“少壯幾時奈老何”。【案】《文選》卷四五漢武帝《秋風辭》“少壯幾時兮奈老何”。

《渼陂西南台》“懷新目似擊”。【案】《文選》卷二六謝靈運《登江中孤嶼》“懷雜道轉迥”。雜，五臣本作“新”。

又“知歸俗可忽”。【案】《文選》卷四六任彦昇《王文憲集序》“盈量知歸”。卷二二謝靈運《遊赤石進帆海》“適己物可忽”。

《奉同郭給事湯東靈湫作》“翠旗澹偃蹇”。【案】《文選》卷十六司馬長卿《長門賦》“澹偃蹇而待曙兮”。

《橋陵詩三十韻因呈縣内諸官》“臺榭爭岧亭”。【案】《文選》卷二張平子《西京賦》“狀亭亭以苕苕”。苕苕，北宋國子監本作“岧岧”。

《沙苑行》“繚以周墻百餘里”。【案】《文選》卷一班孟堅《西都賦》“繚以周墻，四百餘里”。

《驄馬行》“隅目青熒夾鏡懸”。【案】《文選》卷二張平子《西京賦》“隅目高匡”。卷十四顔延年《赭白馬賦》“雙瞳夾鏡”。

又“晝洗須騰涇渭深，朝趨可刷幽并夜”。【案】《文選》卷六左太沖《魏都賦》“洗兵海島，刷馬江洲”，卷十四顔延年《赭白馬賦》“旦刷幽燕，晝秣荆越”。

《自京赴奉先縣詠懷五百字》“當今廊廟具，構厦豈云缺”。【案】《文選》卷二四潘正叔《贈侍御史王元貺》“廣厦構衆材”。

又“葵藿傾太陽，物性固莫奪”。【案】《文選》卷三七曹子建《求通親親表》“若葵藿之傾葉，太陽雖不爲之迴光，然終向之者，誠也”。

又“胡爲慕大鯨，輒擬偃溟渤”。【案】《文選》卷十二木玄虚《海賦》“横海之鯨，突扤孤遊。戞巖嶅，偃高濤”。

又“樂動殷樛嶱”（一作膠葛）。【案】《文選》卷八司馬長卿《上林賦》“張樂乎膠葛之寓”。

又“賜浴皆長纓，與宴非短褐”。【案】《文選》卷二八陸士衡《長安有狹斜行》“鳴玉豈樸儒，憑軾皆俊民”。杜詩句法仿陸詩。

《三川觀水漲二十韻》“漱壑松柏禿”。【案】《文選》卷十二郭景純《江賦》“漱壑生浦”。

又“陰氣不黲黷”。【案】《文選》卷四七陸士衡《漢高祖功臣頌》“芒芒宇宙，上墋下黷”。

《哀江頭》“一箭正墜雙飛翼”。【案】《文選》卷二七曹子建《名都篇》“一縱兩禽連”。

《哀王孫》“但道困苦乞爲奴”。【案】《文選》卷四九干令升《晉紀總論》“將相侯王，連頭受戮，乞爲奴僕而猶不獲”。

又“且爲王孫立斯須”。【案】《文選》卷二九李少卿《與蘇武詩三首》其一“且復立斯須”。

卷二一七

杜甫《蘇端薛復筵簡薛華醉歌》“急觴爲緩憂心擣”。【案】《文選》卷三〇謝靈運《擬魏太子鄴中集詩·陳琳》“急觴盪幽默”。

《述懷一首》“今夏草木長”。【案】《文選》卷三〇陶淵明《讀山海經》“孟夏草木長”。

《送樊二十三侍御赴漢中判官》“川谷血橫流”。【案】《文選》卷一班孟堅《東都賦》“川谷流人之血”。

《送從弟亞赴安西判官》“時危異人至”。【案】《文選》卷三七孔文舉《薦禰衡表》“遭遇厄運，勞謙日仄。維嶽降神，異人並出”。

《彭衙行》“野果充餱糧，卑枝成屋椽”。【案】《文選》卷二二左太沖《招隱詩二首》其一“秋菊兼糇糧”。又同卷陸士衡《招隱詩》“輕條象雲構，密葉成翠幄”。

又“高義薄曾雲”。【案】《文選》卷五〇沈休文《宋書謝靈運傳論》“高義薄雲天”。

又“胡羯仍搆患”。【案】《文選》卷二三王仲宣《七哀詩二首》其一“豺虎方遘患”。

《北征》“都人望翠華”。【案】《文選》卷四張平子《南都賦》“望翠華兮葳蕤”。

《九成宮》“岌嶪土囊口”。【案】《文選》卷十三宋玉《風賦》“夫風生於地，起於青蘋之末。侵淫谿谷，盛怒於土囊之口”。

又“立神扶棟梁”。【案】《文選》卷十一王文考《魯靈光殿賦》“神靈扶其棟宇”。

《送李校書二十六韻》“謬通金閨籍”。【案】《文選》卷三〇謝玄暉《始出尚書省》“既通金閨籍”。

又“絢練新羽翮”。【案】《文選》卷十四顏延年《赭白馬賦》“别輩越羣，絢練夐絶”。

又“無令軒車遲”。【案】《文選》卷二九《古詩十九首·冉冉孤生竹》“軒車來何遲”。

《洗兵馬》（原注：收京後作）。【案】《文選》卷六左太沖《魏都賦》“洗兵海島，刷馬江洲”。吕向注：“謂戰勝將休兵，欲還師，乃洗兵馬於海島江洲也。”子美用五臣注義。

又“攀龍附鳳勢莫當，天下盡化爲侯王”。【案】《文選》卷五〇班孟堅《述韓英彭盧吴傳》“雲起龍驤，化爲侯王”。

又“徵起適遇風雲會”。【案】《文選》卷五〇范蔚宗《二十八將傳論》“然咸能感會風雲，奮其智勇”。

《留花門》“原野轉蕭瑟”。【案】《文選》卷二四曹子建《贈白馬王彪》其四“原野何蕭條”。

《病後遇王倚飲贈歌》“金城土酥静如練”。【案】《文選》卷二七謝玄暉《晚登三山還望京邑》“澄江静如練”。

《閿鄉姜七少府設膾戲贈長歌》“饔人受魚鮫人手，洗魚磨刀魚眼紅。無聲細下飛碎雪”。【案】《文選》卷十潘安仁《西征賦》“雍人縷切，鸞刀若飛。應刃落俎，靃靃霏霏”。劉良注“靃靃霏霏，細淨皃”，杜詩“細下”“碎雪”即五臣注“細淨”之具象語。

《瘦馬行》“當時歷塊誤一蹶”。【案】《文選》卷四七王子淵《聖主得賢臣頌》“過都越國，蹶如歷塊”。

又“誰家且養願終惠”。【案】《文選》卷十四顔延年《赭白馬賦》“願終惠養”。

《新婚别》“兔絲附蓬麻”。【案】《文選》卷二九《古詩十九首·冉冉孤生竹》“與君爲新婚，兔絲附女蘿”。此杜詩命題所本。

又“沈痛迫中腸”。【案】《文選》卷二三謝靈運《廬陵王墓下作》“沈痛結中腸”。結，五臣本作“切”。迫、切義同，然劉良注“切，割也”，疑子美所見本《文選》作“切”，而不取五臣注。

《夏日歎》“飛鳥苦熱死”。【案】《文選》卷二八鮑明遠《苦熱行》“身熱頭且痛，鳥墮魂來歸”。

卷二一八

杜甫《遣興三首》其一“朽骨穴螻蟻，又爲蔓草纏”。【案】《文選》卷十六江文通《恨賦》“蔓草縈骨”。

《昔遊》“良覿違夙願”。【案】《文選》卷三〇謝靈運《南樓中望所遲客》“引領冀良覿”。

又“雖悲鬒髮變”。【案】《文選》卷二七謝玄暉《晚登三山還望京邑》“誰能縝不變”。縝、鬒同義。

《赤谷西崦人家》“躋險不自喧”。【案】《文選》卷三〇謝靈運《石門新營所住四面高山迴溪石瀨脩竹茂林詩》“躋險築幽居”。

《西枝邨尋置草堂地夜宿贊公土室二首》其一“披榛得微路”。【案】《文選》卷四三趙景真《與嵇茂齊書》“披榛覓路”。

《有懷台州鄭十八司户》“昔如水上鷗，今如罝中兔”。【案】《文選》卷二八鮑明遠《東武吟》“昔如韝上鷹，今似檻中猨”。

《遣興五首》其四“蓬生非無根，漂蕩隨高風”。【案】《文選》卷二九曹子建《雜詩六首》其二“轉蓬離本根，飄颻隨長風”。

其五“親友相追攀”。【案】《文選》卷二三王仲宣《七哀詩二首》其一“朋友相追攀”。

《遣興五首》其一“朔風飄胡雁，慘澹帶砂礫”。【案】《文選》卷二八鮑明遠《出自薊北門行》“疾風衝塞起，沙礫自飄揚”。

《後出塞五首》其一“召募赴薊門”。【案】《文選》卷二八鮑明遠《東武吟》“占募到河源”。占，五臣作“召”。

《别贊上人》“百川日東流，客去亦不息”。【案】《文選》卷二六謝玄暉《暫使下都夜發新林至京邑贈西府同僚》“大江流日夜，客心悲未央”。李善注：“《吕氏春秋》曰：水泉東流，日夜不休。”吕向注：“言客悲與江流俱未央息。”子美此詩兼用崇賢與五臣注。

《萬丈潭》“高蘿成帷幄”。【案】《文選》卷二二陸士衡《招隱詩》“密葉成翠幄”。

《兩當縣吴十侍御江上宅》“哀哀失木狖”。【案】《文選》卷一班孟堅《西都賦》“猨狖失木”。

又“共通金閨籍”。【案】《文選》卷三〇謝玄暉《始出尚書省》“既通金閨籍”。

《發秦州》“登臨未銷憂”。【案】《文選》卷十一王仲宣《登樓賦》“登茲樓以四望兮，聊暇日以銷憂”。

《赤谷》“險艱方自茲”。【案】《文選》卷二六任彦昇《贈郭桐廬出溪口見候余既未至郭仍進村維舟久之郭生方至》“湍險方自茲”。

《寒硤》“野人尋煙語，行子傍水餐”。【案】《文選》卷二八鮑明遠《東門行》“居人掩閨卧，行子夜中飯”。

《法鏡寺》“嬋娟碧鮮淨”。【案】《文選》卷五左太沖《吴都賦》“（其竹）檀欒蟬蜎，玉潤碧鮮”。

又“洩雲蒙清晨，初日翳復吐”。【案】《文選》卷六左太沖《魏都賦》“窮岫泄雲，日月恒翳”。

《石龕》“熊羆哮我東，虎豹號我西”。【案】《文選》卷二七魏武帝《苦寒行》“熊羆對我蹲，虎豹夾路啼”。

《積草嶺》“食蕨不願餘”。【案】《文選》卷二一左太沖《詠史八首》其八“飲河期滿腹，貴足不願餘”。

《泥功山》“哀猿透卻墜”。【案】《文選》卷五左太沖《吴都賦》“（猿狖之屬）爭接縣垂，競游遠枝。驚透沸亂，牢落翬散”。劉淵林注：“楊雄《方言》曰：透，驚也。”

《乾元中寓居同谷縣作歌七首》其五“中夜起坐萬感集”。【案】《文選》卷二六謝靈運《入彭蠡湖口》“千念集日夜，萬感盈朝昏”。

其七“男兒生不成名身已老”。【案】《文選》卷四一李少卿《與蘇武書》“男兒生以不成名”。生，《杜詩證選》訛作“身”。

《發同谷縣》“賢有不黔突，聖有不煖席”。【案】《文選》卷四五班孟堅《答賓戲》“孔席不暵，墨突不黔”。

又“去住與願違”。【案】《文選》卷二三嵇叔夜《幽憤詩》“事與願違”。

《木皮嶺》“千巖自崩奔”。【案】《文選》卷二六謝靈運《入彭蠡湖口》“圻岸屢崩奔”。

《白沙渡》“洪濤越凌亂”。【案】《文選》卷二三謝惠連《秋懷》“清淺時陵亂”。清淺，五臣本作“清波”。

《劍門》“一夫怒臨關，百萬未可傍”。【案】《文選》卷五六張孟陽《劍閣銘》“一人荷戟，萬夫趑趄”。又卷二七丘希範《旦發漁浦潭》“崖傾嶼難傍”，杜詩“傍”之字法與丘詩同。

又“臨風默惆悵”。【案】《文選》卷二二江文通《從冠軍建平王登廬山香爐峯》“臨風默含情”。

《成都府》。【案】朱鶴齡曰：“此詩語意，多本阮公《詠懷》。‘翳翳桑榆日，照我征衣裳’，即阮之‘灼灼西頹日，餘光照我衣’也；‘側身望川梁’，即阮之‘登高望九州’也；‘鳥雀夜各歸，中原杳茫茫’，即阮之‘飛鳥相隨翔，曠野莽茫茫’也；‘自古有羈旅，我何苦哀傷’，又翻阮之‘羈旅無儔匹，俯仰懷哀傷’以自廣也。‘初月出不高，衆星尚爭光’，則本子建《贈徐幹》詩‘圓景光未滿，衆星粲以繁’。公云‘熟精《文選》理’，於此益信。”朱氏語見《杜詩詳注》卷九引。阮嗣宗《詠懷詩》見《文選》卷二三，曹子建《贈徐幹》見卷二四。

卷二一九

杜甫《石犀行》“自免洪濤恣凋瘵”“安得壯士提天綱”。【案】《文選》卷十二木玄虛《海賦》“天綱浡潏，爲凋爲瘵”。

《贈蜀僧閭丘師兄》“晚看作者意，妙絶與誰論”。【案】《文選》卷四二魏文帝《與吴質書》“其五言詩之善者，妙絶時人”，又卷二六陸韓卿《奉答内兄希叔》“賦歌能妙絶”。

又“而無車馬喧”。【案】《文選》卷三〇陶淵明《雜詩二首》其一成句。

《戲題畫山水圖歌》“舟人漁子入浦溆”。【案】《文選》卷十二木玄虛《海賦》“舟人漁子，徂南極東”。

《戲爲雙松圖歌》“絶筆長風起纖末”。【案】《文選》卷十八馬季長《長笛賦》“故其應清風也，纖末奮蒴”。

又“滿堂動色嗟神妙”。【案】《文選》卷十三謝希逸《月賦》“滿堂變容”。

《投簡成華兩縣諸子》“朝廷故舊禮數絶”。【案】《文選》卷二三任彦昇

《出郡傳舍哭范僕射》“平生禮數絶”。參卷一七一李白《獻當塗宰陽冰》。

《枯柟》“上枝摩皇天”（皇，一作蒼）。【案】《文選》卷二二魏文帝《芙蓉池作》“脩條摩蒼天”。

《柟樹爲風雨所拔歎》“誅茅卜居總爲此”。【案】《文選》卷三三屈平《卜居》“寧誅鉏草茅以力耕乎”。

又“行人不過聽竽籟”。【案】《文選》卷十九宋玉《高唐賦》“纖條悲鳴，聲似竽籟”。

《述古三首》其二“邪贏無乃勞”。【案】《文選》卷二張平子《西京賦》“邪贏優而足恃”。

卷二二〇

杜甫《早發射洪縣南途中作》“俶裝逐徒旅”。【案】《文選》卷十五張平子《思玄賦》“簡元辰而俶裝”。

《陪王侍御同登東山最高頂宴姚通泉晚攜酒泛江》“無使霜過霑人衣”（過，一作露）。【案】《文選》卷二七魏文帝《善哉行》“霜露沾衣”。

《陪章留後惠義寺嘉州崔都督赴州》“畢景遺炎蒸”。【案】《文選》卷二七鮑明遠《還都道中作》“畢景逐前儔”。

《將適吴楚留别章使君留後兼幕府諸公得柳字》“昔如縱壑魚，今如喪家狗”。【案】《文選》卷四七王子淵《聖主得賢臣頌》“沛乎若巨魚縱大壑”。又卷二八鮑明遠《東武吟》“昔如韝上鷹，今似檻中猨”，杜詩句法本此。參卷二一八《有懷台州鄭十八司户》。

又“終作適荆蠻”。【案】《文選》卷二三王仲宣《七哀詩二首》其一“遠身適荆蠻”。

《山寺》“孰曰非周才”。【案】《文選》卷二二王康琚《反招隱》“周才信衆人”。李善注“以出仕爲周才”，劉良注“從俗爲周才”，子美用李善注。

又“高人憂禍胎”。【案】《文選》卷三九枚叔《上書諫吴王》“福生有基，禍生有胎”。

《閬州東樓筵奉送十一舅往青城縣得昏字》“雖有車馬客，而無人世喧”。【案】《文選》卷三〇陶淵明《雜詩二首》其一“結廬在人境，而無車馬喧”。

又“霜露在草根”。【案】《文選》卷二二沈休文《宿東園》“草根積霜露”。

又“萬感集清尊”“王命久崩奔”。【案】《文選》卷二六謝靈運《入彭蠡湖口》“千念集日夜，萬感盈朝昏”，又“圻岸屢崩奔”。

《冬狩行》“肉味不足登鼎俎，何爲見羈虞羅中”。【案】《文選》卷十三張茂先《鷦鷯賦》“肉不登於俎味”。卷十四鮑明遠《舞鶴賦》“掩雲羅而見羈”。

《别唐十五誡因寄禮部賈侍郎》“天門鬱嵯峨”。【案】《文選》卷二六潘安仁《河陽縣作二首》其二“崇芒鬱嵯峨”，又卷二八陸士衡《從軍行》“崇山鬱嵯峨”。

又“來往若崩波”。【案】《文選》卷二七鮑明遠《還都道中作》“崩波不可留”。

《四松》“終然振撥損”。【案】《文選》卷六〇謝惠連《祭古冢文》“以物棖撥之”。李善注：“南人以物觸物爲棖也。”棖、振同。

《揚旗》“休適蠻與荆”。【案】《文選》卷二三王仲宣《七哀詩二首》其一“遠身適荆蠻”。

《太子張舍人遺織成褥段》“客從西北來，遺我翠織成”。【案】《文選》卷二九《古詩十九首·客從遠方來》“客從遠方來，遺我一端綺”。

又“衣馬自肥輕”。【案】《文選》卷二六范彦龍《贈張徐州稷》“裘馬悉輕肥”。

《莫相疑行》“晚將末契托年少”。【案】《文選》卷十六陸士衡《歎逝賦》“託末契於後生”。

卷二二一

杜甫《杜鵑》“淚下如迸泉”。【案】《文選》卷二八劉越石《扶風歌》“淚下如流泉”。

《古柏行》“扶持自是神明力”。【案】《文選》卷十一孫興公《遊天台山賦》"寔神明之所扶持"。

《柴門》"地僻日夕佳"。【案】《文選》卷三〇陶淵明《雜詩二首》其一"心遠地自偏"，又"山氣日夕佳"。

《殿中楊監見示張旭草書圖》"落落羣松直"。【案】《文選》卷十一孫興公《遊天台山賦》"蔭落落之長松"。

《送殿中楊監赴蜀見相公》"洩雲無定姿"。【案】《文選》卷二七謝玄暉《敬亭山》"渫雲已漫漫"。渫，五臣作"泄"。洩、泄同。

《贈李十五丈别》"多病紛倚薄"。【案】《文選》卷二六謝靈運《過始寧墅》"拙疾相倚薄"。五臣本無此句。

《晚登瀼上堂》"淒其望吕葛"。【案】《文選》卷二六謝靈運《初發石首城》"懷賢亦悽其"。

《甘林》"試問甘藜藿，未肯羨輕肥"。【案】《文選》卷三四曹子建《七啓》"此肴饌之妙也，子能從我而食之乎。玄微子曰：予甘藜藿，未暇此食也"。

卷二二二

杜甫《八哀詩・贈左僕射鄭國公嚴公武》"笳鼓凝聖情"。【案】《文選》卷二二顔延年《車駕幸京口侍遊蒜山作》"窮遠凝聖情"。

《八哀詩・贈秘書監江夏李公邕》"蕭蕭白楊路"。【案】《文選》卷二九《古詩十九首・驅車上東門》"白楊何蕭蕭"。

又"日斜鵩鳥入"。【案】《文選》卷十三賈誼《鵩鳥賦》"庚子日斜兮，鵩集予舍"。

又"酒酣托末契"。【案】《文選》卷十六陸士衡《歎逝賦》"託末契於後生"。

《八哀詩・故秘書少監武功蘇公源明》"一麾出守還"。【案】《文選》卷二一顔延年《五君詠・阮始平》"一麾乃出守"。

又"結交三十載"。【案】《文選》卷二三任彦昇《出郡傳舍哭范僕射》"結懽三十載"。

《壯遊》"嫉惡懷剛腸"。【案】《文選》卷四三嵇叔夜《與山巨源絶交書》“剛腸嫉惡”。

《遣懷》“獨在天一隅”。【案】《文選》卷二九李少卿《與蘇武三首》其一“各在天一隅”。

《前苦寒行二首》其一“牛馬毛寒縮如蝟”。【案】《文選》卷二八鮑明遠《出自薊北門行》“馬毛縮如蝟”。

《寄從孫崇簡》“莫令斬斷青雲梯”。【案】《文選》卷二二謝靈運《登石門最高頂》“共登青雲梯”。

卷二二三

杜甫《敬寄族弟唐十八使君》“鸞鳳有鎩翮”。【案】《文選》卷二一顔延年《五君詠・嵇中散》“鸞翮有時鎩”。

又“春風洪濤壯”。【案】《文選》卷二二顔延年《車駕幸京口侍遊蒜山作》“春江壯風濤”。

《魏將軍歌》“星躔寶校金盤陀”。【案】《文選》卷十四顔延年《赭白馬賦》“寶鉸星纏”。躔，當作“纏”。校、鉸義同，見《通鑑・齊紀六》“乘輿有金銀飾校者”胡三省注。

《白馬》“嗚呼淚如霰”。【案】《文選》卷二七謝玄暉《晚登三山還望京邑》“淚下如流霰”。卷三一江文通《雜體詩・李都尉從軍》“握手淚如霰”。

《醉歌行贈公安顔少府請顧八題壁》“酒酣耳熱忘頭白”。【案】《文選》卷四二魏文帝《與吴質書》“酒酣耳熱”。

《送顧八分文學適洪吉州》“誰是青雲器”。【案】《文選》卷二一顔延年《五君詠・阮始平》“仲容青雲器”。

《次空靈岸》“楓栝隱奔峭”。【案】《文選》卷二六謝靈運《七里瀨》“徒旅苦奔峭”。

《歲晏行》“割慈忍愛還租庸”。【案】《文選》卷十六江文通《别賦》“割慈忍愛，離邦去里”。

卷二二四

杜甫《奉贈太常張卿二十韻》“健筆凌鸚鵡”。【案】《文選》卷十三禰正平《鸚鵡賦》。

又“銛鋒瑩鸊鵜”。【案】《文選》卷二張平子《西京賦》“胸突銛鋒”。

又“歸馬散霜蹄”。【案】《文選》卷二七曹子建《白馬篇》“俯身散馬蹄”。李善注：“邯鄲淳《藝經》曰：馬射，左邊爲月支三枚，馬蹄二枚。”以馬射爲箭靶。張銑注：“散馬蹄，言馳騖也。”子美用五臣注。

又“青雲不可梯”。【案】《文選》卷二二謝靈運《登石門最高頂》“共登青雲梯”。

又“檻束哀猿叫，枝驚夜鵲棲”。【案】《文選》卷二八鮑明遠《東武吟》“今似檻中猨”，卷二七魏武帝《短歌行》“月明星稀，烏鵲南飛。繞樹三匝，何枝可依”。

《敬贈鄭諫議十韻》“冥搜信客旌”。【案】《文選》卷十一孫興公《遊天台山賦》序“非夫遠寄冥搜”。

又“旅食歲峥嶸”。【案】《文選》卷十四鮑明遠《舞鶴賦》“歲峥嶸而愁暮”。

《贈特進汝陽王二十韻》“丹梯庶可凌”。【案】《文選》卷三〇謝靈運《擬魏太子鄴中集詩·阮瑀》“躧步陵丹梯，並坐侍君子”。又卷二七謝玄暉《敬亭山》“要欲追奇趣，即此陵丹梯”，語雖與杜同，而詩意兩别，詳仇氏注。

又“終不媿孫登”。【案】《文選》卷二三嵇叔夜《幽憤詩》“今愧孫登”。

《房兵曹胡馬詩》“驍騰有如此”。【案】《文選》卷十四顔延年《赭白馬賦》“品驍騰”。

《畫鷹》“毛血灑平蕪”。【案】《文選》卷一班孟堅《西都賦》“風毛雨血，灑野蔽天”。

《與李十二白同尋范十隱居》“入門高興發”。【案】《文選》卷二二殷仲文《南州桓公九井作》“獨有清秋日，能使高興盡”。

《送裴二虯作尉永嘉》“孤嶼亭何在”。【案】《文選》卷二六謝靈運《登江中孤嶼》。

《贈獻納使起居田舍人》“地分清切任才賢”。【案】《文選》卷二三劉公幹《贈徐幹》“拘限清切禁”。

又“曉漏追飛青瑣闥”。【案】《文選》卷二六范彥龍《古意贈王中書》“攝官青瑣闥”。

《承沈八丈東美除膳部員外阻雨未遂馳賀奉寄此詩》“清秋便寓直”。【案】《文選》卷十三潘安仁《秋興賦》序“以太尉掾兼虎賁中郎將，寓直于散騎之省”。

又“徒懷貢公喜”。【案】《文選》卷五五劉孝標《廣絶交論》“王陽登則貢公喜”。

《奉留贈集賢院崔于二學士》“途窮乃叫閽”。【案】《文選》卷七楊子雲《甘泉賦》“選巫咸兮叫帝閽”。

《對雪》“急雪舞迴風”。【案】《文選》卷十九曹子建《洛神賦》“飄颻兮若流風之迴雪”。

卷二二五

杜甫《喜達行在所三首》其二“司隸章初覩”。【案】《文選》卷三〇謝玄暉《始出尚書省》“還覩司隸章”。

《行次昭陵》“日月繼高衢”。【案】《文選》卷十一王仲宣《登樓賦》“假高衢而騁力”。張銑注：“假借帝王之高道，馳騁才力以爲輔弼。”

《喜聞官軍已臨賊境二十韻》“誰云遺毒螫”。【案】《文選》卷一班孟堅《西都賦》“盪亡秦之毒螫”。

又“神行羽衛牢”。【案】《文選》卷三一江文通《雜體詩・袁太尉從駕》“羽衛藹流景”。

《曲江對酒》“吏情更覺滄洲遠，老大悲傷未拂衣”。【案】《文選》卷二七謝玄暉《之宣城出新林浦向版橋》“既懽懷禄情，復協滄州趣”。卷二七《長歌行》“老大乃傷悲”。

《題省中院壁》“許身愧比雙南金”。【案】《文選》卷二九張平子《四愁詩》“何以報之雙南金”。

《寄高三十五詹事》“時來如宦達”。【案】《文選》卷三七李令伯《陳情事表》“本圖宦達”。

《早秋苦熱堆案相仍》“南望青松架短壑”。【案】《文選》卷三一江文通《雜體詩・謝光禄郊遊》“風散松架險”。

《至日遣興奉寄北省舊閣老兩院故人二首》其二“愁對寒雲雪滿山”。【案】《文選》卷十四鮑明遠《舞鶴賦》“雪滿羣山”。

《得弟消息二首》其二“雖在命如絲”。【案】《文選》卷二六謝靈運《初發石首城》“微命察如絲”。

《秦州雜詩二十首》其一“浩蕩及關愁”。【案】《文選》卷四三趙景真《與嵇茂齊書》“昔李叟入秦，及關而歎”。

又“心折此淹留”。【案】《文選》卷十六江文通《别賦》“使人意奪神駭，心折骨驚”。

《秦州見敕目薛三璩授司議郎畢四曜除監察與二子有故遠喜遷官兼述索居凡三十韻》“栖遑分半菽”。【案】《文選》卷五五劉孝標《廣絶交論》“莫肯費其半菽”。費，《杜詩證選》訛作“分”。

又“漁父忌偏醒”。【案】《文選》卷三三屈平《漁父》“（屈原曰）衆人皆醉我獨醒……（漁父曰）衆人皆醉，何不餔其糟而歠其釃”。此“忌”字所本。

《寄岳州賈司馬六丈巴州嚴八使君兩閣老五十韻》“多病加淹泊，長吟阻静便”。【案】《文選》卷二六謝靈運《過始寧墅》“拙疾相倚薄，還得静者便”。五臣本無此二句。

《寄張十二山人彪三十韻》“良覿渺無因”。【案】《文選》卷三〇謝靈運《南樓中望所遲客》“引領冀良覿”。

又“高興知籠鳥”。【案】《文選》卷十三潘安仁《秋興賦》“譬猶池魚籠鳥，有江湖山藪之思”。

卷二二六

杜甫《一室》“荆蠻去幾年”。【案】《文選》卷二三王仲宣《七哀詩二首》其一“復棄中國去，遠身適荆蠻”。

《梅雨》“湛湛長江去”。【案】《文選》卷二三阮嗣宗《詠懷詩・湛湛長江水》。又卷三三宋玉《招魂》“湛湛江水兮上有楓”。《杜詩證選》“去”訛作“水”。

《恨别》“草木變衰行劍外”。【案】《文選》卷三三宋玉《九辯》“蕭瑟兮，草木摇落而變衰”。

《寄賀蘭銛》“朝野歡娱後”。【案】《文選》卷二一張景陽《詠史》“朝野多歡娱”。

《遣意二首》其一“漸喜交遊絶”。【案】《文選》卷四五陶淵明《歸去來兮辭》“請息交以絶游”。

《獨酌》“薄劣慚真隱，幽偏得自怡”。【案】《文選》卷二〇謝靈運《九日從宋公戲馬臺集送孔令詩》“彼美丘園道，喟焉傷薄劣”。

《送裴五赴東川》“凛凛悲秋意”。【案】《文選》卷三三宋玉《九辯》“竊獨悲此凛秋”。

卷二二七

杜甫《戲爲六絶句》其一“今人嗤點流傳賦”。【案】《文選》卷四九干令升《晉紀總論》“蓋共嗤點以爲灰塵”。嗤點，五臣作“嗤黜”。

其三“歷塊過都見爾曹”。【案】《文選》卷四七王子淵《聖主得賢臣頌》“過都越國，蹶如歷塊”。

其四“或看翡翠蘭苕上”。【案】《文選》卷二一郭景純《遊仙詩七首》其三“翡翠戲蘭苕”。

其五“清詞麗句必爲鄰”。【案】《文選》卷五〇沈休文《宋書謝靈運傳論》“雖清辭麗曲，時發乎篇”。

其六“遞相祖述復先誰”。【案】《文選》卷五〇沈休文《宋書謝靈運傳論》“異軌同奔，遞相師祖”。杜詩末句“轉益多師是汝師”，此句爲避用字重複，改沈論“師祖”爲“祖述”。

《屏跡三首》其一“用拙存吾道，幽居近物情”。【案】《文選》卷十六潘安仁《閑居賦》“昔通人和長輿之論余也，固謂拙於用多”。杜詩“幽居”即潘賦“閑居”之意。

又“心跡喜雙清”。【案】《文選》卷三〇謝靈運《齋中讀書》“心跡雙寂漠”。

其二“一月不梳頭”。【案】《文選》卷四三嵇叔夜《與山巨源絶交書》“頭面常一月十五日不洗”。

《涪江泛舟送韋班歸京》“傷春一水間”。【案】《文選》卷二九《古詩十九首·迢迢牽牛星》“盈盈一水間”。杜詩“間”讀平聲，義爲中間。詳卷一四九劉長卿《京口懷洛陽舊居兼寄廣陵二三知己》。

《數陪李梓州泛江有女樂在諸舫戲爲艷曲二首贈李》其一“金壺隱浪偏”。【案】《文選》卷三〇鮑明遠《翫月城西門廨中》“金壺啓夕淪”。李善注：“金壺之漏以啓夕波。”《文選鈔》：“淪，波。謂夜漏動也。”所訓同。劉良注：“金壺之水已開滴漏，言夜將盡也。”又：“淪，猶盡也。”（此注見集注本）陸善經曰：“金壺之漏以啓夕淪。淪，没也。”劉、陸訓近。子美詩用善或《鈔》注，且易“波”爲“浪”，顯見沿襲之跡。

《戲題寄上漢中王三首》其二“忍斷桮中物，秪看座右銘”。【案】《文選》卷五六崔子玉《座右銘》“慎言節飲食”。漢中王之斷酒，正因《座右銘》“節飲食”之語。

其三“尚憐詩警策”。【案】《文選》卷十七陸士衡《文賦》“立片言而居要，乃一篇之警策”。

又“徐陳略喪亡”。（注：用曹丕《與吴質書》。）【案】《文選》卷四二魏文帝《與吴質書》“徐陳應劉，一時俱逝”。

《送王十五判官扶侍還黔中》“大家東征逐子迴”（注：班大家賦“余隨子乎東征”）。【案】《文選》卷九曹大家《東征賦》。

《倦夜》“空悲清夜徂”。【案】《文選》卷十六司馬長卿《長門賦》“徂清夜於洞房”。

《王命》“深懷喻蜀意”。【案】《文選》卷四四司馬長卿《喻巴蜀檄》。

卷二二八

杜甫《奉寄高常侍》“方駕曹劉不啻過”。【案】《文選》卷五五劉孝標《廣絶交論》“遒文麗藻，方駕曹王”。

《地隅》“喪亂秦公子”（注：王粲本秦川貴公子）。【案】《文選》卷三〇謝靈運《擬魏太子鄴中集詩·王粲》“家本秦川，貴公子孫，遭亂流寓，自傷情多”。

《玉台觀》“遂有馮夷來擊鼓”。【案】《文選》卷十九曹子建《洛神賦》“馮夷鳴鼓”。

《贈王二十四侍御契四十韻》“置酒高林下”。【案】《文選》卷二七曹子建《箜篌引》“置酒高殿上”。

《寄李十四員外布十二韻》“自爲摘嘉蔬”。【案】《文選》卷三〇陶淵明《讀山海經》“擿我園中蔬”。擿，五臣本作“摘”。

《過故斛斯校書莊二首》其一“空餘繐帷在”。【案】《文選》卷六〇陸士衡《弔魏武帝文》“悼繐帳之冥漠”。

其二“遂有山陽作”。【案】《文選》卷十六向子期《思舊賦》“經山陽之舊居”“遂援翰而寫心”。

又“素交零落盡”。【案】《文選》卷五五劉孝標《廣絶交論》“素交盡”，又卷四二魏文帝《與吴質書》“何圖數年之間，零落略盡”。

《到村》“歸來散馬蹄”。【案】《文選》卷二七曹子建《白馬篇》“俯身散馬蹄”。子美用五臣注。參卷二二四《奉贈太常張卿二十韻》。

《遣悶奉呈嚴公二十韻》“未敢息微躬”。【案】《文選》卷二二沈休文《遊沈道士館》“便欲息微躬”。

《春日江村五首》其五“羣盜哀王粲”“登樓初有作”。【案】《文選》卷二三王仲宣《七哀詩二首》其一“西京亂無象，豺虎方遘患”。劉良注：“喻羣賊貪暴害人也。”又卷十一王仲宣《登樓賦》。

卷二二九

杜甫《哭嚴僕射歸櫬》“部曲異平生”。【案】《文選》卷二八鮑明遠《東武吟》“將軍既下世，部曲亦罕存”。

《西閣二首》其一“孤雲無自心”。【案】《文選》卷三〇陶淵明《詠貧士》“孤雲獨無依”，又卷四五《歸去來兮辭》“雲無心以出岫”。

又“哀世非王粲，終然學越吟”。【案】《文選》卷十一王仲宣《登樓賦》“莊舄顯而越吟”。

其二“服食寄冥搜”。【案】《文選》卷二九《古詩十九首·驅車上東門》"服食求神仙"，又卷十一孫興公《遊天台山賦》序"遠寄冥搜"。

《入宅三首》其一"奔峭背赤甲"。【案】《文選》卷二六謝靈運《七里瀨》"徒旅苦奔峭"。

《卜居》"著處覓丹梯"。【案】《文選》卷二七謝玄暉《敬亭山》"要欲追奇趣，即此陵丹梯"。

《暮春題瀼西新賃草屋五首》其一"波亂日華遲"。【案】《文選》卷三〇謝玄暉《和徐都曹》"日華川上動"。

《秋野五首》其一"秋野日疏蕪"。【案】《文選》卷三〇謝玄暉《始出尚書省》"邑里向疏蕪"。

卷二三〇

杜甫《秋日夔府詠懷奉寄鄭監李賓客一百韻》"煩苛法令蠲"。【案】《文選》卷五一王子淵《四子講德論》"去煩蠲苛以綏百姓"。

《草閣》"草閣臨無地"。【案】《文選》卷五九王簡棲《頭陀寺碑文》"飛閣逶迤，下臨無地"。

《白露》"清晨散馬蹄"。【案】《文選》卷二七曹子建《白馬篇》"俯身散馬蹄"。子美用五臣注。參卷二二四《奉贈太常張卿二十韻》。

《月圓》"萬里共清輝"。【案】《文選》卷十三謝希逸《月賦》"隔千里兮共明月"。

《十七夜對月》"光射潛虬動"。【案】《文選》卷二二謝靈運《登池上樓》"潛虬媚幽姿"。

《雨》"輕箑煩相向，纖絺恐自疑"。【案】《文選》卷十三潘安仁《秋興賦》"於時乃屏輕箑，釋纖絺"。杜詩寫立春乍暖，幾於摇輕箑、服纖絺。潘賦寫秋涼，故屏輕箑、釋纖絺。二作用意不同，而其修辭，以兩物對舉則出一轍。

卷二三一

杜甫《又示宗武》"假日從時飲"（假，一作暇）。【案】《文選》卷十一王仲宣《登樓賦》"聊暇日以銷憂"。五臣本"暇"作"假"。

《九日五首》其三“西北有孤雲”。【案】《文選》卷二九魏文帝《雜詩二首》其二“西北有浮雲”。

《七月一日題終明府水樓二首》其二“終軍棄繻英妙時”。【案】《文選》卷十潘安仁《西征賦》“終童山東之英妙”。

《孟倉曹步趾領新酒醬二物滿器見遺老夫》“藉糟分汁滓”。【案】《文選》卷四七劉伯倫《酒德頌》“枕麴藉糟”。

卷二三二

杜甫《江梅》“巫岫鬱嵯峨”。【案】《文選》卷二六潘安仁《河陽縣作二首》其二“崇芒鬱嵯峨”，又卷二八陸士衡《從軍行》“崇山鬱嵯峨”。

卷二三三

杜甫《江閣對雨有懷行營裴二端公》“南紀風濤壯”。【案】《文選》卷二二顔延年《車駕幸京口侍遊蒜山作》“春江壯風濤”。

《長沙送李十一》“竟非吾土倦登樓”。【案】《文選》卷十一王仲宣《登樓賦》“雖信美而非吾土兮”。

《奉贈盧五丈參謀》“藻翰唯牽率”。【案】《文選》卷二五謝宣遠《答靈運》“牽率酬嘉藻”。

《暮冬送蘇四郎徯兵曹適桂州》“爾賢埋照久”。【案】《文選》卷二一顔延年《五君詠・阮步兵》“沈醉似埋照”。

《風疾舟中伏枕抒懷三十六韻奉呈湖南親友》“如聞馬融笛，若倚仲宣襟”。【案】《文選》卷十八馬季長《長笛賦》“有雒客舍逆旅，吹笛爲《氣出》《精列》相和。融去京師，踰年，蹔聞，甚悲而樂之”。卷十一王仲宣《登樓賦》“憑軒檻以遥望兮，向北風而開襟”。

卷二三四

杜甫《隨章留後新亭會送諸君》“因題零雨詩”。【案】《文選》卷二〇孫子荆《征西官屬送於陟陽候作詩》“零雨被秋草”。

卷二三五

賈至《贈裴九侍御昌江草堂彈琴》"小澗清且淺"。【案】《文選》卷二九《古詩十九首·迢迢牽牛星》"河漢清且淺"。

《閑居秋懷寄陽翟陸贊府封丘高少府》"我有同懷友，各在天一方"。【案】《文選》卷二四陸士衡《爲顧彦先贈婦二首》其一"感念同懷子"。卷二九蘇子卿《詩四首》其四"良友遠離别，各在天一方"。

《寓言二首》其一"春草紛碧色"。【案】《文選》卷十六江文通《别賦》"春草碧色"。

其二"欲寄雙玉盤"。【案】《文選》卷二九張平子《四愁詩》"何以報之雙玉盤"。

卷二三六

錢起《夕發箭場巖下作》"夕霞自興没"。【案】《文選》卷二二謝靈運《遊赤石進帆海》"陰霞屢興没"。

《東陵藥堂寄張道士》"清旦振衣坐"。【案】《文選》卷三〇謝玄暉《觀朝雨》"平明振衣坐"。

《苦雨憶皇甫冉》"憂襟孰能整"。【案】《文選》卷三一江文通《雜體詩·謝僕射遊覽》"憂襟未能整"。

《寄任山人》"獨抱中孚爻，誰知苦寒詠"。【案】《文選》卷二六謝靈運《初發石首城》"雖抱中孚爻，猶勞貝錦詩"。

《送包何東遊》"子好謝公跡，常吟孤嶼詩"。【案】《文選》卷二六謝靈運《登江中孤嶼》。

《仲春晚尋覆釜山》"蝴蝶弄和風"。【案】《文選》卷二二謝靈運《於南山往北山經湖中瞻眺》"天雞弄和風"。

《罷章陵令山居過中峰道者二首》其一"幽人還絶境，誰道苦奔峭"。【案】《文選》卷二六謝靈運《七里瀨》"孤客傷逝湍，徒旅苦奔峭"。錢詩反用謝客意。陳尚君《全唐詩續拾》卷三五作錢珝詩。

《海上卧病寄王臨》"孤影守薄劣""獨餘慕侣情"。【案】《文選》卷二〇謝靈運《九日從宋公戲馬臺集送孔令詩》“彼美丘園道，喟焉傷薄劣”。又卷二九張茂先《情詩二首》其二“不曾遠别離，安知慕儔侣”。

《初黄綬赴藍田縣作》“忽忝英達顧”。【案】《文選》卷二六謝靈運《永初三年七月十六日之郡初發都》“親蒙英達顧”。

卷二三七

錢起《秋夕與梁鍠文宴》“留歡美清夜”。【案】《文選》卷三〇陶淵明《擬古詩》“佳人美清夜”。

《窮秋對雨》“始信宣城守，乘流畏曝腮”。【案】《文選》卷三〇謝玄暉《觀朝雨》“乘流畏曝鰓”。錢詩“腮”當作“鰓”。

《送崑山孫少府》“徇禄盡滄海”。【案】《文選》卷二二謝靈運《登池上樓》“徇禄反窮海”。

《送陳供奉恩敕放歸覲省》“清光不可攀”。【案】《文選》卷二七曹子建《名都篇》“光景不可攀”。

《賦得綿綿思遠道送岑判官入嶺》。【案】《文選》卷二七《飲馬長城窟行》句。

《别張起居》“陸機嬰世網”。【案】《文選》卷二六陸士衡《赴洛道中作二首》其一“世網嬰我身”。

《春谷幽居》“黄鳥鳴園柳，新陽改故陰。春來此幽興，宛是謝公心”。【案】《文選》卷二二謝靈運《登池上樓》“初景革緒風，新陽改故陰。池塘生春草，園柳變鳴禽”。鳴禽，李善無注，劉良曰“鳴禽，鸎也”。錢詩“黄鳥”即“鸎”，用五臣注。

《賦得池上雙丁香樹》“交柯遶指柔”。【案】《文選》卷二五劉越石《重贈盧諶》“化爲繞指柔”。

卷二三八

錢起《温泉宫禮見》“疵賤也朝天”。【案】《文選》卷二六范彦龍《贈張徐州稷》“物情棄疵賤”。

卷二三九

錢起《仲春宴王補闕城東小池》"目送歸鴻笑復歌"。【案】《文選》卷二四嵇叔夜《贈秀才入軍》"目送歸鴻"。

《早夏》"葉陰迎夏已清和"。【案】《文選》卷二二謝靈運《遊赤石進帆海》"首夏猶清和"。

卷二四二

張繼《閶門即事》"耕夫召募逐樓船"（召，一作占）。【案】《文選》卷二八鮑明遠《東武吟》"占募到河源"。占募，五臣本作"召募"。

卷二四三

韓翃《送李司直赴江西使幕》"進帆歸楚幕"。【案】《文選》卷二二謝靈運《遊赤石進帆海》。

又"行當報知己，從此飛寥廓"。【案】《文選》卷二六謝玄暉《暫使下都夜發新林至京邑贈西府同僚》"寄言罻羅者，寥廓已高翔"。

《送孫潑赴雲中》"斧冰河畔汲朝漿"。【案】《文選》卷二七魏武帝《苦寒行》"斧冰持作糜"。卷二八陸士衡《苦寒行》"渴飲堅冰漿"。

《别汜水縣尉》"少年白皙登王畿"。【案】《文選》卷二一顔延年《秋胡詩》"結綬登王畿"。

《寄雍丘竇明府》"何事飜飛不及羣"。【案】《文選》卷二七顔延年《還至梁城作》"傾側不及羣"。

《贈兖州孟都督》"不見雙親辦豐膳"。【案】《文選》卷二七曹子建《箜篌引》"中厨辦豐膳"。

又"願學平原十日飲"。【案】《文選》卷二六陸韓卿《奉答内兄希叔》"平原十日飲"。

《送崔秀才赴上元兼省叔父》"吴岫青青出林表"。【案】《文選》卷二七謝玄暉《休沐重還道中》"林表吴岫微"。

卷二四四

韓翃《送客遊江南》“賞稱佳麗地”。【案】《文選》卷二八謝玄暉《鼓吹曲》“江南佳麗地”。

《送蔣員外端公歸淮南》“御史王元貺，郎官顧彦先”。【案】《文選》卷二四潘正叔《贈侍御史王元貺》、陸士衡《贈尚書郎顧彦先》。

卷二四六

獨孤及《客舍月下對酒醉後寄畢四燿》“能使高興劇”。【案】《文選》卷二二殷仲文《南州桓公九井作》“獨有清秋日，能使高興盡”。

又“故人間城闕，音信兩脉脉”。【案】《文選》卷二九《古詩十九首·迢迢牽牛星》“盈盈一水間，脉脉不得語”。此詩“間”讀去聲，與《文選音决》同。詳卷一四九劉長卿《京口懷洛陽舊居兼寄廣陵二三知己》。

《癸卯歲赴南豐道中聞京師失守寄權士繇韓幼深》“努力愛華髮”。【案】《文選》卷二九蘇子卿《詩四首》其三“努力愛春華”。

《夏中詶于逖畢耀問病見贈》“救物智所昧，学仙愿未从。行藏两乖角，蹭蹬风波中。薄宦耻降志，卧痾非养蒙”。【案】《文選》卷二二謝靈運《登池上樓》“進德智所拙，退耕力不任。徇禄反窮海，卧痾對空林”。

又“願君崇明德”。【案】《文選》卷二九李少卿《與蘇武三首》其三“努力崇明德”。

《詶梁十二宋中所贈兼留别梁少府》“深藏青雲器”。【案】《文選》卷二一顔延年《五君詠·阮始平》“仲容青雲器”。

《庚子歲避地至玉山詶韓司馬所贈》“洪波駭恬鱗”。【案】《文選》卷三八殷仲文《解尚書表》“臣聞洪波振壑，川無恬鱗”。

《奉和李大夫同吕評事太行苦熱行兼寄院中諸公》“起予歌赤坂”。【案】《文選》卷二八鮑明遠《苦熱行》“赤阪横西阻”。

《詶皇甫侍御望天灊山見示之作》“沈迷簿書内”。【案】《文選》卷二九劉公幹《雜詩》“沈迷簿領書”。

《送陳兼應辟兼寄高適賈至》“鳳凰翔千仞”。【案】《文選》卷六〇賈誼

《弔屈原文》“鳳凰翔于千仞兮”。

又“波流有同異”。【案】《文選》卷十六陸士衡《歎逝賦》“豈同波而異瀾”。

《送相里郎中赴江西》“戎狄方搆患”。【案】《文選》卷二三王仲宣《七哀詩二首》其一“豺虎方遘患”。

《早發若峴驛望廬山》“心往跡未并”。【案】《文選》卷二六謝靈運《初去郡》“心跡猶未并”。

《雜詩》“未必千黄金，買得一人顧”。【案】《文選》卷三〇謝玄暉《和王主簿怨情》“生平一顧重，宿昔千金賤”。此詩較謝詩更進一層。

卷二四七

獨孤及《東平蓬萊驛夜宴平盧楊判官醉後贈别姚太守置酒留宴》“一斗何啻直十千”。【案】《文選》卷二七曹子建《名都篇》“美酒斗十千”。

《和大夫秋夜書情即事》“忘機羣動息”。【案】《文選》卷三〇陶淵明《雜詩二首》其二“日入羣動息”。

《同皇甫侍御齋中春望見示之作》“甘比流波辭舊浦”。【案】《文選》卷二九張景陽《雜詩十首》其八“流波戀舊浦”。

《江寧詶鄭縣劉少府兄贈别作》“何爲青雲器，猶嗟濁水泥”。【案】《文選》卷二一顔延年《五君詠・阮始平》“仲容青雲器”。卷二三曹子建《七哀詩》“妾若濁水泥”。

《送奚賈歸吴》“東南富春渚，曾是謝公遊”“遥想赤亭下”。【案】《文選》卷二六謝靈運《富春渚》“赤亭無淹薄”。

卷二四九

皇甫冉《寄劉八山中》“平子遊都久”。【案】《文選》卷十五張平子《歸田賦》“遊都邑以永久”。

卷二五〇

皇甫冉《送元晟歸潛山所居》“裛露收新稼，迎寒葺舊廬。題詩即招隱，作賦是閑居。別後空相憶，嵇康懶寄書”。【案】《文選》卷三〇陶淵明《雜詩二首》其二“裛露掇其英”。卷二二左太沖《招隱詩二首》其二“經始東山廬”。卷十六潘安仁《閑居賦》。卷四三嵇叔夜《與山巨源絶交書》“素不便書，又不喜作書”。

卷二五三

薛據《懷哉行》“良工不我顧”。【案】《文選》卷二四司馬紹統《贈山濤》“班匠不我顧”。

《古興》“歸來宴高堂”。【案】《文選》卷二七曹子建《名都篇》“我歸宴平樂”。我歸，五臣本作“歸來”。

卷二五五

蘇涣《贈零陵僧》“孤蓬自振唯有君”。【案】《文選》卷十一鮑明遠《蕪城賦》“孤蓬自振”。

卷二五七

殷寅《銓試後徵山别業寄源侍御》“藹藹王侯門”。【案】《文選》卷二一左太沖《詠史八首》其五“峩峩高門内，藹藹皆王侯”。

又“幸逢休明代”。【案】《文選》卷二六謝靈運《永初三年七月十六日之郡初發都》“生幸休明世”。

卷二五九

王季友《古塞曲》“哀哀淚如霰”。【案】《文選》卷二七謝玄暉《晚登三山還望京邑》“淚下如流霰”。卷三一江文通《雜體詩·李都尉從軍》“握手淚如霰”。此詩已見卷一四六，作陶翰《古塞下曲》。

于逖《憶舍弟》“衰門少兄弟”（少，一作鮮）。【案】《文選》卷三七李令伯《陳情事表》“門衰祚薄，終鮮兄弟”。

卷二六〇

秦系《春日閑居三首》其三"游魚牽荇没，戲鳥踏花摧"。【案】《文選》卷二二謝玄暉《遊東田》"魚戲新荷動，鳥散餘花落"。

卷二六一

任華《寄李白》"目送歸鴻對豪貴"。【案】《文選》卷二四嵇叔夜《贈秀才入軍》"目送歸鴻"。

《懷素上人草書歌》"又如翰海日暮愁陰濃"。【案】《文選》卷二一虞子陽《詠霍將軍北伐》"瀚海愁陰生"。陰，五臣作"雲"。

卷二六二

鄭錫《邯鄲少年行》"甘心赴國讐"。【案】《文選》卷二九曹子建《雜詩六首》其五"甘心赴國憂"。又其六"國讐亮不塞，甘心思喪元"。

卷二六三

嚴維《九日登高》"遲客高齋瞰浙江"。【案】《文選》卷三〇謝靈運《南樓中望所遲客》。南樓之地，李善謂在始寧，《文選鈔》則謂在永嘉。始寧即今嵊州，錢塘江（即詩中"浙江"）之支流曹娥江流經其地，故可稱"瞰浙江"。若在永嘉，則道里遠隔，不得云"瞰浙江"。嚴詩蓋據李善注。

卷二六四

顧況《從江西至彭蠡入浙西淮南界道中寄齊相公》"目送孤飛鴻"。【案】《文選》卷二四嵇叔夜《贈秀才入軍》"目送歸鴻"。

又"抱責栖微躬"。【案】《文選》卷二二沈休文《遊沈道士館》"便欲息微躬"。

《酬本部韋左司》"林塘含餘清"。【案】《文選》卷二二謝靈運《遊南亭》"密林含餘清"。

又"安得凌風翰"。【案】《文選》卷三〇謝玄暉《直中書省》"安得凌風翰，聊恣山泉賞”。

卷二六六

顧況《酬唐起居前後見寄二首》其二“自傷庚子日，鵩鳥上承塵”。【案】《文選》卷十三賈誼《鵩鳥賦》“庚子日斜兮，鵩集予舍”。吕向曰：“時有鵩鳥入室，巢其承塵而鳴。”承塵之説，顔師古、李善均未言及，始見於《西京雜記》卷五，五臣蓋即據之作注。

《奉酬茅山贈賜并簡綦毋正字》“神理詎能超”。【案】《文選》卷二二謝靈運《從遊京口北固應詔》“道以神理超”。

《送從兄使新羅》“西海飲文鰩”（注：《文選·吴都賦》注“文鰩常行西海而遊東海”）。【案】《文選》卷五左太沖《吴都賦》“文鰩夜飛而觸綸”，注文見《西山經》。

卷二六八

耿湋《春日題苗發竹亭》“高眠遠岫微”。【案】《文選》卷二七謝玄暉《休沐重還道中》“林表吴岫微”。

《宿岐山姜明府廳》“天教嬾慢成”。【案】《文選》卷四三嵇叔夜《與山巨源絶交書》“嬾与慢相成”。

《早春宴高陵滑少府》“且寬沈簿領”。【案】《文選》卷二九劉公幹《雜詩》“沈迷簿領書”。

卷二六九

耿湋《奉和第五相公登鄱陽郡城西樓》“一顧承英達”。【案】《文選》卷二六謝靈運《永初三年七月十六日之郡初發都》“親蒙英達顧”。

卷二七〇

戎昱《題招提寺》“招提精舍好，石壁向江開”。【案】《文選》卷二二謝靈運《石壁精舍還湖中作》。参卷四七張九齡《冬中至玉泉山寺云云》。

卷二七一

竇常《奉送職方崔員外攝中丞新羅册使》"夜色潛然火"。【案】《文選》卷十二木玄虛《海賦》"陰火潛然"。

竇牟《史館候别蔣拾遺不遇》"通籍入金閨"。【案】《文選》卷三〇謝玄暉《始出尚書省》"既通金閨籍"。

《秋日洛陽官舍寄上水部家兄》"幼學便訶文"。【案】《文選》卷四二曹子建《與楊德祖書》"劉季緒才不能逮於作者，而好詆訶文章"。

竇羣《東山月下懷友人》"高下滅華燭"。【案】《文選》卷二五謝宣遠《答靈運》"開軒滅華燭"。

竇庠《于闐鐘歌送靈徹上人歸越》"手提文鋒百煉成，恐刜此鐘無一聲"。【案】《文選》卷四〇陳孔璋《答東阿王箋》"秉青萍干將之器，拂鐘無聲，應機立斷"。《音决》："刜，芳勿反，或爲拂，非。"竇詩與《音决》合。

《酬韓愈侍郎登岳陽樓見贈》"昏旦呈新候"。【案】《文選》卷二二謝靈運《石壁精舍還湖中作》"昏旦變氣候"。

竇鞏《少婦詞》"坐惜年光變"。【案】《文選》卷三〇謝玄暉《和王主簿怨情》"坐惜紅妝變"。

卷二七二

潘炎《清如玉壺冰》"勿令毫髮累，遺恨鮑公篇"。【案】《文選》卷二八鮑明遠《白頭吟》"清如玉壺冰"，又"毫髮一爲瑕，丘山不可勝"。

吕牧《涇渭揚清濁》。【案】《文選》卷二四曹子建《又贈丁儀王粲》句。

陳潤《賦得秋河曙耿耿》。【案】《文選》卷二六謝玄暉《暫使下都夜發新林至京邑贈西府同僚》句。

《賦得池塘生春草》。【案】《文選》卷二二謝靈運《登池上樓》句。

鄭丹《肅宗挽歌》"白日忽西馳"。【案】《文選》卷二四曹子建《贈白馬王彪》其四"白日忽西匿"。

卷二七三

戴叔倫《孤鴻篇》"嗈嗈慕儔匹""中有孤文鵷"。【案】《文選》卷二四曹子建《贈王粲》"中有孤鴛鴦，哀鳴求匹儔"。

《相思曲》"衣帶相思日應緩"。【案】《文選》卷二九《古詩十九首·行行重行行》"衣帶日已緩"。

卷二七四

戴叔倫《遣興》"閑雲戀故山"。【案】《文選》卷二九張景陽《雜詩十首》其八"流波戀舊浦，行雲思故山"。

卷二七五

馮宿《詶孟十二新居見寄》"首夏尚清和"。【案】《文選》卷二二謝靈運《遊赤石進帆海》"首夏猶清和"。

又"古人不願餘"。【案】《文選》卷二一左太沖《詠史八首》其八"貴足不願餘"。

卷二八〇

盧綸《清如玉壺冰》。【案】《文選》卷二八鮑明遠《白頭吟》句。

卷二八一

丁澤《良田無晚歲》。【案】《文選》卷二四曹子建《贈徐幹》句。

周渭《賦得花發上林》"華茸何年植"。【案】《文選》卷九潘安仁《射雉賦》"翳薈華茸"。

卷二八二

李益《從軍有苦樂行》。【案】《文選》卷二七王仲宣《從軍詩》"從軍有苦樂"。

又"時逢漢帝出，諫獵至長楊"。【案】《文選》卷三九司馬長卿《上疏諫獵》。

又“詎馳遊俠窟”。【案】《文選》卷二一郭景純《遊仙詩七首》其一“京華遊俠窟”。

又“一旦承嘉惠”。【案】《文選》卷六〇賈誼《弔屈原文》“恭承嘉惠兮”。

又“隱轔騰軍裝”。【案】《文選》卷三四枚叔《七發》“其波涌而雲亂，擾擾焉如三軍之騰裝”。

《雜曲》“嘗聞生别離，悲莫悲於此”。【案】《文選》卷三三屈平《九歌·少司命》“悲莫悲兮生别離”。

《登長城》“無風沙自驚”。【案】《文選》卷十一鮑明遠《蕪城賦》“驚砂坐飛”。

《華陰東泉同張處士詣藏律師兼簡縣内同官因寄齊中書》“顧我在草澤”。【案】《文選》卷二一左太沖《詠史八首》其七“遺之在草澤”。

《從竇車騎行》。【案】仿《文選》卷二八鮑明遠《東武吟》。

《將赴朔方早發漢武泉》“平生重一顧”。【案】《文選》卷三〇謝玄暉《和王主簿怨情》“生平一顧重，宿昔千金賤”。生平，五臣本作“平生”。

《城傍少年》“名懸壯士籍”。【案】《文選》卷二七曹子建《白馬篇》“名編壯士籍”。

卷二八三

李益《立春日寧州行營因賦朔風吹飛雪》。【案】《文選》卷三〇謝玄暉《觀朝雨》“朔風吹飛雨”。

《塞下曲》“仍留一箭射天山”。【案】《文選》卷三一鮑明遠《擬古三首》其一“留我一白羽，將以分虎竹”。

卷二八四

李端《慈恩寺懷舊》序“陸機所謂同宴一室”。【案】《文選》卷十六陸士衡《歎逝賦》語。

卷二八五

李端《送客赴江陵寄郢州郎士元》“宛洛好遨遊”。【案】《文選》卷三〇謝玄暉《和徐都曹》“宛洛佳遨游”。

《送友入關》“近更嬰衰疾，空思老漢濱”。【案】《文選》卷二三劉公幹《贈五官中郎將四首》其二“余嬰沉痼疾，竄身清漳濱”。

卷二八六

李端《奉和秘書元丞杪秋憶終南舊居》“青雲阮仲容”。【案】《文選》卷二一顏延年《五君詠·阮始平》“仲容青雲器”。

卷二八七

暢當《南充謝郡客遊澧州留贈宇文中丞》“量力頗及早”。【案】《文選》卷三〇陶淵明《詠貧士》“量力守故轍”。

卷二八八

黎逢《夏首猶清和》。【案】《文選》卷二二謝靈運《遊赤石進帆海》“首夏猶清和”。

卷二九六

張南史《竹》“霜停露宿”。【案】《文選》卷五左太沖《吴都賦》“冒霜停雪”。此詩爲一字至七字體，童養年《全唐詩續補遺》卷四有收，作五言體。

又“天風乍起爭韻”。【案】《文選》卷十三謝希逸《月賦》“風篁成韻”。

卷三〇七

丘丹《奉使過石門觀瀑》。【案】《文選》卷二二謝靈運《登石門最高頂》。又見卷八八三。

卷三一三

崔元翰《奉和聖製中元日題奉敬寺》“軒窗有餘清”。【案】《文選》卷二二謝靈運《遊南亭》“密林含餘清”。

獨孤良器《賦得沈珠於泉》“不應無脛至”。【案】《文選》卷四一孔文舉《論盛孝章書》“珠玉無脛而自至者，以人好之也”。

張登《冬至夜郡齋宴別前華陰盧主簿》“盧諶幄内璆”。【案】《文選》卷二五劉越石《重贈盧諶》“握中有懸璧，本自荆山璆”。《晉書》“握”作“幄”。

卷三一六

武元衡《晨興寄贈竇使君》“晨起眄庭柯”。【案】《文選》卷四五陶淵明《歸去來兮辭》“眄庭柯以怡顏”。

《秋日對酒》“驚沙猶振野”。【案】《文選》卷十一鮑明遠《蕪城賦》“驚砂坐飛”，又卷十四《舞鶴賦》“涼沙振野”。

《兵行褒斜谷作》“峰逼日易晏”。【案】《文選》卷三〇謝靈運《石門新營所住四面高山迴溪石瀨脩竹茂林詩》“崖傾光難留”。

《八月十五酬從兄常望月有懷》“夕韻出風篁”。【案】《文選》卷十三謝希逸《月賦》“風篁成韻”。

卷三一七

武元衡《休暇日中書相公致齋禁省因以寄贈》“嘗聞聖主得賢臣”。【案】《文選》卷四七王子淵《聖主得賢臣頌》。

《鄂渚送友》“送君南浦不勝情”。【案】《文選》卷十六江文通《别賦》“送君南浦”。

《郊居寓目偶題》“松桂蒼蒼煙露繁”。【案】《文選》卷三一江文通《雜體詩・劉文學感遇》“蒼蒼中山桂，團圓霜露色。霜露一何緊，桂枝生自直”。

又“明月上時羣動息”。【案】《文選》卷三〇陶淵明《雜詩二首》其二

“日入羣動息”。

《題嘉陵驛》“山驛空濛雨似煙”。【案】《文選》卷三〇謝玄暉《觀朝雨》“空濛如薄霧”。

卷三一八

李吉甫《懷伊川賦》“草樹人煙目所存”。【案】《文選》卷二三潘安仁《悼亡三首》其二“寢興目存形”。

鄭絪《奉和武相公省中宿齋酬李相公見寄》“寒露滋新菊，秋風落故蕖”。【案】《文選》卷三〇謝惠連《擣衣》“白露滋園菊，秋風落庭槐”。

張正一《和武相公中秋錦樓翫月得蒼字》“遠水澄如練”。【案】《文選》卷二七謝玄暉《晚登三山還望京邑》“澄江靜如練”。

崔備《和武相公中秋錦樓翫月得蒼字》“清景同千里”。【案】《文選》卷二〇曹子建《公讌詩》“明月澄清景”。卷三〇鮑明遠《翫月城西門廨中》“三五二八時，千里與君同”。

王良士《南至日隔霜仗望含元殿爐煙》“抗殿疏龍首”。【案】《文選》卷二張平子《西京賦》“疏龍首以抗殿”。

卷三一九

徐敞《圓靈水鏡》。【案】《文選》卷十三謝希逸《月賦》句。

《賦得金莖露》“仙掌抗金莖”。【案】《文選》卷一班孟堅《西都賦》“抗仙掌以承露，擢雙立之金莖”。

張聿《圓靈水鏡》。【案】《文選》卷十三謝希逸《月賦》句。

《景風扇物》。【案】《文選》卷四二魏文帝《與朝歌令吴質書》句。

《賦得夏首猶清和》（注：一作黎逢詩）。【案】《文選》卷二二謝靈運《遊赤石進帆海》“首夏猶清和”。黎逢見卷二八八。

李正辭《賦得白雲起封中》“豈學無心出”。【案】《文選》卷四五陶淵明《歸去來兮辭》“雲無心以出岫”。

張嗣初《春色滿皇州》。【案】《文選》卷三〇謝玄暉《和徐都曹》句。

許康佐《日暮碧雲合》。【案】《文選》卷三一江文通《雜體詩·休上人别怨》句。

卷三二〇

權德輿《奉和聖製九月十八日賜百寮追賞因書所懷》“碧樹含餘清”。【案】《文選》卷二二謝靈運《遊南亭》“密林含餘清”。

又“亦此影華纓”。【案】《文選》卷二一鮑明遠《詠史》“仕子影華纓”。

《卧病喜惠上人李煉師茅處士見訪因以贈》“新句凌碧雲”。【案】《文選》卷三一江文通《雜體詩·休上人别怨》“日暮碧雲合”。唐人多以“碧雲”稱譽釋子之詩。

《病中苦熱》“何時灑微雨，因與好風俱”。【案】《文選》卷三〇陶淵明《讀山海經》“微雨從東來，好風與之俱”。

《拜昭陵過咸陽墅》“塗塗溝塍霧，漠漠桑柘煙”。【案】《文選》卷二六謝玄暉《酬王晉安》“塗塗露晚晞”。據謝詩，“霧”疑當作“露”。卷三〇謝玄暉《郡内登望》“桑柘起寒煙”。

《侍從遊後湖讌坐》“宿雨蕩殘燠，惠風與之俱”。【案】《文選》卷三〇陶淵明《讀山海經》“微雨從東來，好風與之俱”。

又“畢景乃躊躇”。【案】《文選》卷二七鮑明遠《還都道中作》“畢景逐前儔”。

《暮春閑居示同志》“避諠非傲世”。【案】《文選》卷三〇沈休文《和謝宣城》“避世不避喧”。

卷三二一

權德輿《奉和許閣老酬淮南崔十七端公見寄》“秋渚露塗塗”。【案】《文選》卷二六謝玄暉《酬王晉安》“塗塗露晚晞”。

《酬陸三十二參浙東見寄》“鯉魚來自烹”。【案】《文選》卷二七《飲馬長城窟行》“呼兒烹鯉魚”。

又“搔首望良覿”。【案】《文選》卷三〇謝靈運《南樓中望所遲客》“搔首訪行人，引領冀良覿”。

《酬靈徹上人以詩代書見寄》“碧雲飛處詩偏麗”。【案】《文選》卷三一江文通《雜體詩·休上人別怨》“日暮碧雲合”。

卷三二二

權德輿《酬李二十二兄主簿馬跡山見寄》“悠悠區中緣”。【案】《文選》卷二六謝靈運《登江中孤嶼》“緬邈區中緣”。

《酬陸四十楚源春夜宿虎丘山對月寄梁四敬之兼見貽之作》“聲榮徒外獎”。【案】《文選》卷三〇謝靈運《擬魏太子鄴中集詩·王粲》“客心非外獎”，又卷三一江文通《雜體詩·許徵君自序》“得失非外獎”。

又“新詩比良覿”。【案】《文選》卷三〇謝靈運《南樓中望所遲客》“引領冀良覿”。

《酬穆七侍郎早登使院西樓感賦》“羲和無停鞅”。【案】《文選》卷二八陸士衡《飲馬長城窟行》“戎車無停軌”。

卷三二三

權德輿《奉送孔十兄賓客承恩致政歸東都舊居》“都門藹藹壺觴舉”。【案】《文選》卷二一張景陽《詠史》“藹藹東都門”。

《送張詹事致政歸嵩山隱居》“羣公來藹藹”。【案】《文選》卷二一張景陽《詠史》“藹藹東都門”。

《送薛温州》“樓中遲客情”。【案】《文選》卷三〇謝靈運《南樓中望所遲客》。南樓，李善謂在始寧，《文選鈔》云“於時在永嘉”。載之此詩題“温州”，與《鈔》合。

卷三二四

權德輿《送台州崔録事》“微禄代躬耕”。【案】《文選》卷二六謝靈運《初去郡》“卑位代躬耕”。

《送上虞丞》“風謡驗地圖”。【案】《文選》卷四左太沖《三都賦序》“其山川城邑則稽之地圖，其鳥獸草木則驗之方志。風謡歌舞，各附其俗”。

卷三二五

權德輿《早夏青龍寺致齋憑眺感物因書十四韻》"首夏諒清和"。【案】《文選》卷二二謝靈運《遊赤石進帆海》"首夏猶清和"。

《仲秋朝拜昭陵》"仙馭凌紫氛"。【案】《文選》卷二三劉公幹《贈從弟三首》其二"奮翅凌紫氛"。

《奉陪李大夫九日龍沙宴會》"煙蕪斂暝色"。【案】《文選》卷二二謝靈運《石壁精舍還湖中作》"林壑斂暝色"。

《曉發武陽館即事書情》"青菰冒白水""雜英被長坂"。【案】《文選》卷二〇曹子建《公讌詩》"秋蘭被長坂，朱華冒綠池"。

《豐城劍池驛感題》"慷慨心内傷"。【案】《文選》卷二九張茂先《情詩二首》其一"感慨心内傷"。

《晚渡楊子江却寄江南親故》"煙景非一狀"。【案】《文選》卷二二沈休文《鍾山詩應西陽王教》"千雲非一狀"。

又"浦迴寒沙漲"。【案】《文選》卷二七丘希範《旦發漁浦潭》"析析寒沙漲"。

又"迴首碧雲深，佳人不可望"。【案】《文選》卷三一江文通《雜體詩·休上人別怨》"日暮碧雲合，佳人殊未來"。

卷三二六

權德輿《韋賓客宅與諸博士宴集》"輕籟韻風篁"。【案】《文選》卷十三謝希逸《月賦》"風篁成韻"。

《晚秋陪崔閣老張秘監閣老苗考功同遊昊天觀云云》"蕭灑出塵機"。【案】《文選》卷四三孔德璋《北山移文》"蕭灑出塵之想"。

又"麗句翻紅藥"。【案】《文選》卷三〇謝玄暉《直中書省》"紅藥當階飜"。

《哭張十八校書》"含悽爲報秣陵書"。【案】《文選》卷四三劉孝標《重答劉秣陵沼書》。

卷三二七

權德輿《順宗至德大安孝皇帝挽歌三首》其一“昭儉每捐金”。【案】《文選》卷一班孟堅《東都賦》“昭節儉，示太素”，又“捐金於山，沈珠於淵”。

《贈梁國惠康公主挽歌二首》其二“飄颻駕紫煙”。【案】《文選》卷二一郭景純《遊仙詩七首》其三“駕鴻乘紫煙”。

《奉和禮部尚書酬楊著作竹亭歌》“晴翠鮮飈逗深谷”。【案】《文選》卷三一江文通《雜體詩・許徵君自序》“曲櫺激鮮飈”。

卷三二八

權德輿《雜詩五首》其四“碧樹泛鮮飈”。【案】《文選》卷三一江文通《雜體詩・許徵君自序》“曲櫺激鮮飈”。

其五“丹慊結繁慮”。【案】《文選》卷三八任彦昇《爲齊明帝讓宣城郡公表》“永昌之丹慊獲申”。卷二三謝惠連《秋懷詩》“耿介繁慮積”。

《薄命篇》“翻嫁幽并遊俠兒”。【案】《文選》卷二七曹子建《白馬篇》“幽并遊俠兒”。

《放歌行》“雙闕煙雲遥靄靄”。【案】《文選》卷二八鮑明遠《結客少年場行》“雙闕若雲浮”。

又“徒詠東山招隱詩”。【案】《文選》卷二二左太沖《招隱詩二首》其二“經始東山廬”。

《旅館雪晴又覩新月衆興所感因成雜言》“廣庭積素偏相映”。【案】《文選》卷二九何敬祖《雜詩》“秋風乘夕起，明月照高樹。閑房來清氣，廣庭發暉素”。卷十三謝惠連《雪賦》“積素未虧”。何詩説月，謝賦説雪，權詩合而言之。

卷三二九

權德輿《祇役江西路上以詩代書寄内》“靡靡即長路”。【案】《文選》卷二五謝惠連《西陵遇風獻康樂》成句。

又“别來如昨日，每見缺蟾兔”。【案】《文選》卷二九張景陽《雜詩十首》其八“下車如昨日，望舒四五圓”。

又“塗塗踐朝露”。【案】《文選》卷二六謝玄暉《酬王晉安》“塗塗露晚晞”。

《黄檗館》“驅車振楫越山川”。【案】《文選》卷二七顔延年《北使洛》“振檝發吴州”。卷二六陸士衡《赴洛道中作二首》其二“遠游越山川”。

《中書夜直寄贈》“通籍在金閨”。【案】《文選》卷三〇謝玄暉《始出尚書省》“既通金閨籍”。

《和九華觀見懷貢院八韻》“拘限心杳杳”。【案】《文選》卷二三劉公幹《贈徐幹》“拘限清切禁”。

又“滯兹文墨職”。【案】《文選》卷三一江文通《雜體詩・劉文學感遇》“託身文墨職”。

《新月與兒女夜坐聽琴舉酒》“泥泥露凝葉”。【案】《文選》卷三〇謝玄暉《始出尚書省》“凝露方泥泥”。語本毛詩《小雅・蓼蕭》“零露泥泥”。

卷三三一

段文昌《晚夏登張儀樓呈院中諸公》“遠岫林端出”。【案】《文選》卷二七謝玄暉《休沐重還道中》“雲端楚山見，林表吴岫微”。

姚康《賦得巨魚縱大壑》“圓波息躍魚”。【案】《文選》卷四七王子淵《聖主得賢臣頌》“沛乎若巨魚縱大壑”。卷二六潘安仁《河陽縣作二首》其二“游魚動圓波”。

卷三三二

羊士諤《早春對雨》“含情非遲客”。【案】《文選》卷三〇謝靈運《南樓中望所遲客》。

《和竇吏部雪中寓直》“金閨通籍恨”。【案】《文選》卷三〇謝玄暉《始出尚書省》“既通金閨籍”。

《永寧里園亭休沐悵然成詠》“書見古人心”。【案】《文選》卷二三謝惠連《秋懷詩》“未知古人心”。

又“鮮飇自滿襟”。【案】《文選》卷三一江文通《雜體詩·許徵君自序》“曲櫺激鮮飇”。

《郡樓晴望二首》其一“褰開臨曲檻”。【案】《文選》卷二二謝靈運《登池上樓》“褰開暫窺臨”。

《題枇杷樹》“急景自餘妍”。【案】《文選》卷十四鮑明遠《舞鶴賦》“急景凋年”。

卷三三三

楊巨源《題趙孟莊》“石門雲卧久”。【案】《文選》卷三〇謝靈運《石門新營所住四面高山迴溪石瀨脩竹茂林詩》“披雲卧石門”。

《寄贈田倉曹灣》“纓弁雖云阻”。【案】《文選》卷三〇謝玄暉《和伏武昌登孫權故城》“從賞乖纓弁”。

卷三三四

令狐楚《漢苑行》“豈知春色滿神州”（神，一作皇）。【案】《文選》卷三〇謝玄暉《和徐都曹》“春色滿皇州”。

卷三三六

韓愈《元和盛德詩》“搜原剔藪”。【案】《文選》卷二張平子《西京賦》“擿漻澥，搜川瀆”。薛綜注：“擿、搜，謂一一周索也。”剔、擿同。李審言《韓詩證選》謂出《西京賦》“乾池滌藪”，不確。

又“廬幕周施”。【案】《文選》卷五左太沖《吴都賦》“峭格周施”。

《南山詩》“明昏無停態，頃刻異狀候”。【案】《文選》卷二二謝靈運《石壁精舍還湖中作》“昏旦變氣候”。

又“顧盼勞頸脰”。【案】《文選》卷二五謝靈運《登臨海嶠初發彊中作與從弟惠連見羊何共和之》“顧望脰未悁”。

《秋懷詩十一首》其五“感感抱虚警”。【案】《文選》卷十六陸士衡《歎逝賦》“節循虚而警立”。

其六“喪懷若迷方”。【案】《文選》卷三一鮑明遠《擬古三首》其二

“迷方獨淪誤”。

其十“悠悠偃宵寂，亹亹抱秋明”。【案】《文選》卷三〇盧子諒《時興詩》“亹亹圓象運，悠悠方儀廓”。李氏謂出宋玉《九辯》“時亹亹而過中”，不確。

《赴江陵途中寄贈王二十補闕李十一拾遺李二十六員外翰林三學士》“有蟲羣飛遊”。【案】《文選》卷二八鮑明遠《苦熱行》“吹蟲痛行暉”。李善注“吹蟲，即飛蟲也”，五臣注同。

又“明月非暗投”。【案】《文選》卷三九鄒陽《獄中上書自明》“臣聞明月之珠，夜光之璧，以暗投人於道，衆莫不按劍相眄者”。李氏引郭璞《遊仙詩》“明月難闇投”。

卷三三七

韓愈《同冠峽》“囚拘念輕矯”。【案】《文選》卷十三賈誼《鵩鳥賦》“窘若囚拘”。

《送靈師》“書札何翩翩”。【案】《文選》卷四二魏文帝《與吴質書》“元瑜書記翩翩”。

《縣齋有懷》“人情忌殊異”。【案】《文選》卷五七潘安仁《夏侯常侍誄》“人惡儁異”。

又“毒霧恒熏晝”。【案】《文選》卷二八鮑明遠《苦熱行》“鄣氣晝熏體”。

《合江亭》“樹蘭盈九畹”。【案】《文選》卷三二屈平《離騷經》“余既滋蘭之九畹兮，又樹蕙之百畝”。

又“窮秋感平分”。【案】《文選》卷三三宋玉《九辯》“皇天平分四時兮，竊獨悲此凜秋”。

《陪杜侍御遊湘西兩寺獨宿有題一首因獻楊常侍》“柔翰遇頻染”。【案】《文選》卷二一左太沖《詠史八首》其一“弱冠弄柔翰”，又卷二三謝惠連《秋懷詩》“朋來當染翰”。

《岳陽樓》“陽施見誇麗，陰閉感悽愴”。【案】《文選》卷七楊子雲《甘泉賦》“帥爾陰閉，霅然陽開”。

《齪齪》“秋陰欺白日，泥潦不少乾”。【案】《文選》卷三三宋玉《九辯》“皇天淫溢而秋霖兮，后土何時而得乾”。

卷三三八

韓愈《謁衡嶽廟遂宿嶽寺題門樓》“猿鳴鐘動不知曙”。【案】《文選》卷二二謝靈運《從斤竹澗越嶺溪行》“猿鳴誠知曙”。

《感春四首》其一“我所思兮在何所，情多地遐兮徧處處。東西南北皆欲往，千江隔兮萬山阻”。【案】《文選》卷二九張平子《四愁詩》。李氏云：“東西南北皆欲往，又翻用《招魂》語也。”李氏所言殊嫌皮相，韓詩之意究與《四愁》相近，與《招魂》無涉。

其二“皇天平分成四時”。【案】《文選》卷三三宋玉《九辯》“皇天平分四時兮”。

又“屈原離騷二十五，不肯餔啜糟與醨”。【案】《文選》卷三三屈平《漁父》“衆人皆醉，何不餔其糟而歠其醨”。

卷三三九

韓愈《遊青龍寺贈崔大補闕》“棗下悲歌徒纂纂”。【案】《文選》卷十八潘安仁《笙賦》“歌棗下之纂纂”。

《贈崔立之評事》“子時專場誇觜距”。【案】《文選》卷三張平子《東京賦》“秦政利觜長距，終得擅場”。薛綜注：“《說文》曰：擅，專也。”昌黎據《說文》，易“擅場”爲“專場”。《東京賦》，李氏誤作《西京賦》。

《送區宏南歸》“朝暮盤羞惻庭闈”。【案】《文選》卷十九束廣微《補亡詩·南陔》“眷戀庭闈，心不遑留。馨爾夕膳，絜爾晨羞”。

《三星行》“我生之辰，月宿南斗。牛奮其角，箕張其口。牛不見服箱，斗不挹酒漿”。【案】《文選》卷二九《古詩十九首·明月皎夜光》“南箕北有斗，牽牛不負軛”。又卷二五陸士龍《答兄機》“牽牛非服箱”。

《青青水中蒲三首》其三“行子在萬里”。【案】《文選》卷二九曹子建《雜詩六首》其一“之子在萬里”。

《縣齋讀書》“投章類縞帶，佇答逾兼金”。【案】《文選》卷二四陸士衡

《贈馮文羆》“愧無雜佩贈，良訊代兼金”。

《東都遇春》“川原曉服鮮，桃李晨妝靚”。【案】《文選》卷四六顔延年《三月三日曲水詩序》“靚莊藻野，袨服縟川”。

《送湖南李正字歸》“孤遊懷耿介”。【案】《文選》卷二六謝靈運《過始寧墅》“束髮懷耿介”。

卷三四〇

韓愈《李花二首》其一“斥去不御慚其花”。【案】《文選》卷九楊子雲《長楊賦》“斥芬芳而不御”。李氏引張衡《思玄賦》“斥西施而不御”，不確。

《寄崔二十六立之》“文書自傳道，不仗史筆垂”。【案】《文選》卷五二魏文帝《典論·論文》“是以古之作者，寄身於翰墨，見意於篇籍，不假良史之辭，不託飛馳之勢，而聲名自傳於後”。

又“不辨資菉葹”。【案】《文選》卷三二屈平《離騷經》“資菉葹以盈室兮”。王逸注：“（資菉葹）三者皆惡草也。”

《孟生詩》“我論徐方牧”。【案】《文選》卷二六范彦龍《贈張徐州稷》“疑是徐方牧”。昌黎詩“徐方牧”謂張建封，與徐州刺史張稷同姓。

卷三四一

韓愈《示爽》“孰不謂汝妍”。【案】《文選》卷二七曹子建《名都篇》“衆工歸我妍”。

《南山有高樹行贈李宗閔》“花葉何衰衰”（注：考張衡《南都賦》當作“蓑蓑”）。【案】《文選》卷四張平子《南都賦》“布緑葉之萋萋，敷華蘂之蓑蓑”。

卷三四二

韓愈《示兒》“外有瓜芋區”。【案】《文選》卷四左太沖《蜀都賦》“瓜疇芋區”。

《和裴僕射相公假山十一韻》“孰謂衡霍期”。【案】《文選》卷二六謝靈運《初發石首城》“息必廬霍期”。

卷三四三

韓愈《題楚昭王廟》“城闕連雲草樹荒”。【案】《文選》卷二七顔延年《北使洛》“城闕生雲煙”，又《還至梁城作》“故國多喬木，空城凝寒雲”。

《和崔舍人詠月二十韻》“皋禽斷續聆”。【案】《文選》卷十三謝希逸《月賦》“聆皋禽之夕聞”。

《詠雪贈張籍》“鯨鯢陸死骨”。【案】《文選》卷十二木玄虚《海賦》“魚則横海之鯨……或乃蹭蹬窮波，陸死鹽田”。

又“高愁搱斗魁”。【案】《文選》卷七楊子雲《甘泉賦》“搱北極之嶟嶟”。

又“性與酒陪鰓”。【案】《文選》卷九潘安仁《射雉賦》“敷藻翰之陪鰓”。徐爰注：“陪鰓，奮怒之貌也。”

《奉和庫部盧四兄曹長元日朝回》“郎署何須歎二毛”。【案】《文選》卷十三潘安仁《秋興賦》序“余春秋三十有二，始見二毛。以太尉掾兼虎賁中郎將，寓直于散騎之省”。

《奉和虢州劉給事使君三堂新題二十一詠·竹溪》“梢梢岸篠長”。【案】《文選》卷二六謝玄暉《酬王晉安》“梢梢枝早勁”。李善注：“《爾雅》曰：梢梢，櫂也。郭璞曰：謂木無枝柯，梢櫂長而殺也。”

卷三四四

韓愈《和席八十二韻》“傍砌看紅藥”。【案】《文選》卷三〇謝玄暉《直中書省》“紅藥當階飜”。

又“餘事作詩人”。【案】《文選》卷四五班孟堅《答賓戲》“著作者，前列之餘事耳”。

《酒中留上襄陽李相公》“濁水汙泥清路塵”。【案】《文選》卷二三曹子建《七哀詩》“君若清路塵，妾若濁水泥”。

卷三四五

韓愈《嘲鼾睡》“幽幽寸喉中，草木森苯蓴”。【案】《文選》卷二張平子《西京賦》“苯蓴蓬茸”。

卷三四七

崔立之、郭遵、范傳正、豆盧榮、邵偃、柳道倫、陳九流《賦得春風扇微和》。【案】《文選》卷三〇陶淵明《擬古詩》句。

韋紓、樊陽源、許稷《賦得風動萬年枝》。【案】《文選》卷三〇謝玄暉《直中書省》句。

卷三四九

歐陽詹《賦得秋河曙耿耿送郭秀才應舉》。【案】《文選》卷二六謝玄暉《暫使下都夜發新林至京邑贈西府同僚》句。

《太原和嚴長官八月十五日夜西山童子上方玩月寄中丞少尹》“宜裁濟江什，有阻惠連歡”。【案】《文選》卷二五謝靈運《酬從弟惠連》“果枉濟江篇”。

《與洪孺卿自梁州迴途中經駱谷見野果有閩中懸壺子即同採摘因呈之洪亦閩人》“青苞朱實忽離離”。【案】《文選》卷二張平子《西京賦》“朱實離離”。

卷三五一

柳宗元《同劉二十八院長（禹錫）述舊言懷感時書事奉寄澧州張員外使君（署）五十二韻之作因其韻增至八十通贈二君子》“憲府初收跡”。【案】《文選》卷二五盧子諒《贈劉琨》書“遂去左右，收迹府朝”。

又“寒初榮橘柚”。【案】《文選》卷二六謝玄暉《酬王晉安》“南中榮橘柚”。

《贈江華長老》“滿庭芳草積”。【案】《文選》卷二張平子《西京賦》“嘉木樹庭，芳草如積”。

卷三五二

柳宗元《重贈二首》其二"若道柳家無子弟，往年何事乞西賓"（注："子厚嘗爲劉寫《西京賦》。"）。【案】《文選》卷二張平子《西京賦》。又《全唐詩》卷三六五劉禹錫《答後篇》"遠勞辛苦寫西京"。

《法華寺石門精舍三十韻》"超攄藉外獎"。【案】《文選》卷十四顔延年《赭白馬賦》"超攄絶夫塵轍"。又卷三〇謝靈運《擬魏太子鄴中集詩·王粲》"客心非外獎"，卷三一江文通《雜體詩·許徵君自序》"得失非外獎"。

《遊南亭夜還叙志七十韻》"夙抱丘壑尚，率性恣遊遨。中爲吏役牽，十祀空悁勞"。【案】《文選》卷三一江文通《雜體詩·謝法曹贈别》"無陳心悁勞，旅人豈遊遨"。

卷三五三

柳宗元《南中榮橘柚》。【案】《文選》卷二六謝玄暉《酬王晉安》句。

《飲酒》"藹藹南郭門，樹木一何繁"。【案】《文選》卷二一張景陽《詠史》"藹藹東都門"。卷二八陸士衡《日出東南隅行》"佳人一何繁"。

卷三五四

劉禹錫《馬嵬行》"不見巖畔人，空見凌波襪"。【案】《文選》卷十九曹子建《洛神賦》"覩一麗人，于巖之畔"，又"凌波微步，羅襪生塵"。

《送湘陽熊判官孺登府罷歸鍾陵因寄呈江西裴中丞二十三兄》"忽見夏木深，悵然憶吾廬"。【案】《文選》卷三〇陶淵明《讀山海經》"孟夏草木長"，又"吾亦愛吾廬"。

《送李策秀才還湖南因寄幕中親故兼簡衡州吕八郎中》"前人秉藝文，高視來上京"。【案】《文選》卷四二曹子建《與楊德祖書》"足下高視於上京"。吕延濟曰："其文最高，故云高視。"

又"旅思浩已盈"。【案】《文選》卷二五謝宣遠《答靈運》"月露皓已盈"。皓，五臣本作"浩"。旅思不可云"皓"，夢得此詩據五臣本。

《寄陝州姚中丞》"留滯悲昔老"。【案】《文選》卷二二顔延年《車駕幸京口侍遊蒜山作》“周南悲昔老，留滯感遺萌”。

《學阮公體三首》其一“人生不失意，焉能慕知己”。【案】《文選》卷二九張茂先《情詩二首》其二“不曾遠别離，安知慕儔侶”。

其二“出門有遠道”。【案】《文選》卷二三阮嗣宗《詠懷詩·獨坐空堂上》“出門臨永路”。

《秋晚題湖城驛池上亭》“幽思浩已盈”。【案】《文選》卷二五謝宣遠《答靈運》“月露皓已盈”。皓，五臣本作“浩”。参本卷《送李策秀才還湖南》。

《賈客詞》“眩俗雜良苦”。【案】《文選》卷二張平子《西京賦》“鬻良雜苦，蚩眩邊鄙”。

卷三五五

劉禹錫《和董庶中古散調詞贈尹果毅》“昔聽東武吟，壯年心已悲”。【案】《文選》卷二八鮑明遠《東武吟》。張銑曰：“人有少壯征伐，年老被棄，游於東武者，不敢論功，但戀君耳。”

又“借名遊俠窟，結客幽并兒。往來長楸間，能帶雙鞬馳”。【案】《文選》卷二一郭景純《遊仙詩七首》其一“京華遊俠窟”。卷二七曹子建《白馬篇》“幽并遊俠兒”。《名都篇》“走馬長楸間”。卷三一鮑明遠《擬古三首》其一“幽并重騎射，少年好馳逐。氈帶佩雙鞬，象弧插彫服”。

又“崩騰天寶末”。【案】《文選》卷十九謝靈運《述祖德詩二首》其二“崩騰永嘉末”。

又“爟火入咸陽”。【案】《文選》卷二八鮑明遠《出自薊北門行》“烽火入咸陽”。《廣韻》：“爟，烽火。”

又“田園已蕪没”。【案】《文選》卷四五陶淵明《歸去來兮辭》“田園將蕪胡不歸”。

《望衡山》“還聞膚寸陰，能致彌天澤”。【案】《文選》卷二九張景陽《雜詩十首》其九“膚寸自成霖”。

《遊桃源一百韻》“三休俯喬木”。【案】《文選》卷二六謝玄暉《郡内高齋閑坐答吕法曹》“庭際俯喬林”。

《早夏郡中書事》“振衣步前楹”。【案】《文選》卷二九傅休奕《雜詩》“攝衣步前庭”。

《酬樂天七月一日夜即事見寄》“搖落從此始”。【案】《文選》卷二三阮嗣宗《詠懷詩・嘉樹下成蹊》“秋風吹飛藿，零落從此始”。

《酬樂天詠老見示》“閲人如閲川”。【案】《文選》卷十六陸士衡《歎逝賦》“川閲水以成川，水滔滔而日度。世閲人而爲世，人冉冉而行暮”。

《韓十八侍御見示岳陽樓别竇司直詩因令屬和重以自述故足成六十二韻》“羊濬要共和，江淹多雜擬”。【案】《文選》卷二五謝靈運《登臨海嶠初發彊中作與從弟惠連見羊何共和之》。卷三一江文通《雜體詩》，屬“雜擬”類。

又“何必顔光禄，留詩張内史”。【案】《文選》卷二七顔延年《始安郡還都與張湘州登巴陵城樓作》。

《和郴州楊侍郎翫郡齋紫薇花十四韻》“出入金華省”。【案】《文選》卷三九江文通《詣建平王上書》“出入金華之殿”。

《武夫詞》引“有武夫過詑余以從軍之樂”。【案】《文選》卷七司馬相如《子虚賦》“子虚過奼烏有先生”。張揖曰“奼，誇也。字當作詑”，五臣本作“詑”。又卷二七王仲宣《從軍詩》“從軍有苦樂”。

卷三五六

劉禹錫《送僧仲剬東遊兼寄呈靈澈上人》“憑將雜擬三十首，寄與江南湯慧休”。【案】《文選》卷三一江文通《雜體詩》三十首，末首爲《休上人》。

《送鴻舉遊江南》“出山初似無心雲”。【案】《文選》卷四五陶淵明《歸去來兮辭》“雲無心以出岫”。

卷三五七

劉禹錫《文宗元聖昭獻孝皇帝挽歌三首》其一“秋風詞尚新”。【案】《文選》卷四五漢武帝《秋風辭》。

其三“周南有遺老”。【案】《文選》卷二二顔延年《車駕幸京口侍遊蒜山作》“周南悲昔老，留滯感遺氓”。

《請告東歸發灞橋却寄諸僚友》“行車無停軌”。【案】《文選》卷二八陸士衡《飲馬長城窟行》“戎車無停軌”。

卷三五八

劉禹錫《秋晚新晴夜月如練有懷樂天》“相望一步地，脉脉萬重情”。【案】《文選》卷二九《古詩十九首·迢迢牽牛星》“盈盈一水間，脉脉不得語”。

《詶馬大夫以愚獻通草茇葜感通拔二字因而寄别之作》“家傳枕麴風”。【案】《文選》卷四七劉伯倫《酒德頌》“枕麴藉糟”。

卷三五九

劉禹錫《送渾大夫赴豐州》“精兵願逐李輕車”。【案】《文選》卷二八鮑明遠《東武吟》“後逐李輕車，追虜窮塞垣”。

《洛中送楊處厚入關便遊蜀》“不妨從此躡丹梯”。【案】《文選》卷三〇謝靈運《擬魏太子鄴中集詩·阮瑀》“躧步陵丹梯，並坐侍君子”。李善注“丹梯，丹墀也”，謂出仕也。夢得詩意本李善注。參卷二二四杜甫《贈特進汝陽王二十韻》。

《重送浙西李相公頃廉問江南已經七載後歷滑臺劍南兩鎮遂入相今復領舊地新加旌旄》“牕中遠岫列三茅”。【案】《文選》卷二六謝玄暉《郡内高齋閑坐答吕法曹》“窗中列遠岫”。

《奉送李户部侍郎自河南尹再除本官歸闕》“想到金閨待通籍”。【案】《文選》卷三〇謝玄暉《始出尚書省》“既通金閨籍”。

《送蘄州李郎中赴任》“東望雲山日夕佳”。【案】《文選》卷三〇陶淵明《雜詩二首》其二“山氣日夕佳”。

《送分司陳郎中秖召直史館重修三聖實録》“暇日登樓到石渠”。【案】《文選》卷十一王仲宣《登樓賦》“聊暇日以銷憂”。五臣作“假日”。夢得此詩據李善本。

《送慧則法師歸上都因呈廣宣上人》引“時也秋盡，詠江淹雜擬以送之”。【案】《文選》卷三一江文通《雜體詩》三十首屬“雜擬”類。

《早春對雪奉寄澧州元郎中》“北望長吟澧有蘭”。【案】《文選》卷三二屈平《九歌·湘夫人》“沅有芷兮澧有蘭”。

《覽董評事思歸之什因以詩贈》“抱琴閑望送歸鴻”。【案】《文選》卷四三嵇叔夜《與山巨源絶交書》“抱琴行吟”，又卷二四《贈秀才入軍》“目送歸鴻”。

《酬淮南廖參謀秋夕見過之作（林公昔爲揚州從事參謀從釋子反初服）》“高情猶向碧雲深”（碧，一作白）。【案】《文選》卷三一江文通《雜體詩·休上人別怨》“日暮碧雲合”。唐人習以“碧雲”爲僧人詩作之稱，作“白”誤。

《送元簡上人適越》“孤雲出岫本無依”。【案】《文選》卷四五陶淵明《歸去來兮辭》“雲無心以出岫”，又卷三〇《詠貧士》“孤雲獨無依”。

《廣宣上人寄在蜀與韋令公唱和詩卷因以令公手札答詩示之》“碧雲佳句久傳芳”。【案】《文選》卷三一江文通《雜體詩·休上人別怨》“日暮碧雲合”。

卷三六〇

劉禹錫《酬樂天揚州初逢席上見贈》“懷舊空吟聞篴賦”。【案】《文選》卷十六向子期《思舊賦》序“鄰人有吹笛者，發聲寥亮。追想曩昔遊讌之好，感音而歎”。篴同笛。

《酬鄆州令狐相公官舍言懷見寄兼呈樂天》“詞人各在一涯居”。【案】《文選》卷二九《古詩十九首·行行重行行》“各在天一涯”。

《酬令狐相公寄賀遷拜之什》“不見當關呼早起”。【案】《文選》卷四三嵇叔夜《與山巨源絶交書》“卧喜晚起，而當關呼之不置”。

《酬樂天衫酒見寄》“對景臨風無限情”。【案】《文選》卷二二江文通《從冠軍建平王登廬山香爐峯》“臨風默含情”。

《吴方之見示獨酌小醉首篇樂天續有詶答皆含戲謔極至風流兩篇之中並蒙見屬輒呈濫吹益美來章》。【案】《文選》卷二五劉越石《答盧諶詩並書》“想必欲其一反，故稱指送一篇，適足以彰來詩之益美耳”。

又“枕麴劉生取次歌”。【案】《文選》卷四七劉伯倫《酒德頌》“枕麴藉糟”。

《樂天示過敦詩舊宅有感一篇吟之泫然追想昔事因成繼和以寄苦懷》“向秀心中嗟棟宇”。【案】《文選》卷十六向子期《思舊賦》“棟宇存而弗毁兮，形神逝其焉如”。

卷三六一

劉禹錫《謝竇員外旬休早凉見示詩》“更報明朝池上酌，人知太守字玄暉”。【案】《文選》卷二六謝玄暉《郡内高齋閑坐答吕法曹》“已有池上酌”。

《張郎中籍遠寄長句開緘之日已及新秋因舉目前仰酬高韻》“歷陽秋色正澄鮮”。【案】《文選》卷二六謝靈運《登江中孤嶼》“空水共澄鮮”。

《贈同年陳長史員外》“推賢有愧韓安國，論舊唯存盛孝章”。【案】《文選》卷四九班孟堅《公孫弘傳贊》“推賢則韓安國、鄭當時”。卷四一孔文舉《論盛孝章書》“海内知識，零落殆盡，惟有會稽盛孝章尚存”。存，五臣作“在”。依詩律，此處爲平聲，故從李善本作“存”。

卷三六二

劉禹錫《武陵書懷五十韻》“遂結王畿綬”。【案】《文選》卷二一顔延年《秋胡詩》“結綬登王畿”。

又“三秀悲中散，二毛傷虎賁”。【案】《文選》卷二三嵇叔夜《幽憤詩》“煌煌靈芝，一年三秀。予獨何爲，有志不就”。卷十三潘安仁《秋興賦》序“余春秋三十有二，始見二毛。以太尉掾兼虎賁中郎將，寓直于散騎之省”。

又“歸願牧雞豚”。【案】《文選》卷二八鮑明遠《東武吟》“少壯辭家去，窮老還入門。腰鎌刈葵藿，倚杖牧雞狆”。

又“南登無灞岸”。【案】《文選》卷二三王仲宣《七哀詩二首》其一“南登霸陵岸”。

《晚歲登武陵城顧望水陸悵然有作》“孤臣本危涕”。【案】《文選》卷十六江文通《恨賦》“或有孤臣危涕，孽子墜心”。

《令狐相公見示新栽蕙蘭二草之什兼命同作》“一奏風中琴”。【案】《文選》卷二六謝玄暉《郡内高齋閑坐答吕法曹》“復此風中琴”。

《和令狐相公九日對黄白二菊花見懷》“未肯委嚴霜”。【案】《文選》卷二六謝玄暉《暫使下都夜發新林至京邑贈西府同僚》“時菊委嚴霜”。

《令狐僕射與余投分素深縱山川阻修然音問相繼云云》。【案】《文選》卷三〇張孟陽《擬四愁詩》“欲往從之路阻脩”。

《奉和裴令公新成緑野堂即書》“藹藹鼎門外”。【案】《文選》卷二一張景陽《詠史》“藹藹東都門”。

《三月三日與樂天及河南李尹奉陪裴令公泛洛禊飲各賦十二韻》“通籍盡金閨”。【案】《文選》卷三〇謝玄暉《始出尚書省》“既通金閨籍”。

《牛相公見示新什謹依本韻次用以抒下情》“何時良宴會”。【案】《文選》卷二九《古詩十九首・今日良宴會》。

《奉和中書崔舍人八月十五日夜翫月二十韻》“萬象共澄鮮”。【案】《文選》卷二六謝靈運《登江中孤嶼》“空水共澄鮮”。

又“詞勝命仲宣”“不復詠陳篇”。【案】《文選》卷十三謝希逸《月賦》“沈吟齊章，殷勤陳篇。抽毫進牘，以命仲宣”。

卷三六三

劉禹錫《酬楊八庶子喜韓吴興與余同遷見贈》“别恨幾銷魂”。【案】《文選》卷十六江文通《别賦》“黯然銷魂者，唯别而已矣”。

《省試風光草際浮》。【案】《文選》卷三〇謝玄暉《和徐都曹》句。

《歷陽書事七十韻》“昔媿山東妙”。【案】《文選》卷十潘安仁《西征賦》“終童山東之英妙”。

卷三六五

劉禹錫《酬元九院長自江陵見寄》“金門通籍真多士”。【案】《文選》卷三〇謝玄暉《始出尚書省》“既通金閨籍”。

《裴侍郎大尹雪中遺酒一壺兼示喜眼疾平一絶有閑行把酒之句斐然仰

酬》"何必池塘春草生"。【案】《文選》卷二二謝靈運《登池上樓》"池塘生春草"。

卷三六七

張仲素《玉繩低建章》。【案】《文選》卷二六謝玄暉《暫使下都夜發新林至京邑贈西府同僚》句。

卷三六八

張彙《遊栖霞寺》"躋險入幽林"。【案】《文選》卷三〇謝靈運《石門新營所住四面高山迴溪石瀨脩竹茂林詩》"躋險築幽居"。

《春風扇微和》。【案】《文選》卷三〇陶淵明《擬古詩》句。

陳通方《賦得春風扇微和》"習習和風扇"。【案】《文選》卷三〇陶淵明《擬古詩》句。又卷一班孟堅《東都賦》"習習祥風"。

李程《春臺晴望》"忻忻木向榮"。【案】《文選》卷四五陶淵明《歸去來兮辭》"木欣欣以向榮"。

《玉壺冰》"勿令毫髮累，遺恨鮑公篇"。【案】已見卷二七二潘炎。

卷三六九

馬異《送皇甫湜赴舉》"朱絲繩必直"。【案】《文選》卷二八鮑明遠《白頭吟》"直如朱絲繩"。

《答盧仝結交詩》"以膠投漆苦不早"。【案】《文選》卷二九《古詩十九首·客從遠方來》"以膠投漆中"。

卷三七〇

吕温《白雲起封中詩》"無心已出岫"。【案】《文選》卷四五陶淵明《歸去來兮辭》"雲無心以出岫"。

《奉和李相公早朝於中書候傳點偶書所懷奉呈門下武相公中書鄭相公》"宿霧開霞觀"。【案】《文選》卷三〇陶淵明《詠貧士》"朝霞開宿霧"。

《奉和武中丞秋日臺中寄懷簡諸僚友》"感物遂成篇"。【案】《文選》卷二四陸士衡《答張士然》“行行遂成篇”。

《奉和張舍人閣中直夜思聞雅琴因書事通簡僚友》“寂寞丘中琴”。【案】《文選》卷二二左太沖《招隱詩二首》其一“丘中有鳴琴”。

《同舍弟恭歲暮寄晉州李六協律三十韻》“急景迫流念，窮陰結長悲”。【案】《文選》卷十四鮑明遠《舞鶴賦》“窮陰殺節，急景凋年”。

又“伊我抱微尚”。【案】《文選》卷二六謝靈運《初去郡》“伊余秉微尚”。

卷三七一

吕温《道州途中即事》“信美非吾土”。【案】《文選》卷十一王仲宣《登樓賦》“雖信美而非吾土兮”。

《登少陵原望秦中諸川太原王至德妙用有水術因用感歎》“荷鍤自成雨”（自，一作動。自成，一作成雲）。【案】《文選》卷一班孟堅《西都賦》“決渠降雨，荷插成雲”。

《奉敕祭南嶽十四韻》“漠漠雲氣生，森森杉柏黑”。【案】《文選》卷二二謝玄暉《遊東田》“生煙紛漠漠”。黄季剛謂：“生煙，讀爲生動之生。”據格律對偶，和叔此句以“生”對“黑”，似即讀生動之生。

《送段九秀才歸澧州》“無使弱思侵”。【案】《文選》卷三一江文通《雜體詩·謝光禄郊遊》成句。

《衡州歲前遊合江亭見山櫻蕊未折因賦含彩惔警春》。【案】《文選》卷二二鮑明遠《行藥至城東橋》“含采吝警春”。采，五臣本作“彩”。

卷三七二

孟郊《長安羈旅行》“萬物皆及時，獨余不覺春”。【案】《文選》卷三〇陶淵明《詠貧士》“萬族各有託，孤雲獨無依”。

《出門行》“始知遊子悲故鄉”。【案】《文選》卷九班叔皮《北征賦》“遊子悲其故鄉”。

《嬋娟篇》“人間本自無靈匹”。【案】《文選》卷三〇謝惠連《七月七日夜詠牛女》“雲漢有靈匹”。

卷三七三

孟郊《古意》“蕩子守邊戍”。【案】《文選》卷二九《古詩十九首·青青河畔草》“今爲蕩子婦”“蕩子行不歸”。吕延濟注：“婦人比夫爲蕩子，言夫從征役也。”李善注：“《列子》曰：有人去鄉土遊於四方而不歸者，世謂之爲狂蕩之人也。”孟詩用五臣注。

《折楊柳》“誰堪别離此”。【案】《文選》卷二九《古詩十九首·客從遠方來》“誰能别離此”。

《將見故人》“振衣起躑躅”。【案】《文選》卷二二陸士衡《招隱詩》“振衣聊躑躅”。

《感懷》八首其二“仰面訴穹蒼”。【案】《文選》卷二七《傷歌行》“舒憤訴穹蒼”。

其四“長安佳麗地”。【案】《文選》卷二八謝玄暉《鼓吹曲》“江南佳麗地”。

卷三七四

孟郊《下第東南行》“海月投人驚”。【案】《文選》卷二二謝靈運《遊赤石進帆海》“挂席拾海月”。又卷三九鄒陽《獄中上書自明》“臣聞明月之珠，夜光之璧，以暗投人於道，衆莫不按劍相眄者”。

卷三七五

孟郊《送韋七洞庭别業》“參差逗良覿”。【案】《文選》卷三〇謝靈運《南樓中望所遲客》“引領冀良覿”。

卷三七六

孟郊《汝州陸中丞席喜張從事至同賦十韻》“良遇難再覿”。【案】《文選》卷三〇謝靈運《南樓中望所遲客》“引領冀良覿”。

《同年春燕》“願保金石志”。【案】《文選》卷二四陸士衡《爲顧彦先贈婦二首》其二“願保金石軀”。

卷三七七

孟郊《夢澤中行》"騏驥思北首，鷓鴣願南飛。我懷京洛遊，未厭風塵衣"。【案】《文選》卷二九《古詩十九首·行行重行行》"胡馬依北風，越鳥巢南枝"。卷二四陸士衡《爲顧彦先贈婦二首》其一"京洛多風塵，素衣化爲緇"。

《上包祭酒》"時吟五君詠"。【案】《文選》卷二一顔延年《五君詠》。

《贈轉運陸中丞》"車聲聾關中"。【案】《文選》卷三五張景陽《七命》"百籟羣鳴聾其山"。李善注："聾其山，謂衆聲既喧，山爲之聾也。"

卷三七八

孟郊《憶周秀才素上人時聞各在一方》"吟聽碧雲語"。【案】《文選》卷三一江文通《雜體詩·休上人别怨》"日暮碧雲合"。

《酬李侍御書記秋夕雨中病假見寄》"孤坐唯積誠，果枉移疾詠"。【案】《文選》卷二五謝靈運《酬從弟惠連》"傾想遲嘉音，果枉濟江篇"。

又"中含嘉慮明"。【案】《文選》卷四七陸士衡《漢高祖功臣頌》"嘉慮四迴"。慮，五臣作"聲"。

《送清遠上人歸楚山舊寺》"詩誇碧雲句"。【案】《文選》卷三一江文通《雜體詩·休上人别怨》"日暮碧雲合"。

卷三七九

孟郊《張徐州席送岑秀才》"久要不可忘"。【案】《文選》卷二七曹子建《箜篌引》成句。

卷三八三

張籍《獻從兄》"擢秀登王畿"。【案】《文選》卷二一顔延年《秋胡詩》"結綬登王畿"。

卷三八五

張籍《贈李杭州》“竹間虚館無朝訟”。【案】《文選》卷三〇謝靈運《齋中讀書》“虚館絶諍訟”。

卷三八七

盧仝《題褚遂良孫庭竹》“負霜停雪舊根枝”。【案】《文選》卷五左太沖《吴都賦》“緑葉翠莖，冒霜停雪”。

《蕭宅二三子贈答詩二十首·竹請客》“我本泰山阿”。【案】《文選》卷二九《古詩十九首·冉冉孤生竹》“冉冉孤生竹，結根泰山阿”。

卷三九〇

李賀《春坊正字劍子歌》“隙月斜明刮露寒”。【案】《文選》卷三〇沈休文《應王中丞思遠詠月》“圓影隙中來”。

《河南府試十二月樂詞·三月》“光風轉蕙百餘里”。【案】《文選》卷三三宋玉《招魂》“光風轉蕙”。

《南園十三首》其二“將餵吴王八蠒蠶”。【案】《文選》卷五左太沖《吴都賦》“鄉貢八蠶之緜”，李善注引劉欣期《交州記》作“八蠶繭”。

其七“曼倩詼諧取自容”。【案】《文選》卷四七夏侯孝若《東方朔畫贊》“故詼諧以取容”。

卷三九三

李賀《艾如張》“齊人織網如素空”“網絲漠漠無形影”。【案】《文選》卷九潘安仁《射雉賦》“褰微罟以長眺”。長吉詩語正“微”字注脚。

《榮華樂》“將回日月先反掌，欲作江河唯畫地。峩峩虎冠上切雲，竦劍晨趨凌紫氛”。【案】《文選》卷二張平子《西京賦》“畫地成川，流渭通涇”。卷三三屈平《九章·涉江》“冠切雲之崔巍”。卷五左太沖《吴都賦》“危冠而出，竦劍而趨”。卷二三劉公幹《贈從弟三首》其二“奮翅凌紫氛”。

《洛陽城外别皇甫湜》“冬樹束生澀”。【案】《文選》卷二九張景陽《雜詩十首》其四“叢林森如束”。

卷三九五

劉叉《雪車》“人家千里無煙火”。【案】《文選》卷二〇曹子建《送應氏詩二首》其一“千里無人煙”。

卷三九六

元稹《思歸樂》“豈無心賞并”。【案】《文選》卷三〇謝靈運《擬魏太子鄴中集詩》序“天下良辰美景，賞心樂事，四者難并”。

《賽神》“玉帛意彌敦”。【案】《文選》卷二六謝靈運《入彭蠡湖口》“絃絕念彌敦”。

卷三九七

元稹《青雲驛》“雙雙發皓齒，各各揚輕袿”。【案】《文選》卷二九曹子建《雜詩六首》其四“誰爲發皓齒”，又卷二五陸士龍《爲顧彦先贈婦二首》其一“巧笑發皓齒”。卷十九曹子建《洛神賦》“揚輕袿之猗靡兮”。

《陽城驛》“發言當道理，不顧黨與讎”。【案】《文選》卷二五劉越石《重贈盧諶》“苟能隆二伯，安問黨與讎”。

又“冠蓋若雲浮”。【案】《文選》卷一班孟堅《西都賦》“冠蓋如雲”。

卷三九八

元稹《酬别致用》“意氣一爲累，猜恨良已隨”。【案】《文選》卷二八鮑明遠《白頭吟》“猜恨坐相仍”，又“毫髮一爲瑕，丘山不可勝”。

又“淚流如斷縻”。【案】《文選》卷二一王仲宣《詠史》“涕下如綆縻”。

卷三九九

元稹《蟲豸詩·蟆子》“崇蘭泛露光”。【案】《文選》卷三三宋玉《招魂》“光風轉蕙，泛崇蘭些”。

《楚歌十首》其四“清風鑒薄帷”。【案】《文選》卷二三阮嗣宗《詠懷詩·夜中不能寐》“薄帷鑑明月，清風吹我襟”。鑑，五臣本作“鑒”。

卷四〇〇

元稹《憶雲之》“食辛寧避蓼”。【案】《文選》卷二八鮑明遠《放歌行》“蓼蟲避葵堇，習苦不言非”。

《秋堂夕》“焉用汩其泥”。【案】《文選》卷三三屈平《漁父》“舉世皆濁，何不淈其泥而揚其波”。汩、淈同。

又“豈在清如冰”。【案】《文選》卷二八鮑明遠《白頭吟》“清如玉壺冰”。

《酬樂天》“升沉或異勢”。【案】《文選》卷二三曹子建《七哀詩》“浮沉各異勢”。

卷四〇一

元稹《和樂天贈吴丹》“問人何能爾”。【案】《文選》卷三〇陶淵明《雜詩二首》其一“問君何能爾”。

《遣晝》“密竹有清陰”。【案】《文選》卷二二謝靈運《遊南亭》“密林含餘清”。

又“摘掇園蔬美”。【案】《文選》卷三〇陶淵明《讀山海經》“擿我園中蔬”。擿，五臣本作“摘”。

卷四〇二

元稹《遣春十首》其三“悠然送春目”。【案】《文選》卷三〇謝玄暉《和王著作八公山詩》“遠近送春目”。

《和東川李相公慈竹十二韻》“幽姿媚庭實”。【案】《文選》卷二二謝靈運《登池上樓》“潛虬媚幽姿”。

卷四〇三

元稹《酬東川李相公十六韻》“棄置勿復論”。【案】《文選》卷二九魏文帝《雜詩二首》其二“棄置勿復陳”。

《酬獨孤二十六送歸通州》“名冠壯士籍”。【案】《文選》卷二七曹子建《白馬篇》“名編壯士籍”。

《酬劉猛見送》“謬入多士朝”。【案】《文選》卷三七曹子建《求自試表》“何況巍巍大魏，多士之朝”。

又“一爲毫髮忤，十載山川遥”。【案】《文選》卷二八鮑明遠《白頭吟》“毫髮一爲瑕，丘山不可勝”。

《酬樂天赴江州路上見寄三首》其一“萬里音塵闊”。【案】《文選》卷十三謝希逸《月賦》“美人邁兮音塵闕，隔千里兮共明月”。

又“終天升沈異”。【案】《文選》卷二三曹子建《七哀詩》“浮沉各異勢”。

《和樂天夢亡友劉太白同遊二首》其二“行處生塵爲喪劉”“也應至死不同遊”。【案】《文選》卷十三謝希逸《月賦》“陳王初喪應劉”，又“緑苔生閣，芳塵凝榭”。李善注：“言無復娱遊，故緑苔生而芳塵凝也。”

卷四〇四

元稹《江陵三夢》其一“今宵淚零落，半爲生别滋”。【案】《文選》卷二九蘇子卿《詩四首》其三“淚爲生别滋”。

卷四〇五

元稹《開元觀閑居酬吴士矩侍御三十韻》“刈藿乍腰鎌”。【案】《文選》卷二八鮑明遠《東武吟》“腰鎌刈葵藿”。

《酬翰林白學士代書一百韻》“生憎效喔咿”。【案】《文選》卷三三屈平《卜居》“將哫訾慄斯，喔咿嚅唲，以事婦人乎”。

卷四〇六

元稹《泛江翫月十二韻》"委波添淨練"。【案】《文選》卷二七謝玄暉《晚登三山還望京邑》"澄江靜如練"。詳卷一六六李白《金陵城西樓月下吟》。

《痁卧聞幕中諸公徵樂會飲因有戲呈三十韻》"坐隅甘對鵩"。【案】《文選》卷十三賈誼《鵩鳥賦》"庚子日斜兮，鵩集予舍。止于坐隅兮，貌甚閑暇"，又"請對以臆"。微之詩"對"蓋"答對"義，非"面對"義。

卷四〇七

元稹《和樂天送客遊嶺南二十韻》"狒狒穿筒格，猩猩置屐馴"。【案】《文選》卷五左太沖《吴都賦》"猩猩啼而就禽，狒狒笑而被格"。劉淵林注："《異物志》曰：狒狒，梟羊也……梟羊善食人，大口，其初得人喜而笑，却脣上覆額，移時而後食之。人因爲筒貫於臂上，待執人，人即抽手從筒中出，鑿其脣於額而得禽之。"

卷四〇八

元稹《酬樂天待漏入閤見贈》"筆無鴻業潤"。【案】《文選》卷一班孟堅《兩都賦》序"潤色鴻業"。

卷四〇九

元稹《賦得玉巵無當》。【案】《文選》卷四左太沖《三都賦序》句。

卷四一四

元稹《贈吴渠州從姨兄士則》"淚因生别兼懷舊"。【案】《文選》卷二九蘇子卿《詩四首》其三"淚爲生别滋"。

卷四一六

元稹《酬樂天得稹所寄紵絲布白輕庸製成衣服以詩報之》"腰帶定知今

瘦小，衣衫難作遠裁縫”。【案】《文選》卷三〇謝惠連《擣衣》“裁用笥中刀，縫爲萬里衣”，又“腰帶準疇昔，不知今是非”。

《酬樂天得微之詩知通州事因成四首》其一“沙含水弩多傷骨”。【案】《文選》卷二八鮑明遠《苦熱行》“含沙射流影”，劉良注：“江中有物，名曰水弩，於中流含沙射人之影。”水弩之名不見李善注。

《酬樂天歎窮愁見寄》“四時誰道各平分”。【案】《文選》卷三三宋玉《九辯》“皇天平分四時兮”。

《和王侍御酬廣宣上人觀放牓後相賀》“爲君送賀碧雲詩”。【案】《文選》卷三一江文通《雜體詩·休上人別怨》“日暮碧雲合”。

卷四一八

元稹《苦樂相倚曲》“君心半夜猜恨生，荆棘滿懷天未明。漢成眼瞥飛燕時，可憐班女恩已衰”。【案】《文選》卷二八鮑明遠《白頭吟》“何慙宿昔意，猜恨坐相仍”，又“班去趙姬昇”。

《出門行》“升沈各自異”。【案】《文選》卷二三曹子建《七哀詩》“浮沉各異勢”。

卷四二〇

元稹《有鳥行二十章》其二十“啄腐吞腥笑雕鶚”。【案】《文選》卷二八鮑明遠《升天行》“何時與爾曹，啄腐共吞腥”。

卷四二二

元稹《古決絶詞》三首其二“幸他人之既不我先”。【案】《文選》卷三二屈平《離騷經》“恐高辛之先我”，卷十七陸士衡《文賦》“怵他人之我先”。

《魚中素》“幽緘手自開”。【案】《文選》卷三〇謝惠連《擣衣》“幽緘候君開”。

卷四二三

元稹《奉和浙西大夫李德裕述夢四十韻云云》"思君正鬱陶"。【案】《文選》卷三三宋玉《九辯》"豈不鬱陶而思君兮"。

卷四二四

白居易《京兆府新栽蓮》"花葉媚清漣"。【案】《文選》卷二六謝靈運《過始寧墅》"緑篠媚清漣"。

《贈元稹》"豈無山上苗，徑寸無歲寒"。【案】《文選》卷二一左太沖《詠史八首》其二"鬱鬱澗底松，離離山上苗。以彼徑寸莖，蔭此百尺條"。樂天詩屢用太沖此篇。

《雜興三首》其三"視之如塵灰"。【案】《文選》卷二一左太沖《詠史八首》其六"貴者雖自貴，視之若埃塵"。

《宿紫閣山北村》"中庭有奇樹"。【案】《文選》卷二九《古詩十九首·庭中有奇樹》。

《春雪》"四序平分别"。【案】《文選》卷三三宋玉《九辯》"皇天平分四時兮"。

《悲哉行》"山苗與澗松，地勢隨高卑"。【案】《文選》卷二一左太沖《詠史八首》其二"鬱鬱澗底松，離離山上苗"，又"地勢使之然，由來非一朝"。

《慈烏夜啼》"晝夜不飛去，經年守故林"。【案】《文選》卷二四陸士衡《贈馮文羆》"苟無凌風翮，徘徊守故林"。

《放魚》"動尾觸四隅"。【案】《文選》卷二一左太沖《詠史八首》其八"習習籠中鳥，舉翮觸四隅"。

《文柏林》"素質如截肪"。【案】《文選》卷四二魏文帝《與鍾大理書》"白如截肪"。

卷四二五

白居易《續古詩十首》其三"其聲清且悲"。【案】《文選》卷二〇王仲宣《公讌詩》“曲度清且悲”。同卷潘安仁《金谷集作詩》“簫管清且悲”。卷三〇陸士衡《擬東城一何高》“惠音清且悲”。

其四“百丈澗底死，寸莖山上春”。【案】見上卷《贈元稹》。

其七“結髮事豪家”。【案】《文選》卷二一王仲宣《詠史》“結髮事明君”。

其八“同心久離居”。【案】《文選》卷二九《古詩十九首·涉江采芙蓉》“同心而離居”。

《秦中吟十首·議婚》“四座且勿飲，聽我歌兩途”。【案】《文選》卷二八陸士衡《挽歌詩三首》其一“中闈且勿讙，聽我薤露詩”。

《秦中吟十首·傷友》“通籍在金閨”。【案】《文選》卷三〇謝玄暉《始出尚書省》“既通金閨籍”。

又“近日多如此，非君獨慘悽”。【案】《文選》卷二八鮑明遠《白頭吟》“古來共如此，非君獨撫膺”。

《秦中吟十首·輕肥》“酒酣氣益振”。【案】《文選》卷二一左太沖《詠史八首》其六成句。

《贈友五首》其一“君出臣奉行，謂之握金鏡”。【案】《文選》卷五五劉孝標《廣絶交論》“蓋聖人握金鏡，闡風烈”。

其二“捐金復抵壁”。【案】《文選》卷一班孟堅《東都賦》“捐金於山，沈珠於淵”，又卷三張平子《東京賦》“藏金於山，抵璧於谷”。白詩“抵”當作“扺”，後世混用。

《寓意詩五首》其一“已矣勿重陳，重陳令人悲”。【案】《文選》卷二八劉越石《扶風歌》“棄置勿重陳，重陳令心傷”。

《讀史五首》其三“堂上生荆杞”。【案】《文選》卷二三阮嗣宗《詠懷詩·嘉樹下成蹊》成句。

《和答詩十首·答桐花》“泠泠聲滿耳”。【案】《文選》卷十七陸士衡《文賦》“音泠泠而盈耳”。

《和答詩十首·答四皓廟》“矯矯四先生”。【案】《文選》卷四七夏侯孝若《東方朔畫贊》“矯矯先生”。

《和答詩十首·和松樹》“亭亭山上松”。【案】《文選》卷二三劉公幹

《贈從弟三首》其二成句。

《反鮑明遠白頭吟》“吞悲仍撫膺”。【案】《文選》卷二八鮑明遠《白頭吟》“非君獨撫膺”。樂天此詩反明遠意而爲之，又同用蒸韻。

卷四二七

白居易《新樂府・驪宫高》“嫋嫋兮秋風”。【案】《文選》卷三二屈平《九歌・湘夫人》成句。

《新樂府・澗底松》“念寒儁也”。【案】《文選》卷二一左太沖《詠史八首》其二“鬱鬱澗底松”，歎“英俊沈下僚”。樂天意本此。

卷四二八

白居易《答元八宗簡同遊曲江後明日見贈》“時景不重來，賞心難再并”。【案】《文選》卷三〇謝靈運《擬魏太子鄴中集詩》序“天下良辰美景，賞心樂事，四者難并”。

《首夏同諸校正遊開元觀因宿玩月》“清和四月初，樹木正華滋”。【案】《文選》卷二二謝靈運《遊赤石進帆海》“首夏猶清和”。卷二九《古詩十九首・庭中有奇樹》“緑葉發華滋”。

又“光華一照耀，殿角相參差”（殿角，一作樓殿）。【案】《文選》卷二七謝玄暉《晚登三山還望京邑》“白日麗飛甍，參差皆可見”。

又“終夜清景前，笑歌不知疲”。【案】《文選》卷二〇曹子建《公讌詩》“終宴不知疲”“清夜遊西園”“明月澄清景”。

《早送舉人入試》“日出塵埃飛，羣動互營營。營營各何求，無非利與名”。【案】《文選》卷二二鮑明遠《行藥至城東橋》“迅風首旦發，平路塞飛塵。擾擾遊宦子，營營市井人。懷金近從利，撫劍遠辭親。爭先萬里塗，各事百年身”。

《官舍小亭閑望》“風竹散清韻”。【案】《文選》卷十三謝希逸《月賦》“風篁成韻”。

《聽彈古淥水》“西窗竹陰下，竟日有餘清”。【案】《文選》卷二二謝靈運《遊南亭》“密林含餘清”。

《松齋自題》“容膝即安居”。【案】《文選》卷四五陶淵明《歸去來兮辭》“審容膝之易安”。

《寄李十一建》“分手來幾時，明月三四盈”。【案】《文選》卷二九張景陽《雜詩十首》其八“下車如昨日，望舒四五圓”。

又“芳歲忽已晚”。【案】《文選》卷二九《古詩十九首・行行重行行》“歲月忽已晚”。

《酬楊九弘貞長安病中見寄》“清機發爲文”。【案】《文選》卷二九曹顏遠《思友人》“清機發妙理”。張銑曰：“文思清機，變動發妙理也。”五臣以“清機”指“文”，此樂天所本。

《秋山》“人生無幾何，如寄天地間。心有千載憂，身無一日閑”。【案】《文選》卷二九《古詩十九首・今日良宴會》“人生寄一世，奄忽若飇塵”，又《生年不滿百》“常懷千歲憂”。

《清夜琴興》“響餘羣動息”。【案】《文選》卷三〇陶淵明《雜詩二首》其二“日入羣動息”。

《效陶潛體詩十六首》其十五“北里有寒士，甕牖繩爲樞”。【案】《文選》卷五一賈誼《過秦論》“然而陳涉，甕牖繩樞之子”。

卷四二九

白居易《適意二首》其二“悠悠身與世，從此兩相棄”。【案】《文選》卷二一鮑明遠《詠史》“身世兩相棄”。

《村中留李三固言宿》“平生早遊宦”。【案】《文選》卷三〇謝玄暉《郡內登望》“平生早事邊”。

《遊悟真寺詩》“繞棟雲迴旋”。【案】《文選》卷二一郭景純《遊仙詩七首》其二“雲生梁棟間”。

又“永謝區中緣”。【案】《文選》卷二六謝靈運《登江中孤嶼》“緬邈區中緣”。

《酬吴七見寄》“嘗聞陶潛語，心遠地自偏”。【案】《文選》卷三〇陶淵明《雜詩二首》其一成句。

《贈杓直》“内脱區中緣”。【案】《文選》卷二六謝靈運《登江中孤嶼》

“緬邈區中緣”。

卷四三〇

白居易《北亭》“目送歸飛翮”。【案】《文選》卷二四嵇叔夜《贈秀才入軍》“目送歸鴻”。

《泛溢水》“舍鞍揚棹謳”。【案】《文選》卷四左太沖《蜀都賦》“發櫂謳”。

《宿簡寂觀》“巖白雲尚屯”。【案】《文選》卷二六謝靈運《入彭蠡湖口》“巖高白雲屯”。

《栽杉》“猶勝澗谷底，埋没隨衆樵。不見鬱鬱松，委質山上苗”。【案】《文選》卷二一左太沖《詠史八首》其二“鬱鬱澗底松，離離山上苗。以彼徑寸莖，蔭此百尺條”。

《昔與微之在朝日同蓄休退之心迨今十年淪落老大追尋前約且結後期》“白首期同歸”。【案】《文選》卷二〇潘安仁《金谷集作詩》“白首同所歸”。

《齊物二首》其二“冉冉孤生竹”。【案】《文選》卷二九《古詩十九首·冉冉孤生竹》成句。

卷四三一

白居易《初下漢江舟中作寄兩省給舍》“終使滄浪水，濯吾纓上塵”。【案】《文選》卷二七沈休文《新安江水至清淺深見底貽京邑遊好》“願以潺湲水，沾君纓上塵”。

《題小橋前新竹招客》“苒苒新生竹”。【案】《文選》卷二九《古詩十九首·冉冉孤生竹》。

《自詠》“昔有醉先生，席地而幕天”。【案】《文選》卷四七劉伯倫《酒德頌》“幕天席地”。

《泛春池》“各在天一涯，信美非吾有”。【案】《文選》卷二九《古詩十九首·行行重行行》成句。卷十一王仲宣《登樓賦》“雖信美而非吾土兮”。

卷四三二

白居易《新栽竹》“已覺庭宇内，稍稍有餘清”。【案】《文選》卷二二謝靈運《遊南亭》“密林含餘清”。

《青龍寺早夏》“景氣含清和”。【案】《文選》卷二二謝靈運《遊赤石進帆海》“首夏猶清和”。

《勸酒寄元九》“何不飲美酒”。【案】《文選》卷二九《古詩十九首·驅車上東門》“不如飲美酒”。

《曲江感秋》“昔人三十二，秋興已云悲”。【案】《文選》卷十三潘安仁《秋興賦》序“余春秋三十有二，始見二毛”，又“于時秋也，故以秋興命篇”。

《重到渭上舊居》“人物日改變，舉目悲所遇。回念念我身，安得不衰暮”。【案】《文選》卷二九《古詩十九首·迴車駕言邁》“所遇無故物，焉得不速老”。

《祇役駱口驛喜蕭侍御書至兼覩新詩吟諷通宵因寄八韻》“日暮心無憀”“是時天無雲”。【案】《文選》卷三〇陶淵明《擬古詩》“日暮天無雲”。

卷四三三

白居易《城上對月期友人不至》“古人惜晝短，勸令秉燭遊”。【案】《文選》卷二九《古詩十九首·生年不滿百》“晝短苦夜長，何不秉燭遊”。

《别李十一後重寄》“共上青雲梯”。【案】《文選》卷二二謝靈運《登石門最高頂》“共登青雲梯”。

《感秋懷微之》“葉下湖又波，秋風此時至”。【案】《文選》卷三二屈平《九歌·湘夫人》“嫋嫋兮秋風，洞庭波兮木葉下”。

卷四三四

白居易《寄王質夫》“方含去國愁，且羡從軍樂”。【案】《文選》卷二三王仲宣《七哀詩二首》其一“復棄中國去”，又卷二七王仲宣《從軍詩五首》其一“從軍有苦樂”。樂天守忠州，質夫佐征西，其地其事，均切仲宣。

《玩松竹二首》其一“吾亦愛吾廬”。【案】《文選》卷三〇陶淵明《讀山海經》成句。

卷四三六

白居易《題故曹王宅》“西園飛蓋處，依舊月裴徊”。【案】《文選》卷二〇曹子建《公讌詩》“清夜遊西園，飛蓋相追隨。明月澄清景，列宿正參差”。

卷四三七

白居易《答馬侍御見贈》“淺薄求賢思自代，嵇康莫寄絶交書”。【案】《文選》卷四三嵇叔夜《與山巨源絶交書》“前年從河東還，顯宗阿都説足下議以吾自代”。

卷四三八

白居易《渭村退居寄禮部崔侍郎翰林錢舍人詩一百韻》“風枝萬年動”。【案】《文選》卷三〇謝玄暉《直中書省》“風動萬年枝”。

又“可憐身與世，從此兩相忘”。【案】《文選》卷二一鮑明遠《詠史》“君平獨寂漠，身世兩相棄”。

《送人貶信州判官》“溪畔毒沙藏水弩”。【案】《文選》卷二八鮑明遠《苦熱行》“含沙射流影”，劉良注：“江中有物，名曰水弩，于中流含沙射人之影。”參卷四一六元稹《酬樂天得微之詩知通州事因成四首》。

卷四三九

白居易《東南行一百韻》“沙含水弩樞”。【案】見上卷《送人貶信州判官》。

又“十千方得斗”。【案】《文選》卷二七曹子建《名都篇》“美酒斗十千”。

《百花亭晚望夜歸》“雨聲蕭颯渡江來”。【案】《文選》卷三〇謝玄暉

《觀朝雨》"朔風吹飛雨，蕭條江上來"。

《西樓》"白露泬寥天"。【案】《文選》卷三三宋玉《九辯》"泬寥兮，天高而氣清"。

《尋王道士藥堂因有題贈》"常悲東郭千家冢，欲乞西山五色丸"。【案】《文選》卷二九《古詩十九首·驅車上東門》"驅車上東門，遥望郭北墓"。卷二二沈休文《宿東園》"若蒙西山藥，頹齡儻能度"。李善注："魏文帝詩曰：西山一何高，高高殊無極。上有兩仙童，不飲亦不食。與我一丸藥，光輝有五色。"

《山中問月》"昔隨飛蓋處"。【案】《文選》卷二〇曹子建《公讌詩》"清夜遊西園，飛蓋相追隨。明月澄清景，列宿正參差"。

《攜諸山客同上香爐峰遇雨而還霑濡狼籍互相笑謔題此解嘲》"石滑踐莓苔"。【案】《文選》卷十一孫興公《遊天台山賦》"踐莓苔之滑石"。

卷四四〇

白居易《潯陽歲晚寄元八郎中庾三十二員外》"閱水年將暮"。【案】《文選》卷十六陸士衡《歎逝賦》"川閱水以成川，水滔滔而日度。世閱人而爲世，人冉冉而行暮"。

《歲暮》"窮陰急景坐相催"。【案】《文選》卷十四鮑明遠《舞鶴賦》"窮陰殺節，急景凋年"。

《初除官蒙裴常侍贈鶻銜瑞草緋袍魚袋因謝惠貺兼抒離情》"因君裝束始光輝"。【案】《文選》卷二六陸士衡《吴王郎中時從梁陳作》"冶服使我妍"。

卷四四二

白居易《和韓侍郎苦雨》"潤氣凝柱礎"。【案】《文選》卷三一江文通《雜體詩·張黄門苦雨》"山雲潤柱礎"。

《連雨》"水鳥投簷宿"。【案】《文選》卷三一江文通《雜體詩·張黄門苦雨》"水鸛巢層甍"。

《新昌新居書事四十韻因寄元郎中張博士》"松聲疑澗底，草色勝河邊”。【案】《文選》卷二一左太沖《詠史八首》其二“鬱鬱澗底松”。卷二七《飲馬長城窟行》“青青河邊草”。

《草詞畢遇芍藥初開因詠小謝紅藥當階翻詩以爲一句未盡其狀偶成十六韻》。【案】《文選》卷三〇謝玄暉《直中书省》句。

卷四四三

白居易《孤山寺遇雨》“空濛連北岸，蕭颯入東軒”。【案】《文選》卷三〇謝玄暉《觀朝雨》“蕭條江上來”，又“空濛如薄霧”。

卷四四四

白居易《九日宴集醉題郡樓兼呈周殷二判官》“太湖山水含清光”。【案】《文選》卷二二謝靈運《石壁精舍還湖中作》“山水含清暉”。

《同微之贈别郭虚舟煉師五十韻》“白日西南馳”。【案】《文選》卷二七曹子建《名都篇》成句。

《霓裳羽衣歌》“飄然轉旋迴雪輕，嫣然縱送游龍驚”。【案】《文選》卷十九曹子建《洛神賦》“飄颻兮若流風之迴雪”，又“婉若遊龍”。

《自詠五首》其二“何異食蓼蟲，不知苦是苦”。【案】《文選》卷二八鮑明遠《放歌行》“蓼蟲避葵堇，習苦不言非”。

《宿滎陽》“少小辭鄉曲”。【案】《文選》卷二七曹子建《白馬篇》“少小去鄉邑”。

《題道宗上人十韻》“不似休上人，空多碧雲思”。【案】《文選》卷三一江文通《雜體詩・休上人别怨》“日暮碧雲合”。

卷四四五

白居易《和微之詩二十三首・和寄樂天》“病魂黯然銷”。【案】《文選》卷十六江文通《别賦》“黯然銷魂者，唯别而已矣”。

又“别君只如昨，芳歲換六七”。【案】《文選》卷二九張景陽《雜詩十首》其八“下車如昨日，望舒四五圓”。

又“後期難自必”（原注：《籍田賦》云“難望歲而自必”）。【案】《文選》卷七潘安仁《籍田賦》“徒望歲以自必”。必，五臣作“畢”。潘賦之文“無儲稸以虞災，徒望歲以自必”，李善注“言無儲稸以度荒災，空自必望於歲也”，意即荒年無備，徒寄望於豐年。五臣注“言無倉廪以備凶災，徒望歲之空終者”，有無以卒歲之意。詳安仁賦意，五臣注義勝一籌。而樂天此詩意謂宦海東西，不能預定後會之期，與五臣注不同，故據李善本而用“必”字。

《和微之詩二十三首·和知非》“逐臣去室婦”。【案】《文選》卷四一李少卿《答蘇武書》“生妻去帷”。帷，五臣本作“室”。

《和微之詩二十三首·和李勢女》“減一分太短，增一分太長”。【案】《文選》卷十九宋玉《登徒子好色賦》“東家之子，增之一分則太長，減之一分則太短”。

《和微之詩二十三首·和自勸二首》其二“急景凋年急於水”。【案】《文選》卷十四鮑明遠《舞鶴賦》“急景凋年”。

《和微之詩二十三首·和朝回與王煉師遊南山下》“暮與一道士，出尋青谿居”。【案】《文選》卷二一郭景純《遊仙詩七首》其二“青谿千餘仞，中有一道士”。

《中隱》“大隱住朝市，小隱入丘樊”。【案】《文選》卷二二王康琚《反招隱詩》“小隱隱陵藪，大隱隱朝市”。

《問秋光》“不引窗下琴，即舉池上酌”。【案】《文選》卷二六謝玄暉《郡内高齋閑坐答吕法曹》“已有池上酌，復此風中琴”。

《偶作二首》其二“身世交相忘”。【案】《文選》卷二一鮑明遠《詠史》“身世兩相棄”。

《六年寒食洛下宴遊贈馮李二少尹》“良辰亦難并”。【案】《文選》卷三〇謝靈運《擬魏太子鄴中集詩》序“天下良辰美景，賞心樂事，四者難并”。

《舒員外遊香山寺數日不歸兼辱尺書大誇勝事時正值坐衙慮囚之際走筆題長句以贈之》“碧雲合處佳人來”。【案】《文選》卷三一江文通《雜體詩·休上人别怨》“日暮碧雲合，佳人殊未來”。

卷四四六

白居易《除官赴闕留贈微之》“一水盈盈路不通”。【案】《文選》卷二九《古詩十九首·迢迢牽牛星》“盈盈一水間，脉脉不得語”。間，《文選音决》“居莧反”，阻隔之義。樂天詩“路不通”正“間”字注脚。参卷一四九劉長卿《京口懷洛陽舊居兼寄廣陵二三知己》。

《留題郡齋》“秋因晴望暫褰帷”。【案】《文選》卷二二謝靈運《登池上樓》“褰開暫窺臨”。吕向注：“褰開帷簾，窺臨景物也。”

《重題别東樓》“氣象多隨昏旦移”。【案】《文選》卷二二謝靈運《石壁精舍還湖中作》“昏旦變氣候”。

《夢行簡》“池塘草緑無佳句”。【案】《文選》卷二二謝靈運《登池上樓》“池塘生春草”。

《寄皇甫七》“孟夏愛吾廬，陶潛語不虚”。【案】《文選》卷三〇陶淵明《讀山海經》“孟夏草木長”，又“吾亦愛吾廬”。

卷四四七

白居易《秋寄微之十二韻》“餘霞數片綺”。【案】《文選》卷二七謝玄暉《晚登三山還望京邑》“餘霞散成綺”。

《答次休上人》“莫愛餘霞嫌碧雲”。【案】《文選》卷三一江文通《雜體詩·休上人别怨》“日暮碧雲合”。樂天詩題原注：“來篇云：聞有餘霞千萬首，何妨一句乞閑人。”“餘霞”非用謝玄暉語。

卷四五〇

白居易《想東游五十韻》序“亦猶孫興公想天台山而賦之也”。【案】《文選》卷十一孫興公《遊天台山賦》序“非夫遠寄冥搜，篤信通神者，何肯遥想而存之。余所以馳神運思，晝詠宵興，俛仰之間，若已再升者也。方解纓絡，永託兹嶺，不任吟想之至，聊奮藻以散懷”。

又“餘芳認蘭澤”（注：《古詩》云“蘭澤多芳草”）。【案】注引句見《文選》卷二九《古詩十九首·涉江采芙蓉》。

又“姿彩媚潛虬”（注：大謝詩云“潛虬媚幽姿”）。【案】注引句見《文選》卷二二謝靈運《登池上樓》。

又“投竿出比目”。【案】《文選》卷一班孟堅《西都賦》“揄文竿，出比目”。揄，五臣本作“投”。揄、投，音義並同。

《不如來飲酒七首》其四“辛勤難具論”。【案】《文選》卷二六謝靈運《入彭蠡湖口》“風潮難具論”。

《寄兩銀榼與裴侍郎因題兩絶句》“願奉謝公池上酌”。【案】《文選》卷二六謝玄暉《郡内高齋閑坐答吕法曹》“已有池上酌”。

卷四五一

白居易《同王十七庶子李六員外鄭二侍御同年四人遊龍門有感而作》“世如閲水應堪歎”。【案】《文選》卷十六陸士衡《歎逝賦》“川閲水以成川，水滔滔而日度。世閲人而爲世，人冉冉而行暮”。

《雪後早過天津橋偶呈諸客》“悠揚短景凋年急”。【案】《文選》卷十四鮑明遠《舞鶴賦》“急景凋年”。

卷四五二

白居易《詠興五首·池上有小舟》“身世交相忘”。【案】《文選》卷二一鮑明遠《詠史》“身世兩相棄”。此與卷四四五《偶作二首》句同。

《詠興五首·四月池水滿》“吾亦愛吾池”。【案】《文選》卷三〇陶淵明《讀山海經》“吾亦愛吾廬”。

《詠興五首·小庭亦有月》“幕天而席地，誰奈劉伶何”。【案】《文選》卷四七劉伯倫《酒德頌》“幕天席地”。

《秋涼閑卧》“風竹含疏韻”。【案】《文選》卷十三謝希逸《月賦》“風篁成韻”。

《首夏》“竟日和且清”。【案】《文選》卷二二謝靈運《遊赤石進帆海》“首夏猶清和”。

又“況吾四者并”。【案】《文選》卷三〇謝靈運《擬魏太子鄴中集詩》序“天下良辰美景，賞心樂事，四者難并”。

《立秋夕有懷夢得》"是夕涼飈起"。【案】《文選》卷二七王仲宣《從軍詩五首》其五"日夕涼風發"，又卷三一劉休玄《擬行行重行行》"日夕涼風起"。

《秋日與張賓客舒著作同遊龍門醉中狂歌凡二百三十八字》"嵩峰餘霞錦綺卷"。【案】《文選》卷二七謝玄暉《晚登三山還望京邑》"餘霞散成綺"。

《古意》"美人千里隔"。【案】《文選》卷十三謝希逸《月賦》"美人邁兮音塵闕，隔千里兮共明月"。

《裴侍中晉公以集賢林亭即事三十六韻見贈猥蒙徵和才拙詞緐輒廣爲五百言以伸酬獻》"願我比蒲稗，永得相因依"（注：謝靈運詩云"蒲稗相因依"）。【案】見《文選》卷二二謝靈運《石壁精舍還湖中作》。

《張常侍池涼夜閑讌贈諸公》"留連池上酌"。【案】《文選》卷二六謝玄暉《郡内高齋閑坐答吕法曹》"已有池上酌"。

卷四五三

白居易《春寒》"助酌有枯魚"。【案】《文選》卷二一應休璉《百一詩》"酌醴焚枯魚"。

《旱熱二首》其一"日入尚趨程，宵分不遑寐"。【案】《文選》卷二六陶淵明《辛丑歲七月赴假還江陵夜行塗口作》"懷役不遑寐，中宵尚孤征"。

《偶以拙詩數首寄呈裴少尹侍郎蒙以盛製四篇一時酬和重投長句美而謝之》"毛詩三百篇後得，文選六十卷中無"。【案】六十卷者，李善本也。或據此遂謂樂天所閲《文選》即李善本，非。樂天於李善、五臣初無軒輊，二者兼用。此詩之言"六十卷"而非"三十卷"者，以上句已有"三"字，下句不得相犯耳。

又"高興獨因秋日盡，清吟多與好風俱"。【案】《文選》卷二二殷仲文《南州桓公九井作》"獨有清秋日，能使高興盡"。卷三〇陶淵明《讀山海經》"好風與之俱"。

卷四五四

白居易《青氈帳二十韻》“施張百子卷”（注：司馬遷書云“張空卷”）。【案】《文選》卷四一司馬子長《報任少卿書》“更張空弮”。弮，李善本作“拳”。流俗誤鈔，顏師古已辨“拳”字之非，李善亦引及顏注。

《奉和晉公侍中蒙除留守行及洛師感悦發中斐然成詠之作》“貂蟬蕭灑出埃塵”。【案】《文選》卷四三孔德璋《北山移文》“蕭灑出塵之想”。

卷四五五

白居易《答皇甫十郎中秋深酒熟見憶》“爲思池上酌”。【案】《文選》卷二六謝玄暉《郡内高齋閑坐答吕法曹》“已有池上酌”。

《九年十一月二十一日感事而作》“當君白首同歸日”。【案】《文選》卷二〇潘安仁《金谷集作詩》“白首同所歸”。

又“顧索素琴應不暇，憶牽黄犬定難追”。【案】《文選》卷十六向子期《思舊賦》序“臨當就命，顧視日影，索琴而彈之”。又“昔李斯之受罪兮，歎黄犬而長吟。悼嵇生之永辭兮，顧日影而彈琴”。

卷四五六

白居易《三月三日》“指點樓南玩新月，玉鉤素手兩纖纖”。【案】《文選》卷三〇鮑明遠《翫月城西門廨中》“始見西南樓，纖纖如玉鉤”。卷二九《古詩十九首·青青河畔草》“纖纖出素手”，又《迢迢牽牛星》“纖纖擢素手”。樂天以“纖纖”一詞綰合鮑詩與古詩。

《喜楊六侍御同宿》“濁水清塵難會合”。【案】《文選》卷二三曹子建《七哀詩》“君若清路塵，妾若濁水泥。浮沉各異勢，會合何時諧”。

《殘春詠懷贈楊慕巢侍郎》“興來池上酌”。【案】《文選》卷二六謝玄暉《郡内高齋閑坐答吕法曹》“已有池上酌”。

《奉酬淮南牛相公思黯見寄二十四韻》“慙無白雪曲，難答碧雲篇。金谷詩誰賞，蕪城賦衆傳”。【案】《文選》卷三一江文通《雜體詩·休上人別怨》“日暮碧雲合”。卷二〇潘安仁《金谷集作詩》。卷十一鮑明遠《蕪城賦》。

又“珠應哂魚目”。【案】《文選》卷二九張景陽《雜詩十首》其五“魚目笑明月”。樂天詩反用景陽句。

《雪中酒熟欲攜訪吴監先寄此詩》“不必待延枚”（注：《雪賦》云“延枚叟”）。【案】《文選》卷十三謝惠連《雪賦》。

《因夢得題公垂所寄蠟燭因寄公垂》“照梁初日光相似”。【案】《文選》卷十九宋玉《神女賦》“其始來也，耀乎若白日初出照屋梁”。

卷四五七

白居易《洛下雪中頻與劉李二賓客宴集因寄汴州李尚書》“今日鄒枚俱在洛，梁園置酒召何人”。【案】《文選》卷十三謝惠連《雪賦》“梁王不悦，游於兔園。迺置旨酒，命賓友。召鄒生，延枚叟”。

《奉和思黯自題南莊見示兼呈夢得》“晨光初照屋梁時”。【案】見上卷《因夢得題公垂所寄蠟燭因寄公垂》。

《又和令公新開龍泉晉水二池》“今爲白水塘”（注：詩云“方塘含白水”）。【案】注引詩句見《文選》卷二九劉公幹《雜詩》。

《酬夢得早秋夜對月見寄》“庭蕪淒白露”。【案】《文選》卷二一顔延年《秋胡詩》“白露生庭蕪”。

《公垂尚書以白馬見寄光潔穩善以詩謝之》“翩翩白馬稱金羈”。【案】《文選》卷二七曹子建《白馬篇》“白馬飾金羈，連翩西北馳”。卷三一袁陽源《效曹子建樂府白馬篇》“劍騎何翩翩”。

卷四五八

白居易《歲暮病懷贈夢得》“體待陽舒望早春”。【案】《文選》卷二張平子《西京賦》“夫人在陽時則舒”。

《宣州崔大夫閣老忽以近詩數十首見示吟諷之下竊有所喜因成長句寄題郡齋》“虚教遠岫列窗間”（注：謝宣城《郡内詩》云“窗中列遠岫”）。【案】見《文選》卷二六謝玄暉《郡内高齋閑坐答吕法曹》。

又“再喜宣城章句動，飛觴遥賀敬亭山”（注：謝又有《題敬亭山詩》，並見《文選》中)。【案】《文選》卷二七謝玄暉《敬亭山詩》。

《足疾》"應須學取陶彭澤,但委心形任去留"。【案】《文選》卷四五陶淵明《歸去來兮辭》"寓形宇内復幾時,曷不委心任去留"。

卷四五九

白居易《題牛相公歸仁里宅新成小灘》"澄波空共鮮"。【案】《文選》卷二六謝靈運《登江中孤嶼》"空水共澄鮮"。

《春日閑居三首》其一"陶云愛吾廬,吾亦愛吾屋"。【案】《文選》卷三〇陶淵明《讀山海經》"吾亦愛吾廬"。

《遊平泉宴浥澗宿香山石樓贈座客》"古詩惜晝短,勸我令秉燭"。【案】《文選》卷二九《古詩十九首·生年不滿百》"晝短苦夜長,何不秉燭遊"。

《首夏南池獨酌》"依然謝家物,池酌對風琴"。【案】《文選》卷二六謝玄暉《郡内高齋閑坐答吕法曹》"已有池上酌,復此風中琴"。

《官俸初罷親故見憂以詩諭之》"但對丘中琴,時開池上酌"。【案】《文選》卷二二左太沖《招隱詩二首》其一"丘中有鳴琴"。下句見卷二六謝玄暉《郡内高齋閑坐答吕法曹》。

《亭西墻下伊渠水中置石激流潺湲成韻頗有幽趣以詩記之》"面灘開小亭"。【案】《文選》卷三〇謝靈運《田南樹園激流植援》"啓扉面南江"。

《和敏中洛下即事》"昨日池塘春草生"。【案】《文選》卷二二謝靈運《登池上樓》"池塘生春草"。

《會昌二年春題池西小樓》"自笑靈光巋然在"。【案】《文選》卷十一王文考《魯靈光殿賦》"而靈光巋然獨存"。

《題新澗亭兼酬寄朝中親故見贈》"何處披襟風快哉"。【案】《文選》卷十三宋玉《風賦》"王迺披襟而當之曰:快哉此風"。

卷四六〇

白居易《詠身》"周南留滯稱遺老"(注:見《太史公傳》)。【案】《文選》卷二二顏延年《車駕幸京口侍遊蒜山作》"周南悲昔老,留滯感遺萌"。詩用《史記》事,而語襲延年句。

《禽蟲十二章》其五“如何閉向深籠裏，一種摧頹觸四隅”。【案】《文選》卷二一左太沖《詠史八首》其八“習習籠中鳥，舉翮觸四隅”。

卷四六一

白居易《窗中列遠岫》。【案】《文選》卷二六謝玄暉《郡内高齋閑坐答吕法曹》句。

又“緣隙助清風”。【案】《文選》卷二三潘安仁《悼亡詩三首》其一“春風緣隟來”。隟，五臣本作“隙。”

《玉水記方流》。【案】《文選》卷二六顔延年《贈王太常》句。

《朱藤謡》“直如朱繩”。【案】《文選》卷二八鮑明遠《白頭吟》“直如朱絲繩”。

卷四六二

白居易《送劉郎中赴任蘇州》“宣城獨詠窗中岫”。【案】見上卷《窗中列遠岫》。

《初冬即事憶皇甫十》“冷竹風成韻”。【案】《文選》卷十三謝希逸《月賦》“風篁成韻”。

卷四六三

周元範《和白太守揀貢橘》“離離朱實緑叢中”。【案】《文選》卷二張平子《西京賦》“朱實離離”。

盧拱《中元日觀法事》“常悲習蓼蟲”。【案】《文選》卷二八鮑明遠《放歌行》“蓼蟲避葵堇，習苦不言非”。

李諒《蘇州元日郡齋感懷寄越州元相公杭州白舍人》“絲綸暫厭分符竹”。【案】《文選》卷三一鮑明遠《擬古三首》其一“將以分虎竹”。虎竹，五臣作“符竹”。參卷四九張九齡《當塗界寄裴宣州》。

卷四六四

鄭俞、吴丹、王鑑、陳昌言、杜元穎《賦得玉水記方流》。【案】《文選》卷二六顔延年《贈王太常》句。

陳昌言《白日麗江皋》（注：一作鮑溶詩）。【案】《文選》卷二二謝靈運《從遊京口北固應詔》句。

卷四六五

楊衡《南海苦雨寄贈王四侍御》“處陰誠多慘，況乃觸隅禽”。【案】《文選》卷二張平子《西京賦》“夫人在陽時則舒，在陰時則慘”。卷二一左太沖《詠史八首》其八“習習籠中鳥，舉翮觸四隅”。

《秋夜閑居即事寄廬山鄭員外蜀郡符處士》“憂思繁未整”。【案】《文選》卷三一江文通《雜體詩・謝僕射遊覽》“憂襟未能整”。

《寄贈田倉曹灣》“纓弁雖云阻”。【案】《文選》卷三〇謝玄暉《和伏武昌登孫權故城》“從賞乖纓弁”。此詩又見卷三三三楊巨源。

《賦得直如朱絲繩》。【案】《文選》卷二八鮑明遠《白頭吟》句。

卷四六六

薛存誠《膏澤多豐年》。【案】《文選》卷二四曹子建《贈徐幹》句。此詩又見卷七八七，題無名氏。童養年《全唐詩續補遺》卷四題張聿。

卷四六七

牟融《司馬遷墓》“落落長才負不羈”。【案】《文選》卷四一司馬子長《報任少卿書》“僕少負不羈之行”。

卷四六八

劉言史《立秋日》“才薄無潘興，便便晝偃廬”（晝，一作晝）。【案】《文選》卷十三潘安仁《秋興賦》序“偃息不過茅屋茂林之下”。

《題十三弟竹園》“繞屋扶疏聳翠莖”。【案】《文選》卷三〇陶淵明《讀山海經》“繞屋樹扶疏”。

《題源分竹亭》“繞屋扶疏千萬竿”。【案】同上條。

卷四六九

長孫佐輔《答邊信》“貯書只在懷袖中”。【案】《文選》卷二九《古詩十九首·孟冬寒氣至》“置書懷袖中”。

卷四七〇

盧殷《仲夏寄江南》“悲酸不食梅”。【案】《文選》卷二八鮑明遠《東門行》“食梅常苦酸”。

卷四七一

雍裕之《四色》其一“何意瑶池雪，欲奪鶴毛鮮”。【案】《文選》卷十三謝惠連《雪賦》“皓鶴奪鮮，白鷴失素”。

《大言》“揮汗曾成雨，畫地亦成河”。【案】《文選》卷五九沈休文《齊故安陸昭王碑文》“臨淄之揮汗成雨，曾何足稱”，又卷二張平子《西京賦》“畫地成川”。

卷四七五

李德裕《奉和韋侍御陪相公遊開義五言六韻》“高樹激鮮飈”。【案】《文選》卷三一江文通《雜體詩·許徵君自序》“曲櫺激鮮飈”。

《清冷池懷古》“空留故池鴈，刷羽尚徘徊”。【案】《文選》卷三〇沈休文《詠湖中鴈》“刷羽同摇漾”。

《述夢詩四十韻》“重價連懸璧”（注：連懸，一作“憐玄”）。【案】《文選》卷二五劉越石《重贈盧諶》“握中有懸璧”。懸，五臣作“玄”。

又“泉流初落澗”（注：《文賦》稱“言泉流於吻齒”）。【案】《文選》卷十七陸士衡《文賦》“言泉流於脣齒”。

又“閲川終古恨，惟見暮滔滔”。【案】《文選》卷十六陸士衡《歎逝賦》“川閲水以成川，水滔滔而日度。世閲人而爲世，人冉冉而行暮”。

《送張中丞入臺從事》“夜珠先去握”。【案】《文選》卷二五劉越石《重贈盧諶》“握中有懸璧”，又同卷《答盧諶》“和氏之璧，焉得獨曜於郢握。

夜光之珠，何得專玩於隨掌”。

又“自嗟文廢久，此曲爲盧諶”。【案】《文選》卷二五劉越石《答盧諶》書“不復屬意於文，二十餘年矣，久廢則無次。想必欲其一反，故稱指送一篇”。

《東郡懷古二首》其二《陽給事》“跳身入飛鏃”。【案】《文選》卷五七顔延年《陽給事誄》“佻身飛鏃”。

《雨後淨望河西連山愴然成詠》“唯懷藥餌蠲衰病”。【案】《文選》卷二二謝靈運《遊南亭》“藥餌情所止，衰疾忽在斯”。文饒改“衰疾”爲“衰病”，以第五句末字“籍”與“疾”皆入聲，用之則犯上尾。

《早入中書行公主册禮事畢登集賢閣成詠》“傾奪非我心，悽然感田竇”。【案】《文選》卷二九曹顔遠《感舊詩》“田竇相奪移”。

《重過列子廟云云》“猶喜抗前旌”。【案】《文選》卷二七石季倫《王明君詞》“前驅已抗旌”。

《僕射相公偶話於故集賢張學士廳寫得德裕與僕射舊唱和詩云云》“賦感鄰人篴，詩留夫子牆。延年如有作，應不用山王”（注：顔延年《五君詠》，山濤、王戎以貴不得列於五君之數）。【案】《文選》卷十六向子期《思舊賦》序“鄰人有吹笛者，發聲寥亮。追想曩昔遊讌之好，感音而歎”。篴同笛。卷二一顔延年《五君詠》，李善注引沈約《宋書》云云。

《近於伊川卜山居將命者畫圖而至欣然有感聊賦此詩兼寄上浙東元相公大夫使求青田胎化鶴》“弱歲弄詞翰”。【案】《文選》卷二一左太沖《詠史八首》其一“弱冠弄柔翰”。

《夏晚有懷平泉林居》“高松有四五”。【案】《文選》卷二三張孟陽《七哀詩》“高陵有四五”。

又“稚子候我歸，衡門獨延佇”。【案】《文選》卷四五陶淵明《歸去來兮辭》“稚子候門”。

又“惻惻步庭廡”。【案】《文選》卷十六潘安仁《懷舊賦》“步庭廡以徘徊”。

《郊外即事寄侍郎大尹》“豈知陶靖節，秖自愛吾廬”。【案】《文選》卷三〇陶淵明《讀山海經》“吾亦愛吾廬”。

《洛中士君子多以平泉見呼愧獲方外之名因以此詩爲報奉寄劉賓客》“門設晝長關”。【案】《文選》卷四五陶淵明《歸去來兮辭》“門雖設而常關”。

《峽山亭月夜獨宿對櫻桃花有懷伊川别墅》“皎月照芳樹”。【案】《文選》卷二九何敬祖《雜詩》“明月照高樹”。

又“愁人惜春夜，達曙想巖扉”。【案】《文選》卷三〇陶淵明《擬古詩》“佳人美清夜，達曙酣且歌”。

《春暮思平泉雜詠二十首·瀏鶒》“不能常泛泛，惟作逐波鳧”。【案】《文選》卷三三屈平《卜居》“寧昂昂若千里之駒乎，將汜汜若水中之鳧乎。與波上下，偷以全吾軀乎”。

《春暮思平泉雜詠二十首·竹徑》“檀欒被層阜，蕭瑟蔭清渠”。【案】《文選》卷五左太沖《吴都賦》“（其竹）檚矗森萃，蓊茸蕭瑟。檀欒蟬蜎，玉潤碧鮮”。

又“田家故人少，誰肯共焚魚”。【案】《文選》卷二一應休璉《百一詩》“田家無所有，酌醴焚枯魚”。

《思平泉樹石雜詠十首·釣臺》“飛泉信可挹”。【案】《文選》卷二二謝靈運《從斤竹澗越嶺溪行》“企石挹飛泉”。

《思平泉樹石雜詠十首·重臺芙蓉》“蘭澤多衆芳”。【案】《文選》卷二九《古詩十九首·涉江采芙蓉》“蘭澤多芳草”。

《思平泉樹石雜詠十首·泛池舟》“只可弄潺湲”。【案】《文選》卷二六謝靈運《入華子岡是麻源第三谷》“乘月弄潺湲”。

《憶平泉雜詠·憶晚眺》“桑柘夕煙間”。【案】《文選》卷三〇謝玄暉《郡内登望》“切切陰風暮，桑柘起寒煙”。

卷四七六

熊孺登《日暮天無雲》。【案】《文選》卷三〇陶淵明《擬古詩》句。

卷四七七

李涉《題温泉》“開元聖主得賢臣”。【案】《文選》卷四七王子淵《聖主得賢臣頌》。

《與梧州劉中丞》“又分符竹到天涯”。【案】《文選》卷三一鮑明遠《擬古三首》其一“將以分虎竹”。虎竹，五臣作“符竹”。参卷四九張九齡《當塗界寄裴宣州》。

《山居》“一從身世兩相遺”。【案】《文選》卷二一鮑明遠《詠史》“身世兩相棄”。

《曉過函谷關》“縱使雞鳴過關吏”。【案】《文選》卷二二鮑明遠《行藥至城東橋》“雞鳴關吏起”。

卷四七八

陸暢《成都贈别席夔》“不值分流二江水”。【案】《文選》卷四左太沖《蜀都賦》“帶二江之雙流”。

卷四七九

張又新《孤嶼》“緑蘿蒙密媚清江”。【案】《文選》卷二〇范蔚宗《樂遊應詔》“遵渚攀蒙密”，又卷二六謝靈運《登江中孤嶼》“孤嶼媚中川”。

封敖《春色滿皇州》。【案】《文選》卷三〇謝玄暉《和徐都曹》句。

卷四八〇

李紳《憶春日曲江宴後許至芙蓉園》“紅藥低叢拂砌繁”。【案】《文選》卷三〇謝玄暉《直中書省》“紅藥當階翻”。

《壽陽罷郡日有詩十首與追懷不殊今編於後兼紀瑞物・肥河維舟阻凍祇待敕命》“罷分符竹作閑官”。【案】《文選》卷三一鮑明遠《擬古三首》其一“將以分虎竹”。虎竹，五臣作“符竹”。参卷四九張九齡《當塗界寄裴宣州》。

卷四八一

李紳《新樓詩二十首・新樓》“朱户褰開雉堞高”。【案】《文選》卷二二謝靈運《登池上樓》“褰開暫窺臨”。

《新樓詩二十首·滿桂樓》“莫看纖魄挂如鉤”。【案】《文選》卷三〇鮑明遠《翫月城西門廨中》“纖纖如玉鉤”。

又“蕭瑟曉風聞木落，此時何異洞庭秋”。【案】《文選》卷三二屈平《九歌·湘夫人》“洞庭波兮木葉下”。

卷四八二

李紳《到宣武三十韻》“貫魚奔騎疾，連雁卷行輕”。【案】《文選》卷二八鮑明遠《出自薊北門行》“鴈行緣石逕，魚貫度飛梁”。

卷四八三

李紳《上黨奏慶雲見》“寧作無依者，空傳陶令文”。【案】《文選》卷三〇陶淵明《詠貧士》“孤雲獨無依”。

卷四八四

陳至《薦冰》“凌寒開涸沍”。【案】《文選》卷二張平子《西京賦》“其遠則九嵕甘泉，涸陰沍寒”。

卷四八五

鮑溶《古意》“希君舊光景，照妾薄暮年”。【案】《文選》卷二八陸士衡《塘上行》“願君廣末光，照妾薄暮年”。

《將歸舊山留别孟郊》“如何不量力”。【案】《文選》卷三〇陶淵明《詠貧士》“量力守故轍”。

《行路難》“入宫見妒君不察”。【案】《文選》卷三九鄒陽《獄中上書自明》“故女無美惡，入宫見妬”。

《子規》“荼蓼久已甘，空勞堇葵惠”。【案】《文選》卷二八鮑明遠《放歌行》“蓼蟲避葵堇，習苦不言非”。

《苦哉遠征人》。【案】《文選》卷二八陸士衡《從軍行》句。

又“攜手上河梁”。【案】《文選》卷二九李少卿《與蘇武三首》其三成句。

卷四八六

鮑溶《秋思三首》其二“秋日邊馬思”。【案】《文選》卷二九王正長《雜詩》“朔風動秋草，邊馬有歸心”。

其三“我憂長於生”。【案】《文選》卷二九《古詩十九首·生年不滿百》“生年不滿百，常懷千歲憂”。

又“試從古人願，致酒歌秉燭。燕趙皆世人，詎能常似玉”。【案】《文選》卷二九《古詩十九首·生年不滿百》“晝短苦夜長，何不秉燭遊”，又《東城高且長》“燕趙多佳人，美者顏如玉”。

卷四八八

賈謩《賦得芙蓉出水》“魚戲參差動”。【案】《文選》卷二二謝玄暉《遊東田》“魚戲新荷動”。

又“涉江如可採”。【案】《文選》卷二九《古詩十九首·涉江采芙蓉》。

卷四九一

滕邁《春色滿皇州》（注：一作薛能詩）。【案】《文選》卷三〇謝玄暉《和徐都曹》句。

卷四九二

殷堯藩《喜雨》“湖東飛雨過江來”。【案】《文選》卷三〇謝玄暉《觀朝雨》“朔風吹飛雨，蕭條江上來”。

卷四九三

沈亞之《春色滿皇州》。【案】《文選》卷三〇謝玄暉《和徐都曹》句。

《山出雲》“片雲朝出岫”。【案】《文選》卷四五陶淵明《歸去來兮辭》“雲無心以出岫”。

卷四九五

費冠卿《枕流石》“願以清泚流”。【案】《文選》卷三〇謝玄暉《始出尚書省》“寒流自清泚”。

張復《山出雲》“無心離碧岫”。【案】見卷四九三沈亞之《山出雲》。

卷四九六

姚合《送李傳秀才歸宣州》“池塘無復見，春草野中生”。【案】《文選》卷二二謝靈運《登池上樓》“池塘生春草”。姚詩題“宣城”，誤以典出小謝詩。

卷四九八

姚合《偶然書懷》“十年通籍入金門”。【案】《文選》卷三〇謝玄暉《始出尚書省》“既通金閨籍”。

《賦月華臨靜夜》。【案】《文選》卷三〇沈休文《應王中丞思遠詠月》句。

《和座主相公雨中作》“山際凝如霧，雲中散似塵”。【案】《文選》卷三〇謝玄暉《觀朝雨》“空濛如薄霧，散漫似輕埃”。

卷四九九

姚合《石潭》“瀲瀲魚相逐”（注：潘岳賦“翫游鯈之瀲瀲”。音閉。游行貌）。【案】《文選》卷十三潘安仁《秋興賦》。“游行貌”，見劉良注。

卷五〇一

姚合《和門下李相餞西蜀相公》“冰銷魚瀲瀲”。【案】見卷四九九《石潭》。

卷五〇二

姚合《聞新蟬寄李餘》“每到聞時骨欲驚”。【案】《文選》卷十六江文通《別賦》“使人意奪神駭，心折骨驚”。

卷五〇五

王叡《竹》“成韻含風已蕭瑟，媚漣凝淥更檀欒”。【案】《文選》卷十三謝希逸《月賦》“風篁成韻”。卷二六謝靈運《過始寧墅》“綠篠媚清漣”。卷五左太沖《吴都賦》“（其竹）檚矗森萃，蓊茸蕭瑟。檀欒蟬蜎，玉潤碧鮮”。

卷五〇六

章孝標《道者與金丹開合已失因爲二首再有投擲》其二“陰陽曾作炭，造化亦分功”。【案】《文選》卷十三賈誼《鵩鳥賦》“且夫天地爲鑪兮，造化爲工。陰陽爲炭兮，萬物爲銅”。

《蜀中上王尚書》“自古名高閑不得，肯容王粲賦登樓”。【案】《文選》卷十一王仲宣《登樓賦》“登兹樓以四望兮，聊暇日以銷憂”。章詩“閑”字，即應仲宣賦“暇日”。五臣作“假日”，然則孝標用李善本。

《省試騏驥長鳴》。【案】《文選》卷三七曹子建《求自試表》“臣聞騏驥長鳴，伯樂昭其能”。

《飢鷹詞》“千迴礪吻振毛衣”。【案】《文選》卷十一鮑明遠《蕪城賦》“飢鷹厲吻”。

卷五〇七

蔣防《春風扇微和》。【案】《文選》卷三〇陶淵明《擬古詩》句。

《秋月懸清輝》“入牖人偏攬，臨枝鵲正飛”。【案】《文選》卷三〇陸士衡《擬明月何皎皎》“明月入我牖”，又“攬之不盈手”。卷二七魏武帝《短歌行》“月明星稀，烏鵲南飛”。

又“影連平野淨”。【案】《文選》卷二六謝靈運《初去郡》“野曠沙岸淨，天高秋月明”。

又“裴回映薄帷”。【案】《文選》卷二三阮嗣宗《詠懷詩·夜中不能寐》“薄帷鑒明月”。

《和稼如雲》。【案】《文選》卷五三李蕭遠《運命論》“褰裳而涉汶陽之丘，則天下之稼如雲矣”。

又“蔥蘢初蔽野，散漫正盈疇”。【案】《文選》卷十一王仲宣《登樓賦》“華實蔽野，黍稷盈疇”。又卷二七王仲宣《從軍詩五首》其五“黍稷盈原疇”。

《玉卮無當》。【案】《文選》卷四左太沖《三都賦序》句。

卷五〇八

孔温業、趙存約、竇洵直《鳥散餘花落》。【案】《文選》卷二二謝玄暉《遊東田》句。

卷五一〇

張祜《捉搦歌》“嗚嗚籠鳥觸四隅”。【案】《文選》卷二一左太沖《詠史八首》其八“習習籠中鳥，舉翮觸四隅”。

《題丹陽永泰寺練湖亭》“小檻俯澄鮮”。【案】《文選》卷二六謝靈運《登江中孤嶼》“空水共澄鮮”。

《題陸敦禮山居伏牛潭》“日彩沉青壁”。【案】《文選》卷十六江文通《别賦》“日下璧而沈彩”。

《笙》“歷歷韻風篁”。【案】《文選》卷十三謝希逸《月賦》“風篁成韻”。

《題蘇州思益寺》“一水下淫滲”。【案】《文選》卷十二木玄虚《海賦》“瀝滴滲淫”。

《禪智寺》“遠景窗中岫”。【案】《文選》卷二六謝玄暉《郡内高齋閑坐答吕法曹》“窗中列遠岫”。

卷五一三

裴夷直《同樂天中秋夜洛河翫月二首》其一“須知天地爲爐意，盡取黄金鑄作波”。【案】《文選》卷十三賈誼《鵩鳥賦》“且夫天地爲鑪兮”。卷二六謝玄暉《暫使下都夜發新林至京邑贈西府同僚》“金波麗鳷鵲”。裴詩

“天地爲爐”，用舊語而生新意。

《春色滿皇州》。【案】《文選》卷三〇謝玄暉《和徐都曹》句。

《和周侍御洛城雪》“一種相如抽秘思”。【案】《文選》卷十三謝惠連《雪賦》“授簡於司馬大夫，曰：抽子秘思，騁子妍辭”。

《訪劉君》“擾擾馳蹄又走輪，五更飛盡九衢塵”。【案】《文選》卷二二鮑明遠《行藥至城東橋》“迅風首旦發，平路塞飛塵。擾擾遊宦子，營營市井人”。

卷五一四

朱慶餘《上翰林蔣防舍人》“從前禮絶外庭人”。【案】《文選》卷二三任彦昇《出郡傳舍哭范僕射》“平生禮數絶”。参卷一七一李白《獻當塗宰陽冰》。

卷五一五

朱慶餘《送僧遊温州》“石門期獨往，謝守有遺篇”。【案】《文選》卷三〇謝靈運《石門新營所住四面高山迴溪石瀨脩竹茂林詩》。

《觀濤》“鮮飈出海魚龍氣”。【案】《文選》卷三一江文通《雜體詩・許徵君自序》“曲櫺激鮮飈”。

卷五一八

雍陶《明月照高樓》。【案】《文選》卷二三曹子建《七哀詩》句。此即擬曹詩。

《秋露》“白露曖秋色”。【案】《文選》卷十三謝希逸《月賦》“白露曖空”。

卷五二〇

杜牧《張好好詩》“凉風生座隅”。【案】《文選》卷二一顔延年《秋胡詩》“凉風起座隅”。

《冬至日寄小姪阿宜詩》“堆錢一百屋，破散何披猖”。【案】《文選》卷三二屈平《離騷經》“何桀紂之昌披兮”。劉良注：“昌披，謂亂也。”

《皇風》“迒蹊巢穴盡窒塞”。【案】《文選》卷二張平子《西京賦》“迒杜蹊塞”。

《偶遊石盎僧舍》“敬岑草浮光，句沚水解脉”。【案】《文選》卷三〇謝玄暉《和徐都曹》“風光草際浮”。卷四左太沖《蜀都賦》“溝洫脉散”。

《題池州弄水亭》“信美非吾土”。【案】《文選》卷十一王仲宣《登樓賦》“雖信美而非吾土兮”。

卷五二一

杜牧《自貽》“自嫌如疋素，刀尺不由身”。【案】《文選》卷二五郭泰機《答傅咸》“衣工秉刀尺，棄我忽若遺”。

《題桐葉》“陶潛身世兩相遺”。【案】《文選》卷二一鮑明遠《詠史》“身世兩相棄”。

《昔事文皇帝三十二韻》“誇趫索挂根”。【案】《文選》卷二張平子《西京賦》“突倒投而跟絓”。

又“梟噓得黃昏”。【案】《文選》卷十三賈誼《鵩鳥賦》“庚子日斜兮，鵩集予舍”。

《將赴吳興登樂遊原一絶》“欲把一麾江海去”。【案】《文選》卷二一顔延年《五君詠·阮始平》“一麾乃出守”。

《洛陽長句二首》其二“日華浮動翠光生”。【案】《文選》卷三〇謝玄暉《和徐都曹》“日華川上動”。

卷五二二

杜牧《潤州二首》其二“謝朓詩中佳麗地”。【案】《文選》卷二八謝玄暉《鼓吹曲》“江南佳麗地”。

《春末題池州弄水亭》“陶秖愛吾廬”。【案】《文選》卷三〇陶淵明《讀山海經》“吾亦愛吾廬”。

《見劉秀才與池州妓別》“遠風南浦萬重波，未似生離別恨多”。【案】《文選》卷十六江文通《別賦》“春草碧色，春水渌波。送君南浦，傷如之何”。

卷五二三

杜牧《懷鍾陵舊遊四首》其一“虞卿雙璧截肪鮮”。【案】《文選》卷四二魏文帝《與鍾大理書》“竊見玉書稱美玉，白如截肪”。

卷五二四

杜牧《送故人歸山》“北山蘿月在移文”。【案】《文選》卷四三孔德璋《北山移文》“春蘿罷月”。

卷五二六

杜牧《宣城贈蕭兵曹》“衣故洛城塵”（注：一作許渾詩）。【案】《文選》卷二四陸士衡《爲顧彦先贈婦二首》其一“京洛多風塵”。

又“行吟值漁父”。【案】《文選》卷三三屈平《漁父》“行吟澤畔”。

《秋霽寄遠》“唯應待明月，千里與君同”。【案】《文選》卷三〇鮑明遠《翫月城西門廨中》“三五二八時，千里與君同”。此詩又見卷五三二許渾。

《分司東都寓居履道叨承川尹劉侍郎大夫恩知上四十韻》“塵外怯吞腥”。【案】《文選》卷二八鮑明遠《升天行》“何時與爾曹，啄腐共吞腥”。

《題白雲樓》“殘霞成綺月懸弓”（注：一作許渾詩，題作《漢水傷稼》）。【案】《文選》卷二七謝玄暉《晚登三山還望京邑》“餘霞散成綺”。

《送别》“碧雲深處是佳期”。【案】《文選》卷三一江文通《雜體詩·休上人别怨》“日暮碧雲合，佳人殊未來”。此詩反用文通詩意。此詩又見卷五三六許渾。

卷五二八

許渾《寄契盈上人》“湯師不可問，江上碧雲深”。【案】《文選》卷三一江文通《雜體詩·休上人别怨》“日暮碧雲合”。

《晨起二首》其二“殘月皓煙露”。【案】《文選》卷二五謝宣遠《答靈運》“月露皓已盈”。皓，五臣作“浩”。許詩用字與李善本合。

《寓懷》“清心悲玉壺”。【案】《文選》卷二八鮑明遠《白頭吟》“清如玉壺冰”。

又“春華坐銷落”。【案】《文選》卷二二鮑明遠《行藥至城東橋》“容華坐消歇”。

《題杜居士》“身世兩無情”。【案】《文選》卷二一鮑明遠《詠史》“身世兩相棄”。

《行次潼關題驛後軒》“蟬鳴宿霧開”。【案】《文選》卷三〇陶淵明《詠貧士》“朝霞開宿霧”。

《灞東題司馬郊園》“昔事李輕車”。【案】《文選》卷三一范彦龍《效古》“昔事前軍幕”，又卷二八鮑明遠《東武吟》“後逐李輕車”。

卷五二九

許渾《泛溪》“還此息微躬”。【案】《文選》卷二二沈休文《遊沈道士館》“便欲息微躬”。

《送前緱氏韋明府南游》“木落洞庭波”。【案】《文選》卷三二屈平《九歌・湘夫人》“洞庭波兮木葉下”。

卷五三〇

許渾《將赴京師留題孫處士山居二首》其一“遠賦憶天台”。【案】《文選》卷十一孫興公《遊天台山賦》。李周翰注：“（綽）聞此山神秀，可以長往，因使圖其狀，遥爲之賦。”

《題冲沼上人院》“碧雲多别思”。【案】《文選》卷三一江文通《雜體詩・休上人别怨》“日暮碧雲合”。

卷五三一

許渾《下第歸朱方寄劉三復》“素衣京洛塵”。【案】《文選》卷二四陸士衡《爲顧彦先贈婦二首》其一“京洛多風塵，素衣化爲緇”。

卷五三三

許渾《驪山》“日華浮動鬱金袍”。【案】《文選》卷三〇謝玄暉《和徐都曹》“日華川上動，風光草際浮”。

《對雪》“先飛淅瀝引輕盈”。【案】《文選》卷十三謝惠連《雪賦》“霰淅瀝而先集”。

卷五三四

許渾《和友人送僧歸桂州靈巖寺》“碧雲千里暮愁合”。【案】《文選》卷三一江文通《雜體詩・休上人别怨》“日暮碧雲合”。

卷五三五

許渾《疾後與郡中羣公讌李秀才》“訟庭猶掩雀羅門”。【案】《文選》卷三〇謝靈運《齋中讀書》“虚館絶諍訟，空庭來鳥雀”。

《經故丁補闕郊居》“鵩上承塵纔一日”。【案】《文選》卷十三賈誼《鵩鳥賦》，吕向注：“時有鵩鳥入室，巢其承塵而鳴。”詳卷二六六顧況《酬唐起居前後見寄二首》。

卷五三六

許渾《贈閑師》“秋江莫惜題佳句，正是磷磷見底時”。【案】《文選》卷二七沈休文《新安江水至清淺深見底貽京邑遊好》“俯映石磷磷”。

《送處士武君歸章洪山居》“雪滿空山不可尋”。【案】《文選》卷十四鮑明遠《舞鶴賦》“雪滿羣山”。

《郊園秋日寄洛中友人》“潘岳閑居欲白頭”。【案】《文選》卷十六潘安仁《閑居賦》“昆弟班白”。

卷五三七

許渾《寄郴州李相公》“不遇銷憂日”。【案】《文選》卷十一王仲宣《登樓賦》“聊暇日以銷憂”。

《贈蕭煉師》"風篁共八音"。【案】《文選》卷十三謝希逸《月賦》"風篁成韻"。

《冬日宣城開元寺贈元孚上人》"畫井倒芙蓉"。【案】《文選》卷十一王文考《魯靈光殿賦》"圓淵方井，反植荷蕖"。張銑注："又爲方井，圖以圓淵及芙蓉花葉，花葉向下，故云反植。"李善本張載注："種之於員淵方井之中，以爲光輝。"許詩云"畫井"，本五臣注。

又"微霧蒼平楚"。【案】《文選》卷三〇謝玄暉《郡内登望》"平楚正蒼然"。

《奉和盧大夫新立假山》"何如謝康樂，海嶠獨題篇"。【案】《文選》卷二五謝靈運《登臨海嶠初發彊中作與從弟惠連見羊何共和之》。

卷五三八

許渾《思天台》"月明琪樹陰"。【案】《文選》卷十一孫興公《遊天台山賦》"琪樹璀璨而垂珠"。

卷五三九

李商隱《寄羅劭興》"混沌何由鑿，青冥未有梯"。【案】《文選》卷二二謝靈運《登石門最高頂》"共登青雲梯"。義山詩以對偶故，改"青雲"爲"青冥"，以對上句之"混沌"，皆疊韻也。

《異俗二首》其二"賈生兼事鬼，不信有洪爐"。【案】《文選》卷十三賈誼《鵩鳥賦》"且夫天地爲鑪兮"。

《蟬》"故園蕪已平"。【案】《文選》卷四五陶淵明《歸去來兮辭》"田園將蕪胡不歸"。

《街西池館》"香熟玉山禾"。【案】《文選》卷三五張景陽《七命》"瓊山之禾"。

《桂林》"西北有高樓"。【案】《文選》卷二九《古詩十九首・西北有高樓》成句。

《飲席戲贈同舍》"椒綴新香和壁泥"。【案】《文選》卷一班孟堅《西都賦》"後宮則有掖庭椒房"，吕向注："椒房，以椒塗壁。"

《初起》“想像咸池日欲光”“不爲離人照屋梁”。【案】《文選》卷十九宋玉《神女賦》“其始來也，耀乎若白日初出照屋梁”。

《柳》“巴雷隱隱千山外，更作章臺走馬聲”。【案】《文選》卷十六司馬相如《長門賦》“雷殷殷而響起兮，聲象君之車音”。殷殷，五臣本作“隱隱”。

《韓碑》“功無與讓恩不訾”。【案】《文選》卷二一王仲宣《詠史》“受恩良不訾”。

又“曷與三五相攀追”。【案】《文選》卷二三王仲宣《七哀詩二首》其一“朋友相追攀”。

《離思》“無由見顔色”。【案】《文選》卷三一江文通《雜體詩·古别離》“願一見顔色”。

《無題》“春風自共何人笑，枉破陽城十萬家”。【案】《文選》卷十九宋玉《登徒子好色賦》“嫣然一笑，惑陽城，迷下蔡”。

《杜司勳》“短翼差池不及羣”。【案】《文選》卷二七顔延年《還至梁城作》“傾側不及羣”。

《碧城三首》其二“莫見洪崖又拍肩”。【案】《文選》卷二一郭景純《遊仙詩·翡翠戲蘭苕》“右拍洪崖肩”。

《壬申閏秋題贈烏鵲》“繞樹無依月正高”。【案】《文選》卷二七魏武帝《短歌行》“月明星稀，烏鵲南飛。繞樹三匝，何枝可依”。

《代魏宫私贈》“來時西館阻佳期”。【案】《文選》卷二〇曹子建《上責躬應詔詩表》“僻處西館，未奉闕庭”。

又“春松秋菊可同時”。【案】《文選》卷十九曹子建《洛神賦》“榮曜秋菊，華茂春松”。

《代元城吴令暗爲答》“背闕歸藩路欲分，水邊風日半西曛”。【案】《文選》卷十九曹子建《洛神賦》“余從京域，言歸東藩。背伊闕，越轘轅”，又“日既西傾，車殆馬煩”。

《馬嵬二首》其二“空聞虎旅傳宵柝”。【案】《文選》卷二張平子《西京賦》“陳虎旅于飛廉”。

《可歎》“宓妃愁坐芝田館”。【案】《文選》卷十九曹子建《洛神賦》

“秣馬乎芝田”。

《韈》“嘗聞宓妃韈，渡水欲生塵”。【案】《文選》卷十九曹子建《洛神賦》“羅韈生塵”。

《華州周大夫宴席》“飲德先時已醉眠”。【案】《文選》卷三〇謝靈運《擬魏太子鄴中集詩·平原侯植》“飲德方覺飽”。

《涉洛川》“通谷陽林不見人”。【案】《文選》卷十九曹子建《洛神賦》“經通谷”，又“容與乎陽林”。陽，尤袤本同，北宋國子監本作“楊”，存李善本之舊。

卷五四〇

李商隱《臨發崇讓宅紫薇》“秋庭暮雨類輕埃”。【案】《文選》卷三〇謝玄暉《觀朝雨》“散漫似輕埃”。

《有感二首》其一“敢云堪慟哭，未免怨洪爐”。【案】《文選》卷十三賈誼《鵩鳥賦》“且夫天地爲鑪兮”。“慟哭”亦用賈生典。

《中元作》“有娀未抵瀛洲遠，青雀如何鴆鳥媒”。【案】《文選》卷三二屈平《離騷經》“見有娀之佚女”，又“吾令鴆爲媒兮”。

《崇讓宅東亭醉後沔然有作》“密竹沈虛籟”。【案】《文選》卷十三謝希逸《月賦》“聲林虛籟”。

《晚晴》“春去夏猶清”。【案】《文選》卷二二謝靈運《遊赤石進帆海》“首夏猶清和”。

《迎寄韓魯州》“相思正鬱陶”。【案】《文選》卷三三宋玉《九辯》“豈不鬱陶而思君兮”。

《有感》“非關宋玉有微辭，却是襄王夢覺遲。一自高唐賦成後，楚天雲雨盡堪疑”。【案】《文選》卷十九宋玉《高唐賦》，李善注：“此賦蓋假設其事，風諫婬惑也。”即詩語“微辭”所本。

《昨夜》“不辭鶗鴂妬年芳”。【案】《文選》卷三二屈平《離騷經》“恐鵜鴂之先鳴兮，使百草爲之不芳”，王逸注：“言我恐鵜鴂以先春分鳴，使百草華英摧落，芬芳不成。”又卷十五張平子《思玄賦》“恃己知而華予兮，鶗鴂鳴而不芳”。李善注：“服虔曰：鶗鴂……順陰陽氣而生，賊害之鳥也。”

《無題二首》其一“何處西南任好風”。【案】《文選》卷二三曹子建《七哀詩》“願爲西南風，長逝入君懷”，又卷三〇陶淵明《讀山海經》“好風與之俱”。

《訪人不遇留别館》“去作長楸走馬身”。【案】《文選》卷二七曹子建《名都篇》“走馬長楸間”。

《假日》“誰向劉靈天幕内”。【案】《文選》卷四七劉伯倫《酒德頌》“幕天席地”。

《題李上謩壁》“舊著思玄賦，新編雜擬詩”。【案】《文選》卷十五張平子《思玄賦》，卷三一江文通《雜體詩》。

《七夕偶題》“靈歸天上匹”。【案】《文選》卷三〇謝惠連《七月七日夜詠牛女》“雲漢有靈匹”。

《靈仙閣晚眺寄鄆州韋評事》“鴻軒不可攀”。【案】《文選》卷二一顔延年《五君詠·向常侍》“交吕既鴻軒，攀嵇亦鳳舉”。

《幽居冬暮》“急景忽云暮”。【案】《文選》卷十四鮑明遠《舞鶴賦》“急景凋年”。

《和韋潘前輩七月十二日夜泊池州城下先寄上李使君》“正是澄江如練處，玄暉應喜見詩人”。【案】《文選》卷二七謝玄暉《晚登三山還望京邑》“澄江静如練”。

卷五四一

李商隱《撰彭陽公誌文畢有感》“敢伐不加點”。【案】《文選》卷十三禰正平《鸚鵡賦》序“衡因爲賦，筆不停綴，文不加點”。

《曲江》“天荒地變心雖折”。【案】《文選》卷十六江文通《别賦》“心折骨驚”。

《江上憶嚴五廣休》“逢著澄江不敢詠，鎮西留與謝功曹”。【案】《文選》卷二七謝玄暉《晚登三山還望京邑》。謝功曹即朓，曾任鎮西將軍功曹，故云。

《行次昭應縣道上送户部李郎中充昭儀攻討》“魚遊沸鼎知無日，鳥覆危巢豈待風”。【案】《文選》卷四三丘希範《與陳伯之書》“而將軍魚游於沸鼎之中，鷰巢於飛幕之上，不亦惑乎”。

《送千牛李將軍赴闕五十韻》“空拳轉鬭地”（注：拳，當作卷。）【案】《文選》卷四一司馬子長《報任少卿書》“轉鬭千里”“更張空卷”。參卷四五四白居易《青氈帳二十韻》。

《四年冬以退居蒲之永樂渴然有農夫望歲之志遂作憶雪又作殘雪詩各一百言以寄情於游舊・憶雪》“瑞邀盈尺日”“預約延枚酒”。【案】《文選》卷十三謝惠連《雪賦》“盈尺則呈瑞於豐年”，又“迺置旨酒，命賓友。召鄒生，延枚叟”。

《自桂林奉使江陵途中感懷寄獻尚書》“不遣楚醪沈”。【案】《文選》卷三五張景陽《七命》“箪醪投川”。

又“江生魂黯黯，泉客淚涔涔”。【案】《文選》卷十六江文通《别賦》“黯然銷魂者”，卷五左太沖《吴都賦》“淵客慷慨而泣珠”。泉客，即淵客，詩避唐高祖諱。

《送從翁從東川弘農尚書幕》“俱從小隱招”。【案】《文選》卷二二王康琚《反招隱詩》“小隱隱山林”。

又“夢斷赤城標”。【案】《文選》卷十一孫興公《遊天台山賦》“赤城霞起而建標”。

又“勿貪佳麗地”。【案】《文選》卷二八謝玄暉《鼓吹曲》“江南佳麗地”。

《戲題樞言草閣三十二韻》“動成雲雨乖”。【案】《文選》卷二六顔延年《和謝監靈運》“朋好雲雨乖”。

又“上與浮雲齊”。【案】《文選》卷二九《古詩十九首・西北有高樓》成句。

又“老大徒傷悲”。【案】《文選》卷二七《長歌行》“老大乃傷悲”。乃，五臣本作“徒”。

《偶成轉韻七十二句贈四同舍》“且吟王粲從軍樂，不賦淵明歸去來”。【案】《文選》卷二七王仲宣《從軍詩》。卷四五陶淵明《歸去來兮辭》。

又“廷評日下握靈蛇”。【案】《文選》卷四二曹子建《與楊德祖書》

“人人自謂握靈蛇之珠”。

又“碧沼紅蓮傾倒開”。【案】《文選》卷十潘安仁《西征賦》“華蓮爛於淥沼”。

《五言述德抒情詩一首四十韻獻上杜七兄僕射相公》“高談屢析酲”。【案】《文選》卷十三宋玉《風賦》“愈病析酲”。

又“乘時乖巧宦”。【案】《文選》卷十六潘安仁《閑居賦》序“岳嘗讀汲黯傳，至司馬安四至九卿，而良史書之，題以巧宦之目，未嘗不慨然廢書而歎曰：嗟乎，巧誠有之，拙亦宜然”。

又“悼傷潘岳重，樹立馬遷輕。隴鳥悲丹觜，湘蘭怨紫莖”。【案】《文選》卷二三潘安仁《悼亡詩》。卷四一司馬子長《報任少卿書》“假令僕伏法受誅，若九牛亡一毛，與螻蟻何以異。而世又不與能死節者，特以爲智窮罪極，不能自免，卒就死耳。何也，素所自樹立使然也。人固有一死，或重於太山，或輕於鴻毛，用之所趨異也”。卷十三禰正平《鸚鵡賦》“紺趾丹觜”“命虞人於隴坻”。卷三三屈平《九歌・少司命》“秋蘭兮青青，緑葉兮紫莖”。

《今月二日不自量度輒以詩一首四十韻干瀆尊嚴伏蒙仁恩俯賜披覽獎踰其實情溢於辭顧惟疏蕪曷用酬戴輒復五言四十韻詩獻上亦詩人詠歎不足之義也》“鮑壺冰皎潔”。【案】《文選》卷二八鮑明遠《白頭吟》“清如玉壺冰”。

《寓懷》“相思不及羣”。【案】《文選》卷二七顏延年《還至梁城作》“傾側不及羣”。

《擬意》“曾來十九首，私讖詠牽牛”。【案】《文選》卷二九《古詩十九首・迢迢牽牛星》。卷十九曹子建《洛神賦》“詠牽牛之獨處”。

《送從翁東川弘農尚書幕》“長驅氣益振”。【案】《文選》卷二一左太沖《詠史八首》其六“酒酣氣益振”。

《哭虔州楊侍郎》“深知獄吏貴，幾迫季冬誅”。【案】《文選》卷四一司馬子長《報任少卿書》“當此之時，見獄吏則頭槍地”，卷三八任彦昇《爲范尚書讓吏部封侯第一表》“赭衣爲虜，見獄吏之尊”。又《報任少卿書》“今少卿抱不測之罪，涉旬月，迫季冬”。

《寄太原盧司空三十韻》“孝若近歸寧”。【案】《文選》卷四七夏侯孝若《東方朔畫贊》序“大人來守此國，僕自京都，言歸定省”。

卷五四二

紀唐夫《送温庭筠尉方城》“鸚鵡才高却累身”。【案】《文選》卷十三禰正平《鸚鵡賦》。

李損之《都堂試貢士日慶春雪》“凝階似截肪”。【案】《文選》卷四二魏文帝《與鍾大理書》“白如截肪”。

李景《除夜長安作》“隙雪奪燈輝”。【案】《文選》卷十三謝惠連《雪賦》“終開簾而入隙”，又“皓鶴奪鮮”，李詩“奪”字所本。

《都堂試貢士日慶春雪》“灑池偏誤曲，留硯忽因方。幾處曹風比，何人謝賦長”。【案】《文選》卷十三謝惠連《雪賦》“既因方而爲珪，亦遇圓而成璧”，又“曹風以麻衣比色”。

鄭史《秋日零陵與幕下諸賓遊河夜飲》“湘月蘋風乍暢襟，燭前江水練千尋”。【案】《文選》卷十三宋玉《風賦》“有風颯然而至者，王乃披襟而當之曰：快哉此風”，又“夫風生於地，起於青蘋之末”。又卷二七謝玄暉《晚登三山還望京邑》“澄江静如練”。

薛瑩《錦》“軋軋弄寒機”。【案】《文選》卷二九《古詩十九首·迢迢牽牛星》“札札弄機杼”。

卷五四三

喻鳧《贈張濆處士》“雖然在京國，心跡自逍遥”。【案】《文選》卷三〇謝靈運《齋中讀書》“昔余遊京華，未嘗廢丘壑。矧迺歸山川，心跡雙寂漠”。

卷五四五

劉得仁《京兆府試目極千里》。【案】《文選》卷三三宋玉《招魂》句。

《賦得聽松聲》“不知深澗底，蕭瑟有誰聽”。【案】《文選》卷二一左太沖《詠史八首》其二“鬱鬱澗底松”。卷二三劉公幹《贈從弟三首》其二

“亭亭山上松，瑟瑟谷中風”。

卷五四七

路貫《和元常侍除浙東留題》“池上開筵醉一鍾”。【案】《文選》卷二六謝玄暉《郡内高齋閑坐答吕法曹》“已有池上酌”。

卷五四八

薛逢《座中走筆送前蕭使君》“却思平子賦歸田”。【案】《文選》卷十五張平子《歸田賦》。

《北亭醉後叙舊贈東川陳書記》“符竹謬分錦水外”。【案】《文選》卷三一鮑明遠《擬古三首》其一“將以分虎竹”。虎竹，五臣作“符竹”。參卷四九張九齡《當塗界寄裴宣州》。

《觀獵》“馬縮寒毛鷹落膔，角弓初暖箭新調”。【案】《文選》卷二八鮑明遠《出自薊北門行》“馬毛縮如蝟，角弓不可張”。

《送李藴赴鄭州因獻盧郎中》“馬融閑卧笛聲遠，王粲醉吟樓影移”。【案】《文選》卷十八馬季長《長笛賦》序“而爲督郵，無留事，獨卧郿平陽鄔中。有雒客舍逆旅，吹笛爲《氣出》《精列》相和”。卷十一王仲宣《登樓賦》。

卷五四九

趙嘏《經無錫縣醉後吟》“京洛衣塵在”。【案】《文選》卷二四陸士衡《爲顧彦先贈婦二首》其一“京洛多風塵，素衣化爲緇”。

《西峰即事獻沈大夫》“山連謝宅餘霞在”。【案】《文選》卷二七謝玄暉《晚登三山還望京邑》“餘霞散成綺”。

卷五五一

盧肇《風不鳴條》“習習和風至”。【案】《文選》卷一班孟堅《東都賦》“習習祥風”。

《謫連州書春牛榜子》“雪滿羣山對白頭”。【案】《文選》卷十四鮑明遠

《舞鶴賦》“雪滿羣山”。

卷五五三

姚鵠《寄友人》“急景易蹉跎”。【案】《文選》卷十四鮑明遠《舞鶴賦》“急景凋年”。

卷五五四

項思《龍州與韓將軍夜會》“庭緑草纖纖，邊州白露沾”。【案】《文選》卷二一顔延年《秋胡詩》“白露生庭蕪”。

《古扇》“昨日裁成奪夏威”。【案】《文選》卷二七班婕妤《怨歌行》“涼風奪炎熱”。

卷五五六

馬戴《寄廣州楊參軍》“足恣平生賞”。【案】《文選》卷三〇謝玄暉《直中書省》“聊恣山泉賞”。

《答太原從軍楊員外送别》“衰柳摇邊吹，寒雲冒古城”。【案】《文選》卷二七顔延年《還至梁城作》“故國多喬木，空城凝寒雲”。

《幽上留别令狐侍郎》“川流寒水急，雲返故山遲”。【案】《文選》卷二九張景陽《雜詩十首》其八“流波戀舊浦，行雲思故山”。

《府試水始冰》“會映玉壺清”。【案】《文選》卷二八鮑明遠《白頭吟》“清如玉壺冰”。

《送和北虜使》“陰生瀚海邊”。【案】《文選》卷二一虞子陽《詠霍將軍北伐》“瀚海愁陰生”。

《酬田卿送西遊》“廢城喬木在”。【案】《文選》卷二七顔延年《還至梁城作》“故國多喬木”。

《雪中送青州薛評事》“海雲冒營丘”。【案】《文選》卷二六潘安仁《河陽縣作二首》其二“川氣冒山嶺”。

《寄襄陽王公子》“君馬勒金羈”。【案】《文選》卷二七曹子建《白馬篇》“白馬飾金羈”。

《秋思二首》其二“蕙蘭不可折，楚老徒悲歌”。【案】《文選》卷二三謝靈運《廬陵王墓下作》“楚老惜蘭芳”。

卷五五七

王鐸《和于興宗登越王樓詩》“恨無青玉案，何以報高情”。【案】《文選》卷二九張平子《四愁詩》“美人贈我錦繡段，何以報之青玉案”。

卷五五八

薛能《國學試風化下》。【案】《文選》卷四五卜子夏《毛詩序》“上以風化下”。

又“蘋末看無狀”。【案】《文選》卷十三宋玉《風賦》“夫風生於地，起於青蘋之末”。

《綿樓》“未有銷憂賦”。【案】《文選》卷十一王仲宣《登樓賦》“聊暇日以銷憂”。

《春色滿皇州》（注：一作滕邁詩）。【案】《文選》卷三〇謝玄暉《和徐都曹》句。滕邁見卷四九一。

卷五五九

薛能《秋日將離滑臺酬所知二首》其一“身起中宵骨亦驚”。【案】《文選》卷十六江文通《别賦》“心折骨驚”。

《獻僕射相公》“百辟嚴趨禮絶攀”。【案】《文選》卷二三任彦昇《出郡傳舍哭范僕射》“平生禮數絶”。李善注引《左氏傳》曰：“名位不同，禮亦異數。”參卷一七一李白《獻當塗宰陽冰》。

《漢南春望》“自古浮雲蔽白日”。【案】《文選》卷二九《古詩十九首·行行重行行》“浮雲蔽白日”。

《題彭祖樓》“極目澄鮮無限景”。【案】《文選》卷二六謝靈運《登江中孤嶼》“空水共澄鮮”。

《天際識歸舟》。【案】《文選》卷二七謝玄暉《之宣城出新林浦向版橋》句。

卷五六〇

薛能《長安道》"汲汲復營營""各自有身事"。【案】《文選》卷二二鮑明遠《行藥至城東橋》"擾擾遊宦子，營營市井人"，又"各事百年身"。

卷五六一

薛能《符亭二首》其二"路似嘉祥水木清"。【案】《文選》卷二二謝叔源《遊西池》"水木湛清華"。

卷五六四

李體仁《飛鴻響遠音》。【案】《文選》卷二二謝靈運《登池上樓》句。

卷五六五

韓琮《秋晚信州推院親友或責無書即事寄答》"官信安仁拙，書非叔夜慵"。【案】《文選》卷十六潘安仁《閑居賦》"嗟乎，巧誠有之，拙亦宜然"。卷四三嵇叔夜《與山巨源絶交書》"素不便書，又不喜作書"。

《晚春江晴寄友人》"晚日低霞綺""青春河畔草"（注：青春，一作青青）。【案】《文選》卷二七謝玄暉《晚登三山還望京邑》"餘霞散成綺"。卷二九《古詩十九首・青青河畔草》。

卷五六六

王傳《和襄陽徐相公商賀徐副使加章綬》"恩榮氣益振"。【案】《文選》卷二一左太沖《詠史八首》其六"酒酣氣益振"。

莫宣卿《賦得水懷珠》"長川含媚色"。【案】《文選》卷十七陸士衡《文賦》"水懷珠而川媚"。

卷五六七

鄭嵎《津陽門詩》"籠山絡野張罝維"。【案】《文選》卷一班孟堅《西都賦》"籠山絡野"。

又“人煩馬殆禽獸盡”。【案】《文選》卷十九曹子建《洛神賦》“車殆馬煩”。

又“都盧尋橦誠齷齪”。【案】《文選》卷二張平子《西京賦》“都盧尋橦”。

崔櫓《華清宮三首》其三“濕雲如夢雨如塵”。【案】《文選》卷三〇謝玄暉《觀朝雨》“散漫似輕埃”。

卷五六八

李羣玉《湖中古愁三首》其一“直渡洞庭水”“𠊎𠊎木葉下”。【案】《文選》卷三二屈平《九歌·湘夫人》“洞庭波兮木葉下”。

《感興四首》其二“軋軋揮素手，幾時停玉梭”。【案】《文選》卷二九《古詩十九首·迢迢牽牛星》“纖纖擢素手，札札弄機杼”。

《將之吴越留别坐中文酒諸侣》“歲華坐摇落”。【案】《文選》卷二二鮑明遠《行藥至城東橋》“容華坐消歇”。

《登宜春醉宿景星寺寄鄭判官兼簡空上人》“臨風嘿舒志”。【案】《文選》卷二二江文通《从冠軍建平王登廬山香爐峰》“臨風默含情”。

《江樓獨酌懷從叔》“長吟碧雲合，悵望江之幽”。【案】《文選》卷三一江文通《雜體詩·休上人别怨》“日暮碧雲合，佳人殊未來”。

《送處士自番禺東遊便歸蘇臺别業》“岧嶤懷所欽”。【案】《文選》卷二四陸士衡《贈馮文羆》“願言懷所欽”。

《長沙九日登東樓觀舞》“南國有佳人”。【案】《文選》卷二九曹子建《雜詩六首》其四成句。

《漢陽春晚》“憑高送春目”。【案】《文選》卷三〇謝玄暉《和王著作八公山詩》“遠近送春目”。

《將之京國贈薛員外》“陳思多世憂”。【案】《文選》卷三〇謝靈運《擬魏太子鄴中集詩·平原侯植》“公子不及世事，但美遨游，然頗有憂生之嗟”。

又“叫閽路既阻，浩蕩懷靈修”。【案】《文選》卷三二屈平《離騷經》“吾令帝閽開關兮，倚閶闔而望予”，又“怨靈修之浩蕩兮”。卷七楊子雲

《甘泉賦》“選巫咸兮叫帝閽”。

《穆天子》“乘龍凌紫氛”。【案】《文選》卷二三劉公幹《贈從弟三首》其二“奮翅凌紫氛”。

卷五六九

李羣玉《長沙陪裴大夫登北樓》“登臨多暇日，非爲賦消憂”。【案】《文選》卷十一王仲宣《登樓賦》“登兹樓以四望兮，聊暇日以銷憂”。

《送于少監自廣州還紫邏》“鳴臯山水似麻源，謝監東還憶故園”“明日中書見顔范，始應通籍入金門”（注：故，一作舊）。【案】《文選》卷二六謝靈運《入華子岡是麻源第三谷》。卷二五《還舊園作見顔范二中書》“久欲還東山”。卷三〇謝玄暉《始出尚書省》“既通金閨籍”。

又“海嶠煙霞輕逸翰”。【案】《文選》卷二五謝靈運《登臨海嶠初發彊中作與從弟惠連見羊何共和之》。

《辱綿州于中丞書信》“他日縱陪池上酌，已應難到暝猨吟”。【案】《文選》卷二六謝玄暉《郡内高齋閑坐答吕法曹》“已有池上酌”，又“山暝孤猿吟”。

《送崔使君蕭山禱雨甘澤遽降》“預聽禾稼如雲語，應有空濛似霧時”（注：時，一作詩）。【案】《文選》卷五三李蕭遠《運命論》“褰裳而涉汶陽之丘，則天下之稼如雲矣”。卷三〇謝玄暉《觀朝雨》“空濛如薄霧”。時，當作詩，即謂玄暉此作。

《寄張祜》“不遊都邑稱平子”。【案】《文選》卷十五張平子《歸田賦》“遊都邑以永久”。

《寄長沙許侍御》“和徧南朝雜體詩”。【案】《文選》卷三一江文通《雜體詩》。羣玉詩下聯“未把彩毫還郭璞，乞留殘錦與丘遲”，並用文通事。

《送人隱居》“平生自有煙霞志，久欲抛身狎隱淪”。【案】《文選》卷二一顔延年《五君詠·嵇中散》“本自餐霞人”，又“尋山洽隱淪”。

《送唐侍御福建省兄》“到日池塘春草緑”。【案】《文選》卷二二謝靈運《登池上樓》“池塘生春草”。

卷五七〇

李羣玉《懷初公》“不見休上人，空傷碧雲思。何處開寶書，秋風海光寺”。【案】《文選》卷三一江文通《雜體詩·休上人别怨》“日暮碧雲合”，又“寶書爲君掩，瑶琴詎能開”。

《落帆後賦得二絶》其二“海客雲帆未挂時，相與緣江拾明月”。【案】《文選》卷二二謝靈運《遊赤石進帆海》“挂席拾海月”。

《瀉鵜》“霞明川静極望中”。【案】《文選》卷二七謝玄暉《晚登三山還望京邑》“餘霞散成綺，澄江静如練”。

卷五七一

賈島《不欺》“食蓼味在辛”。【案】《文選》卷二八鮑明遠《放歌行》“蓼蟲避葵堇，習苦不言非”。

卷五七二

賈島《送朱兵曹迴越》“星彩練中見，澄江豈有泥”。【案】《文選》卷二七謝玄暉《晚登三山還望京邑》“餘霞散成綺，澄江静如練”。

卷五七三

賈島《送令狐綯相公》“數行望外札，絶句握中珍”。【案】《文選》卷二五盧子諒《贈劉琨》書云“若公肆大惠，遂其厚恩。錫以咳唾之音，慰其違離之意。則所謂《咸池》酬於《北里》，夜光報於魚目。諶之願也，非所敢望也”。又同卷劉越石《重贈盧諶》“握中有懸璧”。

《登樓》“賦因王閣筆，思比謝遊疏”。【案】《文選》卷十一王仲宣《登樓賦》。卷二二謝靈運《登池上樓》“索居易永久，離羣難處心”。

卷五七四

賈島《巴興作》“葛相行師自渡瀘”。【案】《文選》卷三七諸葛孔明《出師表》“五月度瀘”。度，五臣本作“渡”。

卷五七六

温庭筠《罩魚歌》"魚尾迸圓波"。【案】《文選》卷二六潘安仁《河陽縣作二首》其一"游魚動圓波"。

卷五七七

温庭筠《西州詞》"武昌何鬱鬱"。【案】《文選》卷二九《古詩十九首·青青陵上柏》"洛中何鬱鬱"。

《秋日》"爽氣變昏旦"。【案】《文選》卷二二謝靈運《石壁精舍還湖中作》"昏旦變氣候"。

卷五七八

温庭筠《寄分司元庶子兼呈元處士》"水木凝暉屬謝家"。【案】《文選》卷二二謝叔源《遊西池》"水木湛清華"。同卷謝靈運《石壁精舍還湖中作》"山水有清暉"。

《七夕》"未應清淺隔牽牛"。【案】《文選》卷二九《古詩十九首·迢迢牽牛星》"河漢清且淺，相去復幾許。盈盈一水間，脉脉不得語"。

卷五八〇

温庭筠《病中書懷呈友人》"刑法避秋荼"。【案】《文選》卷三六王元長《永明九年策秀才文五首》其三"傷秋荼之密網"。張銑注："謂刑法之酷暴亦如之。"

《過華清宫二十二韻》"鮮隰媚潛虬"。【案】《文選》卷二二謝靈運《登池上樓》"潛虬媚幽姿"。

卷五八二

温庭筠《雪夜與友生同宿曉寄近鄰》"閉門羣動息"。【案】《文選》卷三〇陶淵明《雜詩二首》其二"日入羣動息"。

卷五八三

温庭筠《自有扈至京師已後朱櫻之期》“空看翠幄成陰日”。【案】《文選》卷二二陸士衡《招隱詩》“密葉成翠幄”。

卷五八四

段成式《戲高侍御七首》其三“東鄰墻短不曾窺”。【案】《文選》卷十九宋玉《登徒子好色賦》“然此女登牆闚臣三年，至今未許也”。

《和周繇見嘲》序“騎歷塊而風生”。【案】《文選》卷四七王子淵《聖主得賢臣頌》“蹶如歷塊”。

又“射雉豈開顔”。【案】《文選》卷九潘安仁《射雉賦》“始解顔於一箭”。段詩爲調平仄，易“解”爲“開”。

卷五八六

劉滄《八月十五日夜玩月》“烏鵲南飛客恨多”。【案】《文選》卷二七魏武帝《短歌行》“月明星稀，烏鵲南飛”。

《晚春宿僧院》“淹留數宿惠休家”“碧空雲盡磬聲遠”。【案】《文選》卷三一江文通《雜體詩·休上人别怨》“日暮碧雲合”。

《春日旅遊》“玄髪辭家事遠遊”。【案】《文選》卷二四陸士衡《爲顧彦先贈婦二首》其一“辭家遠行遊”。

《洛神怨》“子建東歸恨思長”。【案】《文選》卷十九曹子建《洛神賦》“余從京域，言歸東藩”，又“命僕夫而就駕，吾將歸乎東路。攬騑轡以抗策，悵盤桓而不能去”。

《從鄭郎中高州遊東潭》“自是謝公心近得，登樓望月思依依”。【案】《文選》卷三〇謝靈運《南樓中望所遲客》“登樓爲誰思，臨江遲來客”，又“圓景早已滿，佳人猶未適”。

《汶陽客舍》“思鄉每讀登樓賦”。【案】《文選》卷十一王仲宣《登樓賦》。

卷五八七

李頻《貽友人喻坦之》“終遺草澤才”。【案】《文選》卷二一左太沖《詠史八首》其七“何世無奇才，遺之在草澤”。

卷五八八

李頻《陝下懷歸》“大河冰徹塞，高嶽雪連空”。【案】《文選》卷十四鮑明遠《舞鶴賦》“冰塞長河，雪滿羣山”。

卷五八九

李頻《府試丹浦非樂戰》。【案】《文選》卷二〇沈休文《應詔樂遊苑餞吕僧珍詩》句。

《省試振鷺》“朝野共相歡”。【案】《文選》卷二一張景陽《詠史》“朝野多歡娱”。

卷五九二

曹鄴《將赴天平職書懷寄翰林從兄》“西風飄路岐”。【案】《文選》卷二〇孫子荆《征西官屬送於陟陽候作詩》“晨風飄岐路”。

卷五九三

曹鄴《金井怨》“西風吹急景”。【案】《文選》卷十四鮑明遠《舞鶴賦》“急景凋年”。

《夜坐有懷》“佳期杳天末”。【案】《文選》卷二四陸士衡《爲顧彦先贈婦二首》其二“佳人眇天末”。李周翰注“眇然極望”，而陸善經云“眇，遠”。卷三張平子《東京賦》“眇天末以遠期”，薛綜注“眇，視也”。李周翰蓋本薛綜。曹鄴改“眇”爲“杳”，或據陸善經。

《和潘安仁金谷集》。【案】《文選》卷二〇潘安仁《金谷集作詩》。

《續幽憤》（注：“嵇康、吕安連罪，賦此詩。”）“何人爲君雪”。【案】《文選》卷二三嵇叔夜《幽憤詩》，吕向注：“叔夜爲吕安事連罪收繫，遂作此詩。憤，怨也。言幽怨者，人莫能見明。”

《和謝豫章從宋公戲馬臺送孔令謝病》。【案】《文選》卷二〇謝宣遠《九日從宋公戲馬臺集送孔令詩》。曹詩“謝病”一語，不知所據。

《代謝玄暉新亭送范零陵》。【案】《文選》卷二〇謝玄暉《新亭渚別范零陵詩》。唐人多有擬《文選》者，以上四首蓋亦其流。

《送曾德邁歸寧宜春》“湘東山水有清輝”。【案】《文選》卷二二謝靈運《石壁精舍還湖中作》“山水含清暉”。

卷五九四

儲嗣宗《贈别》“暗投誰不疑”。【案】《文選》卷三九鄒陽《獄中上書自明》“臣聞明月之珠，夜光之璧，以暗投人於道，衆莫不按劍相眄者”。

《題雲陽高少府衙齋》“吏散山逾静，庭閑鳥自來”。【案】《文選》卷三〇謝靈運《齋中讀書》“虚館絶諍訟，空庭來鳥雀”。

卷五九五

于武陵《宿友生林居因懷賈區》“繞屋樹森森”。【案】《文選》卷三〇陶淵明《讀山海經》“繞屋樹扶疏”。

《長信宫二首》其一“幾度泣前魚”。【案】《文選》卷二八陸韓卿《中山王孺子妾歌》“安陵泣前魚”。

卷五九六

司馬扎《送友人下第東遊》“出門皆有託，君去獨何親”。【案】《文選》卷三〇陶淵明《詠貧士》“萬族各有託，孤雲獨無依”。

卷五九七

袁郊《雲》“荒淫却入陽臺夢”。【案】《文選》卷二三阮嗣宗《詠懷詩·湛湛長江水》“朝雲進荒淫”。

卷五九八

高駢《步虚詞》“青溪道士人不識”。【案】《文選》卷二一郭景純《遊仙詩七首》其二“青谿千餘仞，中有一道士”。

卷五九九

于濆《巫山高》“宋玉恃才者，憑虚構高唐”。【案】《文選》卷十九宋玉《高唐賦》，李善注：“此賦蓋假設其事，風諫婬惑也。”

卷六〇〇

牛徵《登越王樓即事》“危樓送遠目，信美奈鄉情”。【案】《文選》卷三〇謝玄暉《和王著作八公山詩》“遠近送春目”。卷十一王仲宣《登樓賦》“雖信美而非吾土兮”。

公乘億《春風扇微和》。【案】《文選》卷三〇陶淵明《擬古詩》句。

《賦得秋菊有佳色》。【案】《文選》卷三〇陶淵明《雜詩二首》其二句。

《賦得臨江遲來客》。【案】《文選》卷三〇謝靈運《南樓中望所遲客》句。

卷六〇一

李昌符《寄棲白上人》“凝思念碧雲”。【案】《文選》卷三一江文通《雜體詩・休上人別怨》“日暮碧雲合”。

卷六〇二

汪遵《嚴陵臺》“終將寵辱輕軒冕”。【案】《文選》卷二七謝玄暉《休沐重還道中》“志狹輕軒冕”。

卷六〇四

許棠《送前汝州李侍御罷歸宣城》“重引池塘思，還登謝朓城”。【案】《文選》卷二二謝靈運《登池上樓》“池塘生春草”。大小謝不別。

卷六〇七

張孜《雪詩》“搗椒泥四壁”。【案】《文選》卷一班孟堅《西都賦》“後宮則有掖庭椒房”，吕向注：“椒房，以椒塗壁。”

章翰卿《昆明池織女石》“見人虚脈脈，臨水更盈盈”。【案】《文選》卷二九《古詩十九首·迢迢河漢女》“盈盈一水間，脉脉不得語”。

卷六一三

皮日休《聞魯望遊顔家林園病中有寄》“謝家春草滿池塘”。【案】《文選》卷二二謝靈運《登池上樓》“池塘生春草”。

《孫發百篇將遊天台請詩贈行因以送之》“孫子荆家思有餘”。【案】《文選》卷十一孫興公《遊天台山賦》。疑逸少誤以興公作子荆。卷五九四儲嗣宗《早春懷薛公裕》“孫楚又遊吴”，子荆遊吴，史無明文，蓋亦誤以興公作子荆。

《夏首病愈因招魯望》“曉入清和尚袷衣”。【案】《文選》卷二二謝靈運《遊赤石進帆海》“首夏猶清和”。

《奉和魯望看壓新醅》“酒德有神多客頌”。【案】《文選》卷四七劉伯倫《酒德頌》。

卷六一四

皮日休《夏景冲澹偶然作二首》其二“天台畫得千回看”。【案】《文選》卷十一孫興公《遊天台山賦》“然圖像之興，豈虚也哉”。吕延濟注：“綽使圖畫此山，觀而慕之。”

《詶魯望見迎緑罽次韻》“詶贈既無青玉案”。【案】《文選》卷二九張平子《四愁詩》“美人贈我錦繡段，何以報之青玉案”。

卷六一五

皮日休《松江早春》“見底新安恐未如”。【案】《文選》卷二七沈休文《新安江水至清淺深見底貽京邑遊好》。卷一六七李白《清溪行》“借問新安江，見底何如此”，同一修辭。

《女墳湖》“可憐幽憤爲誰嬌”。【案】《文選》卷二三嵇叔夜《幽憤詩》“恃愛肆姐”，李善、李周翰注“姐，嬌也”。

《金錢花》“陰陽爲炭地爲爐”。【案】《文選》卷十三賈誼《鵩鳥賦》“天地爲爐”，又“陰陽爲炭”。

卷六一七

陸龜蒙《襲美先輩以龜蒙所獻五百言既蒙見和復示榮唱至於千字提獎之重蔑有稱實再抒鄙懷用伸酬謝》“鴻生方鋠摫”（注：出《三都賦》）。【案】《文選》卷四左太沖《蜀都賦》“鋠摫兼呈”。

又“發論若霞駁”（注：魏文帝《典論》有《論文》篇）。【案】《文選》卷五二魏文帝《典論·論文》。

又“或有妙絶賞，或爲獨步推。或許潤色美，或嫌詆訶癡”。【案】《文選》卷四二魏文帝《與吴質書》“其五言詩之善者，妙絶時人”。卷四二曹子建《與楊德祖書》“仲宣獨步於漢南”。又“昔丁敬禮常作小文，使僕潤飾之。僕自以才不過若人，辭不爲也。敬禮謂僕：卿何所疑難。文之佳惡，吾自得之，後世誰相知定吾文者邪。吾常歎此達言，以爲美談”。又“劉季緒才不能逮於作者，而好詆訶文章，掎摭利病”。

又“吾祖仗才力”（注：士衡《文賦》）。【案】《文選》卷十七陸士衡《文賦》。

卷六一八

陸龜蒙《讀陰符經寄鹿門子》“萬物爭崩奔”。【案】《文選》卷二六謝靈運《入彭蠡湖口》“圻岸屢崩奔”。

又“晝短苦夜永”。【案】《文選》卷二九《古詩十九首·生年不滿百》“晝短苦夜長”。

《小桂》“蒼蒼出塵姿”。【案】《文選》卷三一江文通《雜體詩·劉文學感遇》“蒼蒼中山桂”。

《入林屋洞》“何人能挹嚼”。【案】《文選》卷二一郭景純《遊仙詩七首》其三“嚼蘂挹飛泉”。

《崦裹》“桑柘含疏煙”。【案】《文選》卷三〇謝玄暉《郡内登望》“桑柘起寒煙”。

卷六一九

陸龜蒙《雜諷九首》其八“縱酒遊俠窟”。【案】《文選》卷二一郭景純《遊仙詩七首》其一“京華遊俠窟”。

《記事》“文律頗清壯”。【案】《文選》卷十七陸士衡《文賦》“箴頓挫而清壯”。

《紀夢遊甘露寺》“未列金閨籍”。【案】《文選》卷三〇謝玄暉《始出尚書省》“既通金閨籍”。

卷六二三

陸龜蒙《江南秋懷寄華陽上人》“魚尾撇波頳”。【案】《文選》卷五一王子淵《四子講德論》“故膺騰撇波而濟水”。

又“種豆悲楊惲”。【案】《文選》卷四一楊子幼《報孫會宗書》“種一頃豆，落而爲萁”。

又“論玄好析酲”。【案】《文選》卷十三宋玉《風賦》“愈病析酲”。

又“遠懷魂易黯，幽憤骨堪驚”。【案】《文選》卷十六江文通《别賦》“黯然銷魂者，唯别而已矣”，又“心折骨驚”。

又“諭蜀專操檄”。【案】《文選》卷四四司馬長卿《喻巴蜀檄》。

又“天地寧舒慘”。【案】《文選》卷二張平子《西京賦》“夫人在陽時則舒，在陰時則慘，此牽乎天者也”。

又“幾歎蟲甘蓼”。【案】《文選》卷二八鮑明遠《放歌行》“蓼蟲避葵堇，習苦不言非”。

又“物齊消臆對”。【案】《文選》卷十三賈誼《鵩鳥賦》“鵩迺歎息，舉首奮翼，口不能言，請對以臆”。

卷六二四

陸龜蒙《襲美病中聞余遊顔家園見寄次韻酬之》"日華風蕙正交光"。【案】《文選》卷三三宋玉《招魂》"光風轉蕙"。

《春雨即事寄襲美》"小謝輕埃日日飛"（注：小謝詠雨詩有"散滿似輕埃"句）。【案】《文選》卷三〇謝玄暉《觀朝雨》。

《奉和襲美抱疾杜門見寄次韻》"因吟郢岸百畝蕙"。【案】《文選》卷三二屈平《離騷經》"又樹蕙之百畝"。

卷六二五

陸龜蒙《同襲美遊北禪院》"遠岫窗中挂鉢囊"。【案】《文選》卷二六謝玄暉《郡内高齋閑坐答吕法曹》"窗中列遠岫"。

《和襲美送孫發百篇遊天台》"珍重興公徒有賦"。【案】《文選》卷十一孫興公《遊天台山賦》。興公未臨天台，特遥想而賦之，故云"徒"。

《奉和襲美聞開元寺開筍園寄章上人》"春龍爭地養檀欒"。【案】《文選》卷五左太沖《吴都賦》"（其竹）檀欒蟬蜎，玉潤碧鮮"。

《奉和襲美夏景無事因懷章來二上人次韻》"折來堪下涷醪杯"（注：《離騷》注云"盛夏以醇酒置冰上"）。【案】《文選》卷三三宋玉《招魂》"挫糟凍飲，酎清涼些"，王逸注："言盛夏則爲覆蹙乾釀，捉去其糟，但取清醇，居之冰上，然後飲之。酒寒清涼，又長味，好飲。"

《頃自桐江得一釣車以襲美樂煙波之思因出以爲玩俄辱三篇復抒酬答》其一"忘情不效孤醒客，有意閑窺百丈鱗"。【案】《文選》卷三三屈平《漁父》"衆人皆醉我獨醒"。卷二七沈休文《新安江水至清淺深見底貽京邑遊好》"百丈見遊鱗"。

又"雨似輕埃時一起，雲如高蓋强相親"。【案】《文選》卷三〇謝玄暉《觀朝雨》"散滿似輕埃"。卷二九魏文帝《雜詩二首》其二"西北有浮雲，亭亭如車蓋"，李周翰注："亭亭，高皃。"

卷六二六

陸龜蒙《病中秋懷寄襲美》"重憑詹尹拂龜占"。【案】《文選》卷三三屈平《卜居》"詹尹乃端策拂龜，曰：君將何以教之"。

《襲美將以緑罽爲贈因成四韻》"陳王輕煖如相遺"。【案】《文選》卷三七曹子建《求自試表》"身被輕煖"，卷二四《贈丁儀》"狐白足禦冬，焉念無衣客"。

《襲美留振文宴龜蒙抱病不赴猥示倡和因次韻酬謝》"佳妓如鴻一一驚"。【案】《文選》卷十九曹子建《洛神賦》"其形也，翩若驚鴻，婉若遊龍"。

卷六二七

陸龜蒙《歸路》"渾如七年病，初得一丸銷"。【案】《文選》卷二五劉越石《答盧諶書》"譬由疾疢彌年，而欲一丸銷之"。

卷六二八

陸龜蒙《自遣詩三十首》其三"座上不遺金帶枕，陳王詞賦爲誰傷"。【案】《文選》卷十九曹子建《洛神賦》，尤袤本李善注引《記》云"帝示植甄后玉鏤金帶枕，植見之，不覺泣下"。李善此語不見於他本，然"感甄"之説，唐人樂道，義山尤數用其事，魯望此詩可見時風之一斑。

《南征》"幕中誰是騁良圖"。【案】《文選》卷二一左太沖《詠史八首》其一"夢想騁良圖"。

《和醉中襲美先起次韻》"已通仙籍在金閨"。【案】《文選》卷三〇謝玄暉《始出尚書省》"既通金閨籍"。

卷六二九

陸龜蒙《秋荷》"盈盈一水不得渡"。【案】《文選》卷二九《古詩十九首·迢迢牽牛星》"盈盈一水間"。魯望讀"間"爲去聲。詳卷一四九劉長卿《京口懷洛陽舊居兼寄廣陵二三知己》。

卷六三一

張賁《送浙東德師侍御罷府西歸》“孤雲獨鳥本無依”。【案】《文選》卷三〇陶淵明《詠貧士》“孤雲獨無依”。

卷六三二

司空圖《僧舍貽友》“愛舞鶴終卑”。【案】《文選》卷十四鮑明遠《舞鶴賦》“歸人寰之喧卑”。

《自誡》“媒衒士所恥”。【案】《文選》卷三七曹子建《求自試表》“夫自衒自媒者，士女之醜行也”。

《贈圓昉公》“冷格鶴猶卑”。【案】見上《僧舍貽友》。此詩又見卷六七四鄭谷。

卷六三三

司空圖《放龜二首》其二“世外猶迷不死庭”。【案】《文選》卷十一孫興公《遊天台山賦》“尋不死之福庭”。

《華下對菊》“清香裛露對高齋”。【案】《文選》卷三〇陶淵明《雜詩二首》其二“秋菊有佳色，裛露掇其英”。

卷六三六

聶夷中《胡無人行》“腰間懸陸離”。【案】《文選》卷三三屈平《九章·涉江》“帶長鋏之陸離兮”。

《短歌》“榮華忽消歇”。【案】《文選》卷二二鮑明遠《行藥至城東橋》“容華坐消歇”。

《題賈氏林泉》“高吟五君詠”。【案】《文選》卷二一顏延年《五君詠》。

卷六三九

張喬《對月二首》其一“圓魄上寒空，皆言四海同。安知千里外，不有雨兼風”。【案】《文選》卷十三謝希逸《月賦》“隔千里兮共明月”，卷三〇鮑明遠《翫月城西門廨中》“三五二八時，千里與君同”。張詩反用謝、鮑意。

卷六四〇

曹唐《南遊》“漲海潮生陰火滅”。【案】《文選》卷十二木玄虛《海賦》“陰火潛然”。

卷六四一

曹唐《小遊仙詩九十八首》其十六“海水西飛照柏林”。【案】《文選》卷四八楊子雲《劇秦美新》“海水羣飛”。

卷六四三

李山甫《遣懷》“長松埋澗底，鬱鬱未出原”。【案】《文選》卷二一左太沖《詠史八首》其二“鬱鬱澗底松，離離山上苗。以彼徑寸莖，蔭此百尺條”。李詩“長松”之“長”即化自左詩“百尺”字。

卷六四四

李咸用《煌煌京洛行》“千乘萬騎如雷轉”。【案】《文選》卷一班孟堅《東都賦》“千乘雷起，萬騎紛紜”，卷二張平子《西京賦》“千乘雷動，萬騎龍趨”。

《放歌行》“蠢蠢荼蓼蟲，薨薨避葵薺”“如何不食甘，命合苦其噬”。【案】《文選》卷二八鮑明遠《放歌行》“蓼蟲避葵堇”。李詩以押韻之故，改“葵堇”爲“葵薺”。然“堇”“薺”科屬有別，並非一物，考李善注：“《説文》曰：堇，根如薺，食之甘。”（見集注本）此詩人改易所據。

又“至哉先哲言，於物不凝滯”。【案】《文選》卷三三屈平《漁父》“聖人不凝滯於物”。

《古意論交》“重廣孝標文”。【案】《文選》卷五五劉孝標《廣絶交論》。

卷六四五

李咸用《雪十二韻》“集處霰長先”“含豪愧惠連”。【案】《文選》卷十三謝惠連《雪賦》“霰淅瀝而先集”。

卷六四六

李咸用《夏日别余秀才》“鏡機沖漠非吾事”。【案】《文選》卷三四曹子建《七啓》有鏡機子，卷三五張景陽《七命》有沖漠公子。

《和友人喜相遇十首》其七“山水清音喜獨聞”。【案】《文選》卷二二左太沖《招隱詩二首》其一“山水有清音”。

卷六四七

胡曾《詠史詩·瀘水》“五月驅兵入不毛”。【案】《文選》卷三七諸葛孔明《出師表》“五月度瀘，深入不毛”。

卷六四九

方干《送郭太祝歸江東》“京洛風塵久”。【案】《文選》卷二四陸士衡《爲顧彦先贈婦二首》其一“京洛多風塵”。

卷六五四

羅鄴《自遣》“焚魚酌醴醉堯代”。【案】《文選》卷二一應休璉《百一詩》“酌醴焚枯魚”。

卷六五五

羅隱《寄右省王諫議》“鶴怨周顒負北山”。【案】《文選》卷四三孔德璋《北山移文》“蕙帳空兮夜鵠怨”。鵠，五臣本作“鶴”。

卷六五六

羅隱《淮南送李司空朝覲》“萬物爲銅只待熔”。【案】《文選》卷十三賈誼《鵩鳥賦》“萬物爲銅”。

卷六五九

羅隱《省試秋風生桂枝》。【案】《文選》卷二二沈休文《鍾山詩應西陽王教》句。

《寄禮部鄭員外》“近聞潘散騎，三十二悲秋”。【案】《文選》卷十三潘安仁《秋興賦》“余春秋三十有二，始見二毛。以太尉掾兼虎賁中郎將，寓直于散騎之省”。

《秋日富春江行》“澄江靜似鋪”。【案】《文選》卷二七謝玄暉《晚登三山還望京邑》“澄江靜如練”。靜，唐詩多作“淨”，作“靜”者惟卷二一七杜甫《病後遇王倚飲贈歌》“金城土酥靜如練”、卷五七〇李羣玉《漭鵜》“霞明川靜極望中”，及羅隱此詩。

卷六六二

羅隱《裴庶子除太僕卿因賀》“應笑馬安虛巧宦，四回還轉始爲卿”。【案】《文選》卷十六潘安仁《閑居賦》“岳嘗讀《汲黯傳》，至司馬安四至九卿，而良史書之，題以巧宦之目”。四至九卿，潘賦謂其仕宦之巧，羅詩反用之，謂尚不及裴氏之捷，故云“虛”。

《酬寄右司李員外》“閑摛麗藻嫌秋興，靜獵遺編笑過秦”。【案】《文選》卷十三潘安仁《秋興賦》，卷五一賈誼《過秦論》。

卷六六四

羅隱《縣齋秋晚酬友人朱瓚見寄》“惆悵報君無玉案”。【案】《文選》卷二九張平子《四愁詩》“美人贈我錦繡段，何以報之青玉案”。

《送蘄州裴員外》“蕭灑高辭九陌塵”。【案】《文選》卷四三孔德璋《北山移文》“蕭灑出塵之想”。

卷六六五

羅隱《酬丘光庭》“禍生有基妖有漸”。【案】《文選》卷三九枚叔《上書諫吴王》“福生有基，禍生有胎”。

卷六六六

羅虬《比紅兒詩》“紅兒若在東家住，不得登牆爾許年”。【案】《文選》卷十九宋玉《登徒子好色賦》“然此女登牆闚臣三年，至今未許也”。

又“一笑陽城人便惑”。【案】《文選》卷十九宋玉《登徒子好色賦》“嫣然一笑，惑陽城，迷下蔡”。

卷六七一

唐彦謙《和陶淵明貧士詩七首》其二“桑柘浮春煙”。【案】《文選》卷三〇謝玄暉《郡内登望》“桑柘起寒煙”。

卷六七二

唐彦謙《洛神》“驚鴻瞥過游龍去”。【案】《文選》卷十九曹子建《洛神賦》“其形也，翩若驚鴻，婉若遊龍”。

《紅葉》“謝朓留霞綺”。【案】《文選》卷二七謝玄暉《晚登三山還望京邑》“餘霞散成綺”。

《送韋向之睦州謁使君》“新安江上長如此，何似新安太守清”。【案】《文選》卷二七沈休文《新安江水至清淺深見底貽京邑遊好》。又見卷八一八皎然。

《春陰》“旅愁危涕兩爭禁”。【案】《文選》卷十六江文通《恨賦》“或有孤臣危涕”。

又“天涯已有銷魂别”。【案】《文選》卷十六江文通《别賦》“黯然銷魂者，唯别而已矣”。

《漢代》“水淨疑澄練，霞孤欲建標”。【案】《文選》卷二七謝玄暉《晚登三山還望京邑》“澄江靜如練”。靜，唐人多作“淨”，詳卷一六六李白《金陵城西樓月下吟》。又卷十一孫興公《遊天台山賦》“赤城霞起而建標”。

卷六七五

鄭谷《咸通十四年府試木向榮》"欣欣春令早"。【案】《文選》卷四五陶淵明《歸去來兮辭》"木欣欣以向榮"。

《叙事感恩上狄右丞》"深憐澗底松"。【案】《文選》卷二一左太沖《詠史八首》其二"鬱鬱澗底松"。

《水》"不空清泚亦逶迤"。【案】《文選》卷三〇謝玄暉《始出尚書省》"寒流自清泚"。

卷六七六

鄭谷《光化戊午年舉公見示省試春草碧色詩偶賦是題》。【案】《文選》卷十六江文通《别賦》句。

《代秋扇詞》"露入庭蕪恨已深"。【案】《文選》卷二一顔延年《秋胡詩》"白露生庭蕪"。

卷六八〇

韓偓《即目二首》其二"寸心如水但澄鮮"。【案】《文選》卷二六謝靈運《登江中孤嶼》"空水共澄鮮"。

卷六八一

韓偓《感事三十四韻》"兔急且獮狻"。【案】《文選》卷二張平子《西京賦》"毚兔聯猭"。

《向隅》"剛腸成繞指"。【案】《文選》卷二五劉越石《重贈盧諶》"何意百煉鋼，化爲繞指柔"。

《亂後春日途經野塘》"季重舊遊多喪逝"。【案】《文選》卷四〇吴季重《答魏太子牋》"何意數年之間死喪略盡"。

卷六八二

韓偓《寄京城親友二首》其一"因味碧雲句，傷哉後會賒"。【案】《文選》卷三一江文通《雜體詩・休上人别怨》"日暮碧雲合，佳人殊未來"。

卷六八三

韓偓《惆悵》"何如飲酒連千醉，席地幕天無所知"。【案】《文選》卷四七劉伯倫《酒德頌》"幕天席地"。

卷六八四

吴融《鶯》"謝家園裏成吟久，只欠池塘一句詩"。【案】《文選》卷二二謝靈運《登池上樓》"園柳變鳴禽"，劉良注"鳴禽，鸎也"。鸎，鶯異體字。吴詩用五臣注。參卷二三七錢起《春谷幽居》。

《秋興》"精爽欲飛揚"。【案】《文選》卷二四陸士衡《贈從兄車騎》"精爽若飛沈"。

卷六八五

吴融《和諸學士秋夕禁直偶雪》"正遂攀稽願"。【案】《文選》卷二一顔延年《五君詠・向常侍》"攀嵇亦鳳舉"。稽、嵇通。

又"高興未將闌"。【案】《文選》卷二二殷仲文《南州桓公九井作》"獨有清秋日，能使高興盡"。

《箇人三十韻》"嫋嫋復盈盈，何年墜玉京"。【案】《文選》卷五左太沖《吴都賦》"嫋嫋素女"。李善注："《埤蒼》曰：嫋嫋，美也。"張銑注："嫋嫋素女，謂神女。"又卷二九《古詩十九首・迢迢牽牛星》"皎皎河漢女……盈盈一水間"。劉良注："盈盈，端麗皃。"吴詩云"墜玉京"，蓋取張銑注。

又"可憐衣帶緩，休賦重行行"。【案】《文選》卷二九《古詩十九首・行行重行行》"衣帶日已緩"。

《縣竹山四十韻》"直上森如束"。【案】《文選》卷二九張景陽《雜詩十首》其四"叢林森如束"。

卷六八六

吴融《送僧上峽歸東蜀》“莫賦佳人殊未來”。【案】《文選》卷三一江文通《雜體詩·休上人别怨》“佳人殊未來”。

《春晚書懷》“不勞南浦更銷魂”。【案】《文選》卷十六江文通《别賦》“送君南浦，傷如之何”，又“黯然銷魂者，唯别而已矣”。

《八月十五日夜禁直寄同僚》“曾恨人間千里隔”“静鑠圓靈象緯沈”。【案】《文選》卷十三謝希逸《月賦》“隔千里兮共明月”，又“圓靈水鏡”。

《登漢州城樓》“從軍固有荆州樂”。【案】《文選》卷二七王仲宣《從軍詩五首》其一“從軍有苦樂”。

卷六八八

盧汝弼《薄命妾》“誰知團扇送秋風”。【案】《文選》卷二七班婕好《怨歌行》“常恐秋節至，涼風奪炎熱”。

又“黄金買賦心徒切，清路飛塵信莫通”。【案】《文選》卷十六司馬長卿《長門賦》。卷二三曹子建《七哀詩》“君如清路塵”。

卷六九〇

王駕《過故友居》“鄰笛寒吹日落初”。【案】《文選》卷十六向子期《思舊賦》序“于時日薄虞淵，寒冰凄然。鄰人有吹笛者，發聲寥亮”。

吴仁璧《客路》“人寰急景如波委，客路浮雲似蓋輕”。【案】《文選》卷十四鮑明遠《舞鶴賦》“歸人寰之喧卑”，又“急景凋年”。卷五〇沈休文《宋書謝靈運傳論》“波屬雲委”。卷二九魏文帝《雜詩二首》其二“西北有浮雲，亭亭如車蓋”。

汪極《奉試麥壟多秀色》。【案】《文選》卷二六王僧達《答顔延年》句。

卷六九一

杜荀鶴《送陳昈歸麻川》“麻川清見底”。【案】《文選》卷二七沈休文

《新安江水至清淺深見底貽京邑遊好》。

又“僧屋與雲齊”。【案】《文選》卷二九《古詩十九首·西北有高樓》“上與浮雲齊”。

卷六九四

王轂《春草碧色》。【案】《文選》卷十六江文通《别賦》句。

卷六九五

韋莊《章臺夜思》“芳草已云暮，故人殊未來”。【案】《文選》卷三一江文通《雜體詩·休上人别怨》“日暮碧雲合，佳人殊未來”。

《和薛先輩見寄初秋寓懷即事之作二十韻》“風篁韻蜀琴”。【案】《文選》卷十三謝希逸《月賦》“風篁成韻”。

《同舊韻》“謝莊千里思”。【案】《文選》卷十三謝希逸《月賦》“隔千里兮共明月”。

又“遲客虚高閣”。【案】《文選》卷三〇謝靈運《南樓中望所遲客》“圓景早已滿，佳人猶未適”，故韋詩云“虚”。

《三用韻》“固窮憐瓮牖，感舊惜蒿簪”。【案】《文選》卷五一賈誼《過秦論》“甕牖繩樞之子”。卷五九任彦昇《劉先生夫人墓誌》“簪蒿杖藜”。

又“晚日舒霞綺”。【案】《文選》卷二七謝玄暉《晚登三山還望京邑》“餘霞散成綺”。

卷六九六

韋莊《雨霽晚眺》“卧草跧如兔”。【案】《文選》卷十一王文考《魯靈光殿賦》“狡兔跧伏於柎側”。

《題許渾詩卷》“惠林虚作碧云詞”。【案】《文選》卷三一江文通《雜體詩·休上人别怨》“日暮碧雲合”。惠林，疑當作惠休。

卷六九七

韋莊《金陵圖》“老木寒雲滿故城”。【案】《文選》卷二七顔延年《還至梁城作》“故國多喬木，空城凝暮雲”。

《哭同舍崔員外》“池塘春草在”。【案】《文選》卷二二謝靈運《登池上樓》“池塘生春草”。

《雜感》“莫愛廣陵臺榭好，也曾蕪没作荒城”“魚龍爵馬皆如夢”。【案】《文選》卷十一鮑明遠《蕪城賦》“若夫藻扃黼帳，歌堂舞閣之基。琁淵碧樹，弋林釣渚之館。吴蔡齊秦之聲，魚龍爵馬之玩。皆薰歇燼滅，光沉響絶”。

《和鄭拾遺秋日感事一百韻》“巢樹禽思越，嘶風馬戀羌”。【案】《文選》卷二九《古詩十九首·行行重行行》“胡馬依北風，越鳥巢南枝”。韋詩因押韻，改“胡”爲“羌”。

卷六九八

韋莊《銅儀》“窗中遠岫青如黛”。【案】《文選》卷二六謝玄暉《郡内高齋閑坐答吕法曹》“窗中列遠岫”。

《含香》“逢春寧滯碧雲才”。【案】《文選》卷三一江文通《雜體詩·休上人别怨》“日暮碧雲合”。

《謁巫山廟》“朝朝暮暮陽臺下，爲雨爲雲楚國亡”。【案】《文選》卷十九宋玉《高唐賦》“旦爲朝雲，暮爲行雨。朝朝暮暮，陽臺之下”。又見卷八〇三薛濤。

《饒州餘干縣琵琶洲有故韓賓客宣城裴尚書脩行李侍郎舊居遺址猶存客有過之感舊因以和吟》“更聞川媚有珠生”。【案】《文選》卷十七陸士衡《文賦》“水懷珠而川媚”。

《避地越中作》“傷心潘騎省，華髮不禁秋”。【案】《文選》卷十三潘安仁《秋興賦》“余春秋三十有二，始見二毛。以太尉掾兼虎賁中郎將，寓直于散騎之省”。

卷六九九

韋莊《過樊川舊居》“應劉去後苔生閣”。【案】《文選》卷十三謝希逸《月賦》“陳王初喪應劉，端憂多暇。緑苔生閣，芳塵凝榭”。

卷七〇〇

韋莊《寄舍弟》“每吟富貴他人合”。【案】《文選》卷二九曹顏遠《感舊詩》“富貴他人合”。

《擣練篇》“月華吐艷明燭燭”。【案】《文選》卷二九蘇子卿《詩四首》其四“燭燭晨明月”。

卷七〇一

王貞白《擬塞外征行》“行行向馬邑，去去指祁連”。【案】《文選》卷二五謝惠連《西陵遇風獻康樂》“行行道轉遠，去去情彌遲”。

卷七〇三

翁承贊《曉望》“清霜散漫似輕嵐”。【案】《文選》卷三〇謝玄暉《觀朝雨》“散滿似輕埃”。

卷七〇四

黄濤《寄徐正字夤》“美人隔千里”。【案】《文選》卷十三謝希逸《月賦》“美人邁兮音塵闕，隔千里兮共明月”。

卷七〇六

黄濤《明月照高樓》。【案】《文選》卷二三曹子建《七哀詩》句。

卷七〇七

殷文圭《春草碧色》。【案】《文選》卷十六江文通《别賦》句。

卷七一〇

徐夤《水》“汾河秋泛漢皇愁”。【案】《文選》卷四五漢武帝《秋風辭》“泛樓舡兮濟汾河”，又“歡樂極兮哀情多”。

《鵲》“明月解隨烏繞樹”。【案】《文選》卷二七魏武帝《短歌行》“月明星稀，烏鵲南飛。繞樹三匝，何枝可依”。

《風》“土囊萍末兩難同”。【案】《文選》卷十三宋玉《風賦》“夫風生於地，起於青蘋之末。侵淫谿谷，盛怒於土囊之口”。

《南》“送君前浦恨難量”。【案】《文選》卷十六江文通《別賦》“送君南浦，傷如之何”。

又“蝴蝶飛園萬草芳”。【案】《文選》卷二九張景陽《雜詩十首》其八“胡蝶飛南園”。

卷七一一

徐夤《初夏戲題》“化作南園蛺蝶飛。”【案】見上卷《南》。

卷七一二

錢珝《江行無題一百首》其二二“帶舟維古岸，還似阻西陵”。【案】《文選》卷二五謝惠連《西陵遇風獻康樂》。

《春恨三首》其一“高臺愛妾魂銷盡”。【案】《文選》卷四三丘希範《與陳伯之書》“高臺未傾，愛妾尚在”。

卷七一三

喻坦之《陳情獻中丞》“傷嗟骨每驚”。【案】《文選》卷十六江文通《別賦》“心折骨驚”。

《寄華陰姚少府》“峻掌光浮日”。【案】《文選》卷三〇謝玄暉《直中書省》“日華承露掌”。

卷七一五

盧延讓《贈僧》“禪師莫問求名苦，滋味過於食蓼蟲”。【案】《文選》卷二八鮑明遠《放歌行》“蓼蟲避葵堇，習苦不言非”。

卷七一七

曹松《梢雲》“翻飛如可託，長願在橫汾”。【案】《文選》卷十二郭景純《江賦》“梢雲冠其嶇”。李善注“梢雲，瑞雲”，五臣注同。卷四五漢武帝《秋風辭》“秋風起兮白雲飛”。

卷七二〇

裴説《聞砧》“回刀剪破澄江色”。【案】《文選》卷二七謝玄暉《晚登三山還望京邑》“澄江静如練”。謝詩云“如練”，故裴詩謂“剪破”。

卷七二二

李洞《段秀才溪居送從弟遊涇隴》“邊烽焰照涇”。【案】《文選》卷二八鮑明遠《出自薊北門行》“烽火入咸陽”。

《龍池春草》“肯學長河畔，綿綿思遠人”。【案】《文選》卷二七《飲馬長城窟行》“青青河畔草，綿綿思遠道”。

卷七二五

于鄴《過洛陽城》“九陌鼓初起，萬車輪已行”。【案】《文選》卷二二鮑明遠《行藥至城東橋》“雞鳴關吏起，伐鼓早通晨”，又卷二八《放歌行》“雞鳴洛城裏，禁門平旦開。冠蓋縱横至，車騎四方來”。

卷七二七

張友正《錦帶佩吴鉤》。【案】《文選》卷二八鮑明遠《結客少年場行》句。

卷七三一

胡宿《趙宗道歸輦下》“竹林文酒此攀嵇”。【案】《文選》卷二一顔延年《五君詠・向常侍》“攀嵇亦鳳舉”。

《感舊》“塢中横笛偏多感”。【案】《文選》卷十八馬季長《長笛賦》“獨卧郿平陽鄔中，有雒客舍逆旅，吹笛爲《氣出》《精列》相和。融去京師踰年，蹔聞，甚悲而樂之”。

《城南》“昨夜輕陰結夕霏”。【案】《文選》卷二二謝靈運《石壁精舍還湖中作》“雲霞收夕霏”。

卷七三三

孔德紹《夜宿荒村》“秋草思邊馬，遶枝驚夜禽”。【案】《文選》卷二九王正長《雜詩》“朔風動秋草，邊馬有歸心”。卷二七魏武帝《短歌行》“月明星稀，烏鵲南飛。繞樹三匝，何枝可依”。

《登白馬山護明寺》“白雲起梁棟”。【案】《文選》卷二一郭景純《遊仙詩七首》其二“雲生梁棟間”。

《賦得涉江采芙蓉》。【案】《文選》卷二九《古詩十九首·涉江采芙蓉》句。

劉斌《和謁孔子廟》“及門思往烈，入室想前修”。【案】《文選》卷二三潘安仁《悼亡詩三首》其一“望廬思其人，入室想所歷”。

《送劉散員同賦陳思王詩得好鳥鳴高枝》。【案】《文選》卷二〇曹子建《公讌詩》句。

《登樓望月二首》其一“丹桂拂飛甍”。【案】《文選》卷二七謝玄暉《晚登三山還望京邑》“白日麗飛甍”。

又“嘯逸劉琨興”。【案】《文選》卷二八劉越石《扶風歌》“吟嘯絶巖中”。

卷七四四

伍喬《龍潭張道者》“養生不説憑諸藥，適意惟聞在一琴”。【案】《文選》卷五三嵇叔夜《養生論》“蒸以靈芝，潤以醴泉。晞以朝陽，綏以五絃”。

《觀山水障子》“功績精妍世少倫”。【案】《文選》卷十一鮑明遠《蕪城賦》“士馬精妍”。

《寄張學士洎》“不知何處好消憂，公退攜壺即上樓”。【案】《文選》卷十一王仲宣《登樓賦》“登兹樓以四望兮，聊暇日以銷憂”。

卷七四五

陳陶《宿島徑夷山舍》“九衢平如水”。【案】《文選》卷二八鮑明遠《結客少年場行》“九塗平若水”。塗，敦煌本（P. 2554）作“衢”。参卷一三六儲光羲《遊茅山五首》。

《賦得池塘生春草》。【案】《文選》卷二二謝靈運《登池上樓》句。

又“池水夾通津”。【案】《文選》卷二二鮑明遠《行藥至城東橋》“脩楊夾廣津”。

卷七四六

陳陶《竹十一首》其十“丘壑誰堪話碧鮮，静尋春譜認嬋娟”。【案】《文選》卷五左太沖《吴都賦》“（其竹）槤矗森萃，蓊茸蕭瑟。檀欒蟬蜎，玉潤碧鮮”。

《泉州刺桐花詠兼呈趙使君》“石氏金園無此豔，南都舊賦乏靈材”。【案】《文選》卷二〇潘安仁《金谷集作詩》、卷四張平子《南都賦》叙樹木皆無桐，故云“無此豔”“乏靈材”。

卷七四八

李中《柴司徒宅牡丹》“翠幄密籠鶯未識”。【案】《文選》卷二二陸士衡《招隱詩》“密葉成翠幄”。

卷七五〇

李中《和潯陽宰感舊絶句五首》其二“練瀉澄江最好看”。【案】《文選》卷二七謝玄暉《晚登三山還望京邑》“澄江静如練”。

《遥賦義興潛泉》。【案】《文選》卷十一孫興公《遊天台山賦》，李周翰注：“（綽）聞此山神秀，可以長往，因使圖其狀，遥爲之賦。”

卷七五一

徐鉉《將過江題白沙館》“金陵佳麗地”。【案】《文選》卷二八謝玄暉

《鼓吹曲》“江南佳麗地，金陵帝王州”。

《和王庶子寄題兄長建州廉使新亭》“謝守高齋結構新”。【案】《文選》卷二六謝玄暉《郡内高齋閑坐答吕法曹》“結構何迢遞”。

卷七五二

徐鉉《賦得擣衣》“裁縫依夢見，腰帶定應非”。【案】《文選》卷三〇謝惠連《擣衣》“腰帶準疇昔，不知今是非”。

卷七五三

徐鉉《贈陶使君求梨》“惟憶張公大谷梨”。【案】《文選》卷十六潘安仁《閑居賦》“張公大谷之梨”。

《賦得風光草際浮》。【案】《文選》卷三〇謝玄暉《和徐都曹》句。

《亞元舍人不替深知猥貽佳作三篇清絶不敢輕酬因爲長歌以爲報未竟復得子喬校書示問因故兼寄陳君庶資一笑耳》“當年何事容疵賤”。【案】《文選》卷二六范彦龍《贈張徐州稷》“物情棄疵賤”。

卷七五四

徐鉉《送荻栽與秀才朱觀》“茅齋面碧流”。【案】《文選》卷三〇謝靈運《田南樹園激流植援》“啓扉面南江”。

卷七五五

徐鉉《步虚詞五首》其四“排虚駕紫煙”“不嫌園吏傲”。【案】《文選》卷二一郭景純《遊仙詩七首》其三“駕鴻乘紫煙”，又其一“漆園有傲吏”。

《和尉遲贊善秋暮僻居》“夕陽明處水澄鮮”。【案】《文選》卷二六謝靈運《登江中孤嶼》“空水共澄鮮”。

《池州陳使君見示游齊山詩因寄》“傷鳥聞弦勢易驚”。【案】《文選》卷二八鮑明遠《東門行》“傷禽惡弦驚”。

《侍宴賦得歸鴈》“夜靜羣動息”。【案】《文選》卷三〇陶淵明《雜詩二首》其二“日入羣動息”。徐詩此句與王維《春夜竹亭贈錢少府歸藍田》

同，見卷一二五。

《右省僕射後湖亭閑宴鉉以宿直先歸賦詩留獻》“座客容疵賤”。【案】《文選》卷二六范彦龍《贈張徐州稷》“物情棄疵賤”。

卷七五六

徐鉉《水》“横汾從遊宴”。【案】《文選》卷四五漢武帝《秋風辭》“泛樓舡兮濟汾河，横中流兮揚素波”。

《奉和宫傅相公懷舊見寄四十韻》“巖廊禮絶威容肅”。【案】《文選》卷二三任彦昇《出郡傳舍哭范僕射》“平生禮數絶”。李善注引《左氏傳》曰：“名位不同，禮亦異數。”参卷一七一李白《獻當塗宰陽冰》。

《送德邁道人之豫章》“碧雲詩思更無涯”。【案】《文選》卷三一江文通《雜體詩・休上人别怨》“日暮碧雲合”。

卷七五七

包穎《和徐鼎臣見寄》“謝朓却吟歸省閣，劉楨猶自卧漳濱”。【案】《文選》卷三〇謝玄暉《始出尚書省》“既通金閨籍”，集注本李善注：“金閨，即金馬門也。謂爲尚書郎也。”（北宋本、尤袤本脱“謂爲尚書郎也”六字）又卷二三劉公幹《贈五官中郎將四首》其二“余嬰沉痼疾，竄身清漳濱”。陳尚君《全唐詩續拾》卷四四繫於徐鉉名下。

馬彧《贈韓定辭》“燧林芳草綿綿思”。【案】《文選》卷二七《飲馬長城窟行》“青青河邊草，緜緜思遠道”。

湯悦《奉和聖制送鄧王牧宣城》“郡中遠岫列窗前”。【案】《文選》卷二六謝玄暉《郡内高齋閑坐答吕法曹》“窗中列遠岫”。

孫岘《送鍾員外（賦竹）》“貞姿曾冒雪”。【案】《文選》卷五左太沖《吴都賦》“冒霜停雪”。

又“細韻風初發”。【案】《文選》卷十三謝希逸《月賦》“風篁成韻”。

謝仲宣《送鍾員外（賦松）》“亭亭抝繼蹤”。【案】《文選》卷二三劉公幹《贈從弟三首》其二“亭亭山上松”。

王沂《送鍾員外（賦風）》“静追蘋末興”。【案】《文選》卷十三宋玉

《風賦》“夫風生於地，起於青蘋之末”。

卷七六一

徐光溥《題黄居寀秋山圖》“目想心存妙尤極”。【案】《文選》卷十六潘安仁《寡婦賦》“心存兮目想”。

歐陽炯《題景焕畫應天寺壁天王歌》“又有蛇珠常在握”。【案】《文選》卷四二曹子建《與楊德祖書》“人人自謂握靈蛇之珠”。

《大遊仙詩》“赤城霞起武陵春”。【案】《文選》卷十一孫興公《遊天台山賦》“赤城霞起而建標”。

卷七六二

張觀《過衡山贈廖處士》“未向漆園爲傲吏”。【案】《文選》卷二一郭景純《遊仙詩七首》其一“漆園有傲吏”。

卷七六四

譚用之《江館秋夕》“滿窗謝練江風白，一枕齊紈海月明”。【案】《文選》卷二七謝玄暉《晚登三山還望京邑》“澄江靜如練”。卷二七班婕妤《怨歌行》“新裂齊紈素”，又“團團似明月”。

卷七六九

劉戩《夏彈琴》“零落歸荒丘”。【案】《文選》卷二七曹子建《箜篌引》“零落歸山丘”。

楊希道《侍宴賦得起坐彈鳴琴二首》。【案】《文選》卷二三阮嗣宗《詠懷詩・夜中不能寐》句。又見卷三四楊師道。

《詠笙》“短長插鳳翼，洪細摹鸞音。能令楚妃歎，復使荆王吟。切切孤竹管，來應雲和琴”。【案】《文選》卷十八潘安仁《笙賦》“寫皇翼以插羽，摹鸞音以厲聲”，又“荆王喟其長吟，楚妃歎而增悲”。卷三五張景陽《七命》“吹孤竹，拊雲和”。又見卷三四楊師道。

解彦融《鴈塔》“刻峭俯無地”。【案】《文選》卷五九王簡棲《頭陀寺碑文》“飛閣逶迤，下臨無地”。

卷七七〇

賀朝清《賦得遊人久不歸》。【案】《文選》卷二〇曹子建《送應氏詩二首》其一“遊子久不歸”。此首又見卷三三劉孝孫《送劉散員同賦陳思王詩游人久不歸》、卷一一七賀朝《賦得遊人久不歸》。

又“鄉關渺天末，引領悵懷歸”。【案】《文選》卷三〇陸士衡《擬蘭若生朝陽》“引領望天末”。

又“羈旅久滯淫”。【案】《文選》卷二三王仲宣《七哀詩二首》其二“何爲久滯淫”。

陳政《贈竇蔡二記室入蜀》“誰知慕儔侶”。【案】《文選》卷二九張茂先《雜詩二首》其二“安知慕儔侶”。

卷七七一

戴休珽《古意》“滄海愁陰漲”。【案】《文選》卷二一虞子陽《詠霍將軍北伐》“瀚海愁陰生”。陰，五臣本作“雲”。

卷七七三

閻德隱《薛王花燭行》“更笑天河有靈匹”。【案】《文選》卷三〇謝惠連《七月七日夜詠牛女》“雲漢有靈匹”。

卷七七七

徐玄之《采蓮》“秋來江上澄如練”。【案】《文選》卷二七謝玄暉《晚登三山還望京邑》“澄江靜如練”。

賈宗《旅泊江津言懷》“飄飖萬里外，辛苦百年中”。【案】《文選》卷二二鮑明遠《行藥至城東橋》“爭先萬里塗，各事百年身”。

唐堯客《大梁行》“河洲搴宿莽”。【案】《文選》卷三二屈平《離騷經》“朝搴阰之木蘭兮，夕攬洲之宿莽”。

卷七七九

石殷士《日華川上動》。【案】《文選》卷三〇謝玄暉《和徐都曹》句。

又“岸高時擁媚，波遠漸澄鮮”。【案】《文選》卷二六謝靈運《登江中孤嶼》“孤嶼媚中川”，又“空水共澄鮮”。

柴宿《初日照華清宮》“鮮飈收晚翠，佳氣滿晴空”。【案】《文選》卷三一江文通《雜體詩·許徵君自序》“曲櫺激鮮飈”。卷三〇陶淵明《雜詩二首》其一“山氣日夕佳”。

《瑜不掩瑕》“堪爲達士模”。【案】《文選》卷二一左太沖《詠史八首》其八“可爲達士模”。

陶拱《秋日懸清光》。【案】《文選》卷二七江文通《望荆山》句。

朱華《海上生明月》“烏鵲繞枝驚”。【案】《文選》卷二七魏武帝《短歌行》“月明星稀，烏鵲南飛。繞樹三匝，何枝可依”。

孫顧《清露被皋蘭》。【案】《文選》卷二三阮嗣宗《詠懷詩·天馬出西北》句。

陳璀、吴秘《風光草際浮》。【案】《文選》卷三〇謝玄暉《和徐都曹》句。

裴杞《風光草際浮》“崇蘭泛更香”。【案】《文選》卷三〇謝玄暉《和徐都曹》句。又卷三三宋玉《招魂》“光風轉蕙，泛崇蘭些”。

陳祐《風光草際浮》“稍稍移蘋末，微微轉蕙叢”。【案】《文選》卷三〇謝玄暉《和徐都曹》句。又卷十三宋玉《風賦》“夫風生於地，起於青蘋之末”。又卷三三宋玉《招魂》“光風轉蕙，泛崇蘭些”。

張復元《風光草際浮》“靃靡含新彩”。【案】《文選》卷三〇謝玄暉《和徐都曹》句。又卷三三劉安《招隱士》“蘋草靃靡”，王逸注“隨風披敷”，劉良注“靃靡，隨風貌”。

穆寂《冬至日祥風應候》“習習九門通”。【案】《文選》卷一班孟堅《東都賦》“習習祥風”。

湯洙、殷琮《登雲梯》。【案】《文選》卷二二謝靈運《登石門最高頂》“共登青雲梯”。

卷七八〇

鄭賁《天驥呈材》。【案】《文選》卷十四顏延年《赭白馬賦》"漢道亨而天驥呈才"。

紇干諷《新陽改故陰》。【案】《文選》卷二二謝靈運《登池上樓》句。

又"積慘已辭林"。【案】《文選》卷二五劉越石《答盧諶書》"排終身之積慘"。

朱休《春水緑波》。【案】《文選》卷十六江文通《别賦》句。

王季友《玉壺冰》。【案】《文選》卷二八鮑明遠《白頭吟》"清如玉壺冰"。

康翊仁《鮫人潛織》"無因聽札札，空想濯纖纖"。【案】《文選》卷二九《古詩十九首·迢迢牽牛星》"纖纖擢素手，札札弄機杼"。

羅泰《暗投明珠》"媚川時未識"。【案】《文選》卷十七陸士衡《文賦》"水懷珠而川媚"。

卷七八一

石倚《舞干羽兩階》"森森氣益振"。【案】《文選》卷二一左太沖《詠史八首》其六"酒酣氣益振"。

卷七八二

員南溟《禁中春松》"山苗蔭不得"。【案】《文選》卷二一左太沖《詠史八首》其二"鬱鬱澗底松，離離山上苗。以彼徑寸莖，蔭此百尺條"。此詩反用太沖句意。

錢衆仲《玉壺冰》。【案】《文選》卷二八鮑明遠《白頭吟》"清如玉壺冰"。

鄭衮《好鳥鳴高枝》。【案】《文選》卷二〇曹子建《公讌詩》句。

張隨《勑賜三相馬》"雙瞳比鏡懸"。【案】《文選》卷十四顏延年《赭白馬賦》"雙瞳夾鏡"。

徐仁嗣《天驥呈材》。【案】《文選》卷十四顏延年《赭白馬賦》"漢道亨而天驥呈才”。

盧征《天驥呈材》“龍媒順制牽”。【案】《文選》卷十四顔延年《赭白馬賦》“蹋鑣轡之牽制”。

卷七八五

無名氏《冬》“温泉火井無生意”。【案】《文選》卷十三謝惠連《雪賦》“火井滅，温泉冰”。

卷七八六

無名氏《胡笳曲》“月明星稀霜滿野”。【案】《文選》卷二七魏武帝《短歌行》“月明星稀”。

卷七八七

無名氏《日暮山河清》。【案】《文選》卷三一江文通《雜體詩・王侍中懷德》句。

又“表裏見秦城”。【案】《文選》卷二八鮑明遠《結客少年場行》“表裏望皇州”。

《秋日懸清光》。【案】《文選》卷二七江文通《望荆山》句。

又“宋玉登高怨，張衡望遠愁”。【案】《文選》卷三三宋玉《九辯》“悲哉秋之爲氣也……登山臨水兮送將歸”。卷二九張平子《四愁詩》。平子《四愁》中無言秋之語，此詩用典不甚貼切。

《落日山照曜》。【案】《文選》卷二六謝靈運《七里瀨》“石淺水潺湲，日落山照曜”。謝詩“石淺”“日落”對偶，無名氏題作“落日”，乃傳抄之誤。

又“半規入林薄”。【案】《文選》卷二二謝靈運《遊南亭》“遠峯隱半規”。

又“夕煙生漠漠”。【案】《文選》卷二二謝玄暉《遊東田》“生煙紛漠漠”。

《清風戒寒》“入林翻別葉”。【案】《文選》卷三〇鮑明遠《翫月城西門廨中》“别葉早辭風”。

又“偏覺座隅寒”。【案】《文選》卷二一顔延年《秋胡詩》“涼風起座隅”。

又“乍逐驚蓬振”。【案】《文選》卷十一鮑明遠《蕪城賦》“孤蓬自振，驚砂坐飛”。

《空水共澄鮮》。【案】《文選》卷二六謝靈運《登江中孤嶼》句。

《膏澤多豐年》。【案】《文選》卷二四曹子建《贈徐幹》句。此詩已見卷四六六，題薛存誠作。

《玉壺冰》。【案】《文選》卷二八鮑明遠《白頭吟》“清如玉壺冰”。

《玉巵無當》。【案】《文選》卷四左太沖《三都賦序》句。

《秋風生桂枝》。【案】《文選》卷二二沈休文《鍾山詩應西陽王教》句。

卷七八八

顔真卿《登峴山觀李左相石尊聯句》“葛弱供險捫”（陸羽）。【案】《文選》卷三〇謝靈運《石門新營所住四面高山迴溪石瀨脩竹茂林詩》“葛弱豈可捫”。

卷七八九

皇甫曾《建元寺晝公與崔秀才見過聯句與鄭奉禮説同作》“曾賦碧雲句”（崔子向）。【案】《文選》卷三一江文通《雜體詩・休上人别怨》“日暮碧雲合”。

嚴維《酒語聯句各分一字》“藉糟枕麴浮酒池”。【案】《文選》卷四七劉伯倫《酒德頌》“枕麴藉糟”。

李益《賦應門照緑苔》。【案】《文選》卷三〇沈休文《應王中丞思遠詠月》句。

耿湋《寄司空曙李端聯句》“興裹眄庭柯”（辛晃）。【案】《文選》卷四五陶淵明《歸去來兮辭》“眄庭柯以怡顔”。

卷七九〇

裴度《首夏猶清和聯句》。【案】《文選》卷二二謝靈運《遊赤石進帆海》句。

《度自到洛中與樂天爲文酒之會時時構詠樂不可支則慨然共憶夢得而夢得亦分司至止歡愜可知因爲聯句》“大厦要羣材”（劉禹錫）。【案】《文選》卷三一江文通《雜體詩・盧中郎感交》“大厦須異材”，又卷二四潘正叔《贈侍御史王元貺》“廣厦構衆材”。

劉禹錫《樂天是月長齋鄙夫此時愁卧里閭非遠雲霧難披因以寄懷遂爲聯句所期解悶焉敢驚禪》“窗中列遠岑”（白居易）。【案】《文選》卷三〇謝靈運《擬魏太子鄴中集詩・王粲》“排霧屬盛明，披雲對清朗”。卷二六謝玄暉《郡内高齋閑坐答吕法曹》“窗中列遠岫”。

白居易《秋霖即事聯句三十韻》“泄雲生棟上”（白居易）。【案】《文選》卷六左太沖《魏都賦》“窮岫泄雲”。卷二七謝玄暉《敬亭山》“渫雲已漫漫”。渫，五臣作“泄”。

又“散漫疏還密，空濛斷復連”（白居易）。【案】《文選》卷三〇謝玄暉《觀朝雨》“空濛如薄霧，散漫似輕埃”。

又“無月弄潺湲”（王起）。【案】《文選》卷二六謝靈運《入華子岡是麻源第三谷》“乘月弄潺湲”。

又“籬菊潛開秀，園蔬已罷鮮”（劉禹錫）。【案】《文選》卷三〇陶淵明《雜詩二首》其一“采菊東籬下”，又同卷《讀山海經》“擿我園中蔬”。夢得此句僅用其語。

又“急景暗彫年”（白居易）。【案】《文選》卷十四鮑明遠《舞鶴賦》“急景凋年”。

《喜晴聯句》“因吟仲文什，高興盡於斯”（劉禹錫）。【案】《文選》卷二二殷仲文《南州桓公九井作》“獨有清秋日，能使高興盡”。

《僕射來示有三春向晚四者難并之説誠哉是言輒引起題重爲聯句疲兵再戰劾敵難降下筆之時䩄然自哂走呈僕射兼簡尚書》“四者昔難并”（白居易）。【案】《文選》卷三〇謝靈運《擬魏太子鄴中集詩》序“天下良辰美景，賞心樂事，四者難并”。

卷七九一

韓愈《城南聯句》“鵝肪截佩璜”（韓愈）。【案】《文選》卷四二魏文帝《與鍾大理書》“白如截肪”。李善、五臣注皆謂肪爲猪肪。

又“騁遥略苹苹”（孟郊）。【案】《文選》卷十九宋玉《高唐賦》“馳苹苹”。

又“畢景任詩趣”（孟郊）。【案】《文選》卷二七鮑明遠《還都道中作》“畢景逐前儔”。

《會合聯句》“國讎未銷鑠”（孟郊）。【案】《文選》卷二九曹子建《雜詩六首》其六“國讎亮不塞”。

《納涼聯句》“淡潄甘瓜濯”（韓愈）。【案】《文選》卷三四枚叔《七發》“澹潄手足”。李善注：“潄澹，猶洗滌也。”據諸本及退之語，李善注“潄澹”蓋傳鈔誤倒。又卷四二魏文帝《與吴質書》“浮甘瓜於清泉”。

又“凄如豼寒門”（韓愈）。【案】《文選》卷七楊子雲《甘泉賦》“登椽欒而豼天門兮”。

《晚秋郾城夜會聯句》“靈誅固無縱”（李正封）。【案】《文選》卷四四陳孔璋《檄吴將校部曲文》“謂爲舟檝足以距皇威，江湖可以逃靈誅”。

又“薦延搜一鶚”。【案】《文選》卷三七孔文舉《薦禰衡表》“鷙鳥累百，不如一鶚”。

又“五白氣爭呼”。【案】《文選》卷三三宋玉《招魂》“成梟而牟，呼五白些”。

孟郊《遣興聯句》“平生無百歲”（韓愈）。【案】《文選》卷二九《古詩十九首·生年不滿百》。

卷七九二

杜牧《同趙二十二訪張明府郊居聯句》“出岫孤雲逐晚虹”（杜牧）。【案】《文選》卷四五陶淵明《歸去來兮辭》“雲無心以出岫”。

段成式《遊長安諸寺聯句·道政坊寶應寺·小小寫真聯句》“豈教窺宋

鄰”（鄭符）。【案】《文選》卷十九宋玉《登徒子好色賦》“然此女登牆闚臣三年”。

《遊長安諸寺聯句·翊善坊保壽寺·光天幀讚聯句》“睟容若睇”（張希復）。【案】《文選》卷六左太沖《魏都賦》“魏國先生有睟其容”。張載注：“趙岐曰：睟，潤澤貌也。”劉良注：“睟容，温潤之皃。”

《遊長安諸寺聯句·招國坊崇濟寺·奇松聯二十字絶句》“來助碧雲吟”（鄭符）。【案】《文選》卷三一江文通《雜體詩·休上人别怨》“日暮碧雲合”。

卷七九三

皮日休《北禪院避暑聯句》“歊蒸何處避”（皮日休）。【案】《文選》卷十九張茂先《勵志詩》“歊蒸鬱冥”。

又“盱衡論今昔”（皮日休）。【案】《文選》卷六左太沖《魏都賦》“魏國先生有睟其容，乃盱衡而誥曰”。

又“堪悲東序寶”（陸龜蒙）。【案】《文選》卷三八任彦昇《爲蕭揚州薦士表》“並東序之秘寶”。

又“涼飈滿杉柏”（皮日休）。【案】《文選》卷二六謝玄暉《在郡卧病呈沈尚書》“輕扇動涼飈”。

又“俱懷出塵想”（陸龜蒙）。【案】《文選》卷四三孔德璋《北山移文》“蕭灑出塵之想”。

陸龜蒙《開元寺樓看雨聯句》“疏帆逗前渚”（陸龜蒙）。【案】《文選》卷十五張平子《思玄賦》“逗華陰之湍渚”。

卷七九四

清晝《講德聯句》“油油黍稷”（清晝）。【案】《文選》卷四左太沖《蜀都賦》“黍稷油油”。

《講古文聯句》“詞曄春華，思清冬冰”（潘述）。【案】《文選》卷五六曹子建《王仲宣誄》“文若春華，思若涌泉”。又卷四二曹子建《與吴季重書》“文采委曲，曄若春榮”。

又“時見琳琅，惜哉榛楛”（清晝）。【案】《文選》卷十七陸士衡《文賦》“彼榛楛之勿翦”。李善注：“榛楛，喻庸音也。”

《還丹可成詩聯句》“高詠昇天行”（潘述）。【案】《文選》卷二八鮑明遠《升天行》。張銑注：“言學仙也。”

《與崔子向泛舟自招橘經箬里宿天居寺憶李侍御粤渚山春遊後期不及聯一十六韻以寄之》“戲猨隔枝透”（崔子向）。【案】《文選》卷五左太沖《吴都賦》“（猿狖之屬）爭接縣垂，競游遠枝。驚透沸亂，牢落翬散”。劉淵林注：“楊雄《方言》曰：透，驚也。”

《恨意聯句》“同心同縣不相見”（疾）。【案】《文選》卷二七《飲馬長城窟行》“佗鄉各異縣，展轉不可見”。聯句反用其意。聯句六人，清晝外，疾、均、澄等皆失姓。

又“獨采蘼蕪詠團扇”（均）。【案】《文選》卷三〇謝玄暉《和王主簿怨情》“相逢詠蘪蕪，辭寵悲班扇”。班，諸本作“團”。

又“遠憶征人淚如霰”（澄）。【案】《文選》卷二七謝玄暉《晚登三山還望京邑》“淚下如流霰”。卷三一江文通《雜體詩·李都尉從軍》“握手淚如霰”。

《秋日盧郎中使君幼平泛舟聯句》“永望門欄脰捐”（李恂）。【案】《文選》卷二五謝靈運《登臨海嶠初發彊中作》“顧望脰未悁”。聯句“捐”當作“悁”。

《（安吉崔明甫山院）重聯句》“已見心遠，何關地偏”（清晝）。【案】《文選》卷三〇陶淵明《雜詩二首》其一“心遠地自偏”。

《春日會韓武康章後亭聯句》“砌香翻芍藥”（韓章）。【案】《文選》卷三〇謝玄暉《直中書省》“紅藥當階翻”。

卷七九九

魏氏《贈外》“遊子倦風塵”。【案】《文選》卷三〇鮑明遠《翫月城西門廨中》“仕子倦飄塵”。參卷一八九韋應物《天長寺上方别子西有道》。

卷八〇一

郎大家宋氏《長相思》“袖中書字滅”。【案】《文選》卷二九《古詩十九首·孟冬寒氣至》“置書懷袖中，三歲字不滅”。

崔萱《古意》“願因西南風”。【案】《文選》卷二三曹子建《七哀詩》“願爲西南風”。

張琰《春詞二首》其二“蕩子遊不歸”。【案】《文選》卷二九《古詩十九首·青青河畔草》“蕩子行不歸”。

卷八〇三

薛濤《謁巫山廟》“朝朝暮暮陽臺下，爲雨爲雲楚國亡”。【案】《文選》卷十九宋玉《高唐賦》“旦爲朝雲，暮爲行雨。朝朝暮暮，陽臺之下”。又見卷六九八韋莊。

卷八〇四

魚玄機《酬李學士寄簟》“泓澄玉水記方流”。【案】《文選》卷二六顏延年《贈王太常》“玉水記方流”。

卷八〇六

寒山《重巖我卜居》“白雲抱幽石”。【案】《文選》卷二六謝靈運《過始寧墅》成句。

《可笑寒山道》“而無車馬蹤”。【案】《文選》卷三〇陶淵明《雜詩二首》其一“而無車馬喧”。

《驅馬度荒城》“自振孤蓬影”。【案】《文選》卷十一鮑明遠《蕪城賦》“孤蓬自振”。

《玉堂挂珠簾》“容華若桃李”。【案】《文選》卷二九曹子建《雜詩六首》其四成句。

《六極常嬰困》“有才遺草澤”。【案】《文選》卷二一左太沖《詠史八首》其七“何世無奇才，遺之在草澤”。

《垂柳暗如煙》“各在天一涯”。【案】《文選》卷二九《古詩十九首·行行重行行》成句。

《春女銜容儀》“白馬黄金羈”。【案】《文選》卷二七曹子建《白馬篇》“白馬飾金羈”。

《昨日何悠悠》“脈脈不得語”。【案】《文選》卷二九《古詩十九首·迢迢河漢女》成句。

《人生不滿百》“人生不滿百，常懷千載憂”。【案】《文選》卷二九《古詩十九首·生年不滿百》“生年不滿百，常懷千歲憂”。

《何以長惆悵》“那堪數十年，親舊凋落盡”。【案】《文選》卷十六陸士衡《歎逝賦》序“昔每聞長老追計平生同時親故，或凋落已盡，或僅有存者”。

卷八〇八

慧淨《冬日普光寺卧疾值雪簡諸舊遊》“迴飄洛神賦，皎映齊紈篇”。【案】《文選》卷十九曹子建《洛神賦》“飄颻兮若流風之迴雪”。卷二七班婕妤《怨歌行》“新裂齊紈素，皎潔如霜雪”。

義淨《余以咸亨元年在西京……戲擬四愁聊題兩絶》。【案】《文選》卷二九張平子《四愁詩》。

卷八〇九

靈一《送陳允初卜居麻園》“欲向麻源隱，能尋謝客蹤。空山幾千里，幽谷第三重”。【案】《文選》卷二六謝靈運《入華子岡是麻源第三谷》。

《送人得蕩子歸倡婦》“垂涕凴回信，爲語柳園人。情知難獨守，又是一陽春”（注：歸倡婦，一作行不歸）。【案】《文選》卷二九《古詩十九首·青青河畔草》“鬱鬱園中柳”，又“昔爲倡家女，今爲蕩子婦。蕩子行不歸，空牀難獨守”。

卷八一三

無可《大理正任二十和江淹擬古詩二十章寄示》“應疑似碧雲”。【案】

《文選》卷三一江文通《雜體詩·休上人别怨》“日暮碧雲合”。

卷八一五

皎然《奉和薛員外誼贈湯評事衡反招隱之跡兼見寄十二韻》“曠懷美無度”。【案】《文選》卷二六謝玄暉《郡内高齋閑坐答吕法曹》“非君美無度”。語出《魏風·汾沮洳》。

又“近爲東田誘，遂耽西山趣”。【案】《文選》卷二二謝玄暉《遊東田》。

《答黎士曹黎生前適越後之楚》“故鄉眇天末”。【案】《文選》卷二四陸士衡《爲顧彦先贈婦二首》其二“佳人眇天末”。卷三〇《擬行行重行行》“遊子眇天末”。

《答豆盧次方》“懸璧安可酬”。【案】《文選》卷二五劉越石《重贈盧諶》“握中有懸璧”。懸，五臣作“玄”。

《答蘇州韋應物郎中》“庸音互相傾”。【案】《文選》卷十七陸士衡《文賦》“放庸音以足曲”。

又“受辭分虎竹”。【案】《文選》卷三一鮑明遠《擬古三首》其一“將以分虎竹”。虎竹，五臣作“符竹”。參卷四九張九齡《當塗界寄裴宣州》。

《答鄭方回》“特達珪璋性”。【案】《文選》卷二一郭景純《遊仙詩七首》其五“珪璋雖特達”。語出《禮記》。

《妙喜寺達公禪齋寄李司直公孫房都曹德裕從事方舟顔武康士騁四十二韻》“微尚若不虧”。【案】《文選》卷二六謝靈運《初去郡》“伊余秉微尚”。

又“願寄千里心，月高不可掇”。【案】《文選》卷二七魏武帝《短歌行》“明明如月，何時可掇”。李善注：“言月之不可掇，由憂之不可絶也。”張銑注：“相思之心，如明月之光，誰能掇去。”李善以此句爲比而興，皎然詩與李注合。

《九月十日》“愛殺柴桑隱”“悠然南望意”。【案】《文選》卷三〇陶淵明《雜詩二首》其一“悠然望南山”。

卷八一六

皎然《奉酬袁使君高春遊鶺鴒峰蘭若見懷》"躋險與誰賞""新題石門詩"。【案】《文選》卷三〇謝靈運《石門新營所住四面高山迴溪石瀨脩竹茂林詩》"躋險築幽居"。

《採實心竹杖寄贈李萼侍御》"竹杖裁碧鮮"。【案】《文選》卷五左太沖《吴都賦》"（其竹）玉潤碧鮮"。

《酬薛員外誼見戲一首》"麗掩碧雲詩"。【案】《文選》卷三一江文通《雜體詩・休上人别怨》"日暮碧雲合"。

又"頻有移書讓"。【案】《文選》卷四三劉子駿《移書讓太常博士》。

《苕溪草堂自大曆三年夏新營洎秋及春彌覺境勝因紀其事簡潘丞述湯評事衡四十三韻》"共逃金閨籍"。【案】《文選》卷三〇謝玄暉《始出尚書省》"既通金閨籍"。此詩反用。

《答裴集陽伯明二賢各垂贈二十韻今以一章用酬兩作》"製荷捐艾綬"。【案】《文選》卷三二屈平《離騷經》"製芰荷以爲衣兮"。

《晚冬廢溪東寺懷李司直縱》"歸來始昨日，恍惚驚歲陰"。【案】《文選》卷二三潘安仁《悼亡詩三首》其三"念此如昨日，誰知已卒歲"。

《兵後與故人别予西上至今在楊楚因有是寄》"作賦得蕪城"。【案】《文選》卷十一鮑明遠《蕪城賦》。

《述祖德贈湖上諸沈》"雪飛梁苑操奇賦，春發池塘得佳句"（注：梁苑出惠連公《雪賦》。又康樂云：池上樓詩夢會連，方得池塘生芳草之句）。【案】《文選》卷十九謝靈運《述祖德詩》。又卷十三謝惠連《雪賦》，卷二二謝靈運《登池上樓》。

卷八一七

皎然《宿道士觀》"冷然屬鮮飈"。【案】《文選》卷三一江文通《雜體詩・許徵君自序》"曲櫺激鮮飈"。

《奉同顔使君真卿袁侍御駱駝橋翫月》"人詠鮑家詩"。【案】《文選》卷三〇鮑明遠《翫月城西門廨中》。

卷八一八

皎然《送梁拾遺肅歸朝》“金閨籍先通”。【案】《文選》卷三〇謝玄暉《始出尚書省》“既通金閨籍”。

《新秋送盧判官》“相思碧雲生”。【案】《文選》卷三一江文通《雜體詩・休上人别怨》“日暮碧雲合，佳人殊未來”。

《奉送袁高使君詔徵赴行在效曹劉體》“遐路渺天末”。【案】《文選》卷二四陸士衡《爲顧彦先贈婦二首》其二“佳人眇天末”。卷三〇《擬行行重行行》“遊子眇天末”。

《送皇甫侍御曾還丹陽别業》“亂山稠疊此時情”。【案】《文選》卷二六謝靈運《過始寧墅》“巖峭嶺稠疊”。

《送柳淡扶侍赴洪州》“離魂眇天末”。【案】見上《奉送袁高使君》。

《送劉司法之越》“八月欲觀濤”。【案】《文選》卷三四枚叔《七發》“將以八月之望，與諸侯遠方交游兄弟，並往觀濤乎廣陵之曲江”。

又“幾日西陵路，應逢謝法曹”。【案】《文選》卷二五謝惠連《西陵遇風獻康樂》。

《送韋向睦州謁獨孤使君汜》“新安江色長如此，何似新安太守清”。【案】《文選》卷二七沈休文《新安江水至清淺深見底貽京邑遊好》。又見卷六七二唐彦謙。

卷八一九

皎然《送裴判官赴商幕》“看君策高足”。【案】《文選》卷二九《古詩十九首・今日良宴會》“何不策高足”。

《送陳秀才赴舉》“君實三楚秀”。【案】《文選》卷二三阮嗣宗《詠懷詩・湛湛長江水》“三楚多秀士”。

《送李季良北歸》“北望鴈門雪，空吟平子詩”。【案】《文選》卷二九張平子《四愁詩》“我所思兮在鴈門，欲往從之雪紛紛，側身北望涕沾巾”。

《送孫侍御遊越》“佳句傳零雨”。【案】《文選》卷二〇孫子荆《征西官屬送於陟陽候作詩》“零雨被秋草”。

《誚士和别》“我羡磷磷水中石”。【案】《文選》卷二三劉公幹《贈從弟三首》其一“磷磷水中石”。

卷八二〇

皎然《覽史》“高步遊天關”。【案】《文選》卷三一鮑明遠《擬古三首》其三“飛步遊秦宫”，李周翰注：“飛步，高步也。”

又“不愛珪組緤”。【案】《文選》卷二一左太沖《詠史八首》其三“臨組不肯緤，對珪不肯分”。

《夏日同崔使君論登城樓賦得遠山》“纔向窗中列，還從林表微”“峰起夏雲端”。【案】《文選》卷二六謝玄暉《郡内高齋閑坐答吕法曹》“窗中列遠岫”。卷二七謝玄暉《休沐重還道中》“雲端楚山見，林表吴岫微”。

卷八二一

皎然《春夜賦得漉水囊歌送鄭明府》“不用衣工秉刀尺”。【案】《文選》卷二五郭泰機《答傅咸》“衣工秉刀尺”。

卷八二六

貫休《陽春曲》“男兒結髮事君親”。【案】《文選》卷二一王仲宣《詠史》“結髮事明君”。

《臨高臺》“古人天一涯”。【案】《文選》卷二九《古詩十九首·行行重行行》“各在天一涯”。

《輕薄篇二首》其二“方今少壯不努力，老大徒傷悲如何”。【案】《文選》卷二七《長歌行》“少壯不努力，老大乃傷悲”。乃，五臣本作“徒”。

《富貴曲二首》其二“太山肉盡東海竭”。【案】《文選》卷四二曹子建《與吴季重書》“願舉太山以爲肉，傾東海以爲酒”。

《古意九首》其一“佳人天一涯”。【案】見上《臨高臺》。

卷八二七

貫休《上孫使君》“聖主得賢臣”。【案】《文選》卷四七王子淵《聖主得賢臣頌》。

《擬君子有所思二首》其二“甘棠密葉成翠幄”。【案】《文選》卷二二陸士衡《招隱詩》“密葉成翠幄”。

《上盧少卿覓千文》“荆山有美玉”“倘或如栗黄”。【案】《文選》卷四二魏文帝《與鍾大理書》“竊見玉書稱玉……黄侔蒸栗”。

卷八二九

貫休《寄馮使君》“端居碧雲暮”。【案】《文選》卷三一江文通《雜體詩·休上人别怨》“日暮碧雲合”。

又“清吟繡段句，默念芙蓉章”。【案】《文選》卷二九張平子《四愁詩》“美人贈我錦繡段”，同卷《古詩十九首·涉江采芙蓉》“采之欲遺誰，所思在遠道”。

卷八三〇

貫休《古出塞曲三首》其三“春色滿皇州”。【案】《文選》卷三〇謝玄暉《和徐都曹》成句。

卷八三一

貫休《上馮使君山水障子》“願似窗中列”。【案】《文選》卷二六謝玄暉《郡内高齋閑坐答吕法曹》“窗中列遠岫”。

卷八三五

貫休《上新定宋使君》“碧雲詩裹終難到”。【案】《文選》卷三一江文通《雜體詩·休上人别怨》“日暮碧雲合”。

《酬周相公見贈》“喜擎繡段攀金鼎”。【案】《文選》卷二九張平子《四愁詩》“美人贈我錦繡段”。

又“謝朓餘霞始是霞”。【案】《文選》卷二七謝玄暉《晚登三山還望京邑》“餘霞散成綺”。

卷八三七

貫休《山居詩二十四首》其十七“百煉剛爲繞指柔”。【案】《文選》卷二五劉越石《重贈盧諶》“何意百煉鋼，化爲繞指柔”。

卷八三八

齊己《賣松者》“瑟瑟初離澗”。【案】《文選》卷二三劉公幹《贈從弟三首》其二“亭亭山上松，瑟瑟谷中風”。卷二一左太沖《詠史八首》其二“鬱鬱澗底松”。

《丙寅歲寄潘歸仁》“他年遇知己，不恥報襜褕”。【案】《文選》卷二九張平子《四愁詩》“美人贈我貂襜褕”。

卷八三九

齊己《聞貫休下世》“吾師詩匠者，真箇碧雲流”。【案】《文選》卷三一江文通《雜體詩·休上人别怨》“日暮碧雲合”。

《溪齋二首》其二“閑居有親賦，搔首憶潘安”（注：親，一作新）。【案】《文選》卷十六潘安仁《閑居賦》。

卷八四〇

齊己《瀟湘二十韻》“澄鮮自有源”。【案】《文選》卷二六謝靈運《登江中孤嶼》“空水共澄鮮”。

卷八四三

齊己《自題》“敢言梁太子，傍采碧雲流”。【案】見卷八三九《聞貫休下世》。

卷八四四

齊己《謝元願上人遠寄檀溪集》“遺懷多擬碧雲題”。【案】見卷八三九《聞貫休下世》。

《聞沈彬赴吴都請辟》“清才何讓賦吴都”。【案】《文選》卷五左太沖《吴都賦》。

《題南平後園牡丹》“翠幄朱欄護列仙”。【案】《文選》卷二二陸士衡《招隱詩》“密葉成翠幄”。

卷八四七

齊己《寄賡匡圖兄弟》“風騷作者爲商確，道去碧雲爭幾程”。【案】《文選》卷三一江文通《雜體詩》序“今作卅首詩，效其文體，雖不足品藻淵流，亦無乖於商榷云爾”。齊己詩“商確”當作“商榷”。

卷八四八

尚顔《懷智栖上人》“臨水登山自有期，不同遊子暮何之”。【案】《文選》卷三三宋玉《九辯》“登山臨水兮送將歸”。卷二九李少卿《與蘇武三首》其三“遊子暮何之”。

又“思君最易令人老”。【案】《文選》卷二九《古詩十九首・行行重行行》“思君令人老”。

卷八五三

吴筠《高士詠・許先生》“遺之若纖塵”。【案】《文選》卷二一左太沖《詠史八首》其六“視之若埃塵”。

《高士詠・河上公》“誰能測無窮”。【案】《文選》卷三一江文通《雜體詩・阮步兵詠懷》“誰能測幽微”。

卷八五四

杜光庭《懷古今》“君不見賈太傅，忌鵩而愁吟”。【案】《文選》卷十四班孟堅《幽通賦》“信畏犧而忌鵩”。

卷八六〇

申歡《兜玄國懷歸詩》“登高一長望，信美非吾鄉”。【案】《文選》卷十一王仲宣《登樓賦》“雖信美而非吾土兮”。

卷八六六

魏朋妻《贈朋詩》“哀哀淚如霰”。【案】《文選》卷二七謝玄暉《晚登三山還望京邑》“淚下如流霰”。卷三一江文通《雜體詩・李都尉從軍》“握手淚如霰”。

又“復此異鄉縣”。【案】《文選》卷二七《飲馬長城窟行》“佗鄉各異縣，展轉不可見”。

又“勿以棄疵賤”。【案】《文選》卷二六范彦龍《贈張徐州稷》“物情棄疵賤”。

卷八六七

東陽夜怪《詩》“賴有青青河畔草，春來猶得慰覊情”。【案】《文選》卷二七《飲馬長城窟行》“青青河邊草”。邊，五臣作“畔”。《古詩十九首》有“青青河畔草”一首，然詳《夜怪録》此詩之意，與《飲馬長城窟行》相合，則其所據爲五臣本。

卷八六八

盧獻卿《夢中詩》“扶疏繞屋樹”。【案】《文選》卷三〇陶淵明《讀山海經》“繞屋樹扶疏”。

卷八六九

劉興敏《又嘲楊文瓘》“武陵敬愛客，終宴不知疲”。【案】《文選》卷二〇曹子建《公讌詩》“公子敬愛客，終宴不知疲”。

卷八八一

李瀚《蒙求》“賈誼忌鵩，莊周畏犧”。【案】《文選》卷十四班孟堅《幽通賦》“信畏犧而忌鵩”。

又“仲容青雲”。【案】《文選》卷二一顔延年《五君詠・阮始平》“仲容青雲器”。

又“向秀聞笛”。【案】《文選》卷十六向子期《思舊賦》序“鄰人有吹笛者，發聲寥亮。追想曩昔遊讌之好，感音而歎”。

又“淵客泣珠”。【案】《文選》卷五左太沖《吴都賦》“淵客慷慨而泣珠”。

又“馮衍歸里，張昭塞門”。【案】《文選》卷十六江文通《恨賦》“至乃敬通見抵，罷歸田里。閉關却掃，塞門不仕”。文通賦“塞門”一語雖非謂張昭，然李善注引《吴志》張昭“土塞其門”之事，疑李瀚據《恨賦》之成語及李善之引注而成偶對也。

又“衛后髪鬒，飛燕體輕”。【案】《文選》卷二張平子《西京賦》“衛后興於鬒髪，飛燕寵於體輕”。又卷十潘安仁《西征賦》“衛鬒髪以光鑒，趙輕體之纖麗”。

又“仲宣獨步”。【案】《文選》卷四二曹子建《與楊德祖書》“昔仲宣獨步於漢南”。

又“劉整交質”。【案】《文選》卷四〇任彦昇《奏彈劉整》“襜帷交質”。

又“禰衡一鶚”。【案】《文選》卷三七孔文舉《薦禰衡表》“鷙鳥累百，不如一鶚”。

卷八八三

丘丹《奉使過石門觀瀑》。【案】《文選》卷二二謝靈運《登石門最高頂》。已見卷三〇七。

卷八八五

翁承贊《晨興》“自愛鮮飈生户外”。【案】《文選》卷三一江文通《雜體詩・許徵君自序》“曲櫺激鮮飈”。

卷八八七

戴公懷《奉和郎中遊仙山四瀑泉兼寄李吏部包祕監趙婺州齊處州》“溪

垂緑篠暗，巖度白雲幽”。【案】《文選》卷二六謝靈運《過始寧墅》“白雲抱幽石，緑篠媚清漣”。

郭密之《永嘉經謝公石門山作》。【案】《文選》卷三〇謝靈運《石門新營所住四面高山迴溪石瀨脩竹茂林詩》。

又“綿境經耳目，未嘗曠躋登”。【案】《文選》卷三〇謝靈運《齋中讀書》“昔余遊京華，未嘗廢丘壑”。

卷八八八

吴筠《秋日望倚帝山》“晚日更澄霽”。【案】《文選》卷二二謝靈運《遊南亭》“時竟夕澄霽”。

李冶《薔薇花》“斜倚欄干似詫人”。【案】《文選》卷七司馬長卿《子虚賦》“子虚過姹烏有先生”。張揖曰“姹，誇也。字當作詫”，五臣本即作“詫”。

卷八九三

毛文錫《柳含煙・章臺柳》“朦朧春色滿皇州”。【案】《文選》卷三〇謝玄暉《和徐都曹》“春色滿皇州”。

卷八九六

李珣《望遠行・露滴幽庭落葉時》“入窗明月鑒空幃”。【案】《文選》卷二三阮嗣宗《詠懷詩・夜中不能寐》“薄帷鑑明月”。鑑，五臣本作“鑒”。

卷八九七

孫光憲《玉胡蝶・春欲盡》“鮮飈暖”。【案】《文選》卷三一江文通《雜體詩・許徵君自序》“曲櫺激鮮飈”。

河世寧《全唐詩逸》

卷上

德宗皇帝《秋夜》句“更看明月照高樓”。【案】《文選》卷二三曹子建《七哀詩》“明月照高樓”。

王昌齡《旅次盩厔過韓士別業》“春煙桑柘林”。【案】《文選》卷三〇謝玄暉《郡内登望》“桑柘起寒煙”。

又“落日隱荒墅”。【案】《文選》卷三〇謝惠連《七月七日夜詠牛女》“落日隱櫩楹”。

劉禹錫《泛舟》句“叩舷來往月明中”。【案】《文選》卷二六陶淵明《辛丑歲七月赴假還江陵夜行塗口作》“叩枻新秋月”。李善注：“《楚辭》曰：漁父鼓枻而去。王逸曰：叩船舷也。”

王魯復《水樓》“煙中一派辨孤舟”。【案】《文選》卷二七謝玄暉《之宣城出新林浦向版橋》“天際識歸舟，雲中辨江樹”。

張蕭遠《宴》句“座客醉來雲雨散”。【案】《文選》卷十七傅武仲《舞賦》“駱漠而歸，雲散城邑”，又卷二七曹子建《名都篇》“雲散還城邑”。

卷下

無名氏《湖下溪》“岸傍古樹根，往往疑潛虬”。【案】《文選》卷二二謝靈運《登池上樓》“潛虬媚幽姿”。

《遊海門峽》“開襟當海風”。【案】《文選》卷十三宋玉《風賦》“王迺披襟而當之曰：快哉此風”。

張鷟《遊仙窟詩·又贈十孃》“見面精神更迷惑”。【案】《文選》卷十九宋玉《登徒子好色賦》“嫣然一笑，惑陽城，迷下蔡”。張詩“迷惑”字本宋賦。

《遊仙窟詩・揚州青銅鏡留與十孃》“月下時驚鵲”。【案】《文選》卷二七魏武帝《短歌行》“月明星稀，烏鵲南飛”。

《遊仙窟詩・手中扇贈文成》“團團如夜月”“勿使恩情歇”。【案】《文選》卷二七班婕妤《怨歌行》“團團似明月”“恩情中道絶”。

李嶠《原》“王粲銷憂日，江淹起恨年”。【案】《文選》卷十一王仲宣《登樓賦》“平原遠而極目兮”。卷十六江文通《恨賦》“試望平原”。李嶠，原書訛作“李橋”。

《檄》“曹風雖覺愈，陳草始知名”。【案】《文選》卷四四陳孔璋《爲袁紹檄豫州》。

《簫》“王褒賦雅音”。【案】《文選》卷十七王子淵《洞簫賦》。

《素》“濯手天津女，纖腰洛浦妃”“光騰月扇輝”。【案】《文選》卷二九《古詩十九首・迢迢牽牛星》“纖纖擢素手”。李詩“濯”當作“擢”。卷十九曹子建《洛神賦》“腰如約素”。又卷二七班婕妤《怨歌行》“新裂齊紈素”“團團似明月”。

後　　編

王重民《補全唐詩》

崔湜《責躬詩》"永夜振衣坐，故人不在兹"。【案】《文選》卷二〇曹子建《責躬詩》。卷三〇謝玄暉《觀朝雨》"平明振衣坐"。卷二九張茂先《情詩二首》其二"佳人不在兹"。

《雜詩》"下流不可居"。【案】《文選》卷四一司馬子長《報任少卿書》"負下未易居，下流多謗議"。

王無競《駕幸長安奉使先往檢察》"翠旗曳葳蕤"。【案】《文選》卷四張平子《南都賦》"望翠華兮葳蕤"。

劉希移（夷）《死馬賦》"胡天霜落縮寒毛"。【案】《文選》卷二八鮑明遠《出自薊北門行》"馬毛縮如蝟"。

又"常時躡景如流電"。【案】《文選》卷二四嵇叔夜《贈秀才入軍》"風馳電逝，躡景追飛"。

又"月下思聞飛鵲聲"。【案】《文選》卷二七魏武帝《短歌行》"月明星稀，烏鵲南飛"。

《北邙篇》"地久□松摧爲薪"。【案】《文選》卷二九《古詩十九首·去者日以疏》"松柏摧爲薪"。

魏奉古《長門怨》“羅幔襜襜風入闈”。【案】《文選》卷十六司馬長卿《長門賦》“飄風迴而起閨兮，舉帷幄之襜襜”。

劉知幾《次河神廟虞參軍船先發余阻風不進寒夜旅泊》“蒼煙晦平楚”。【案】《文選》卷三〇謝玄暉《郡内登望》“平楚正蒼然”。

《讀漢書作》“功成薄愛（受）賞，高舉追赤松”“悠悠［千］載後，擊抃仰遺風”。【案】《文選》卷二一左太沖《詠史八首》其三“功成不受賞”，其五“高步追許由”。又其四“悠悠百世後，英名擅八區”。

《詠史》“易農以爲寶”。【案】《文選》卷二九《古詩十九首·迴車駕言邁》“榮名以爲寶”。

又“南國有狂生，形容獨枯槁”。【案】《文選》卷三一鮑明遠《擬古三首》其二“南國有儒生，迷方獨淪誤”。

丘爲《幽渚雲》“漠漠雲在渚，無心去何從”。【案】《文選》卷四五陶淵明《歸去來兮辭》“雲無心以出岫”。

高適《奉寄平原顔太守》“如何顧疵賤，遂肯偕窮通”。【案】《文選》卷二六范彦龍《贈張徐州稷》“物情棄疵賤，何獨顧衡闈”。

《自武威赴臨洮謁大夫不及因書即事寄河西隴右幕下諸公》“立馬眺洪河”。【案】《文選》卷二六潘安仁《河陽縣作二首》其二“登城望洪河”。

馬吉甫《秋晴過李三山池》“褰開弄晴景”。【案】《文選》卷二二謝靈運《登池上樓》“褰開暫窺臨”。

孟嬰《詠暗》“投珠忽見疑”。【案】《文選》卷三九鄒陽《獄中上書自明》“臣聞明月之珠，夜光之璧，以暗投人於道，衆莫不按劍相眄者”。

□嘉惠《詠鵲》“繞樹棲難定”。【案】《文選》卷二七魏武帝《短歌行》“月明星稀，烏鵲南飛。繞樹三匝，何枝可依”。

樊鑄《及第後讀書院詠物十首上禮部李侍郎·鞭鞘》“柔多指可縈”。【案】《文選》卷二五劉越石《重贈盧諶》“化爲繞指柔”。

王重民《補全唐詩拾遺》

卷一

李翔《馮雙禮珠彈雲璈以答歌》“風生欲抃海心鰲”。【案】《文選》卷十五張平子《思玄賦》“鼇雖抃而不傾”。

卷二

佚名《夢到沙州奉懷殿下》“縱横顧盼益光華”。【案】《文選》卷二七曹子建《美女篇》“顧盻遺光彩”。盻，五臣本作“盼”。

《夜度赤嶺懷諸知己》“思君心郁陶”。【案】《文選》卷三三宋玉《九辯》“豈不鬱陶而思君兮”。

《晚秋羈情》“黯然已矣山河隔”。【案】《文選》卷十六江文通《别賦》“黯然銷魂者，唯别而已矣”。

又“吊影慙魂嗟一身”。【案】《文選》卷十六江文通《恨賦》“弔影慙魂”。

《春宵有懷》“月下思君心郁陶”。【案】見上《夜度赤嶺懷諸知己》。

《非所寄王都護姨夫》。【案】《文選》卷四〇任彦昇《奏彈曹景宗》“愍彼司氓，致辱非所”。非所，邊荒之地。

《晚秋》“一介耻無蘇子節，數回羞寄李陵書”。【案】《文選》卷四一李少卿《答蘇武書》。

《非所夜聞笛》。【案】見上《非所寄王都護姨夫》。

《感興臨蕃馴雁》“何時刷羽接歸行”。【案】《文選》卷三〇沈休文《詠湖中鴈》“刷羽同摇漾，一舉還故鄉”。

卷三

《敦煌廿詠》其一《三危山詠》“四時含雪霜”。【案】《文選》卷四張平子《南都賦》“夏含霜雪”。

其五《渥窪池天馬詠》“滅没下章臺”。【案】《文選》卷十四顔延年《赭白馬賦》“驅騖迅於滅没”。

孫望《全唐詩補逸》

卷一

褚遂良《春日侍宴望海應詔》“天吴静無際”。【案】《文選》卷二二謝靈運《遊赤石進帆海》“天吴静不發”。

《奉和行經破薛舉戰地應詔》“平分共飲德”。【案】《文選》卷三〇謝靈運《擬魏太子鄴中集詩·平原侯植》“飲德方覺飽”。

王績《春旦直疏》“耿耿不能寐，振衣步前楹”。【案】《文選》卷二七《傷歌行》“憂人不能寐，耿耿夜何長”。卷二九傅休奕《雜詩》“攝衣步前庭”。

卷三

宋之問《過中書舍人山齋》“嘉話數耘植”。【案】《文選》卷四五陶淵明《歸去來兮辭》“悦親戚之情話”，李善注：“《説文》曰：話，會合爲善言也。”善言即嘉話。又“農人告余以春兮，將有事乎西疇”，又“或植杖而耘耔”。宋詩合數句之意爲一。

又“更閲青谿詩，逾勵丹霞食”。【案】《文選》卷二一郭景純《遊仙詩七首》其二“青谿千餘仞，中有一道士”。

《嵩南山九里舊鵲村作》“執羈翊龍羽，秉筆遊鴻都。尸禄負諸己，日使田園蕪”。【案】《文選》卷三〇謝玄暉《始出尚書省》“趨事辭宫闕，載筆陪旌棨。邑里向疏蕪，寒流自清泚”。宋詩語意與謝詩同。

王勔《山名》“琴聲抽楚雪”。【案】《文選》卷三〇鮑明遠《翫月城西門廨中》“蜀琴抽白雪”。

尹元凱《五言同韋子斿神泉詩》“霞溜幾清泚”。【案】《文選》卷三〇謝玄暉《始出尚書省》“寒流自清泚”。

卷四

張鷟《詠射雉》“若非由一箭，誰能爲解顔”。【案】《文選》卷九潘安仁《射雉賦》“始解顔於一箭”。

卷七

王孝廉《和坂領客對月思鄉之作》“棄妾看生悵”。【案】《文選》卷二三曹子建《七哀詩》“明月照高樓”“上有愁思婦，悲歎有餘哀”。王詩語意本此。

又“誰云千里隔，能照兩鄉人”。【案】《文選》卷十三謝希逸《月賦》“隔千里兮共明月”。王詩反用謝賦意。

李涉《杪春再遊廬山》“無令誚余者，更效北山移”。【案】《文選》卷四三孔德璋《北山移文》。

于季友《范處士在育王寺書碑因以寄贈》“墨妙復辭雄”。【案】《文選》卷十六江文通《别賦》“雖淵雲之墨妙”。

范的《時在育王寺書石字奉酬□丞使君寄贈四韻依次用本韻》“將誰比佳句，霞綺散成紅”。【案】《文選》卷二七謝玄暉《晚登三山還望京邑》“餘霞散成綺”。

韋綬《郡治樓望黄山》“平楚無雲秋望寬”。【案】《文選》卷三〇謝玄暉《郡内登望》“平楚正蒼然”。

卷八

張祜《江南雜題三十首》其二“聊復謝喧卑”。【案】《文選》卷十四鮑明遠《舞鶴賦》“歸人寰之喧卑”。

其七“憂來與誰話，又賴酒盈罇”。【案】《文選》卷四五陶淵明《歸去來兮辭》“有酒盈罇”。

其十二“似此成乖嬾，嵇康七不堪”。【案】《文選》卷四三嵇叔夜《與山巨源絶交書》“自惟至熟，有必不堪者七，甚不可者二”。

其十九“詩思碧雲秋”。【案】《文選》卷三一江文通《雜體詩・休上人別怨》“日暮碧雲合”。

其二八“美人殊不見，惆悵望行雲”。【案】《文選》卷三一江文通《雜體詩・休上人別怨》“日暮碧雲合，佳人殊未來”。

其二九“昔去軒車遠，今來衣帶賒”。【案】《文選》卷二九《古詩十九首・行行重行行》“相去日已遠，衣帶日已緩”。

卷九

張祜《投韓員外六韻》“還聞孔融表，曾薦禰衡才”。【案】《文選》卷三七孔文舉《薦禰衡表》。

卷十

張祜《和岳州徐員外雲夢新亭二十韻》“雨行神女過，雲降帝妃遊”。【案】《文選》卷十九宋玉《高唐賦》，卷三二屈平《九歌・湘夫人》。

又“招魂宋餘恨，吊死屈何投”。【案】《文選》卷三三宋玉《招魂》，卷六〇賈誼《弔屈原文》。

又“臣子悲遷斥”。【案】《文選》卷二六謝靈運《七里瀨》“遭物悼遷斥”。

《投陳許崔尚書二十韻》“泰山高不讓，滄海闊難窮”。【案】《文選》卷三九李斯《上書秦始皇》“是以太山不讓土壤，故能成其大。河海不擇細流，故能就其深”。

《投魏博田司空二十韻》“詩句起河梁”。【案】《文選》卷二九李少卿《與蘇武詩三首》其三“攜手上河梁”。

《苦旱》“造化爐思火，陰陽炭鼓煙”。【案】《文選》卷十三賈誼《鵩鳥賦》“且夫天地爲鑪兮，造化爲工。陰陽爲炭兮，萬物爲銅”。

《苦雨二十韻》“神龍曾未失，螻蟻莫相裁”。【案】《文選》卷六〇賈誼《弔屈原文》“横江湖之鱣鯨兮，固將制於螻蟻”。失，失水。裁，制也。

《投太原李司空》“孱弱病劉楨”。【案】《文選》卷二三劉公幹《贈五官中郎將四首》其二“余嬰沉痼疾”。

卷十一

張祜《登香爐峰寄遠人》“風松灑高韻”。【案】《文選》卷十三謝希逸《月賦》“風篁成韻”。

《丹陽新居四十韻》“閑吟招隱詠”。【案】《文選》卷二二左太沖、陸士衡《招隱詩》。

又“潘岳因成賦”。【案】《文選》卷十六潘安仁《閑居賦》。

《戊午年感事書懷二百韻謹寄獻太原裴令公淮南李相公漢南李僕射宣武李尚書》“窮陰候莫愆”。【案】《文選》卷十四鮑明遠《舞鶴賦》“窮陰殺節”。

卷十二

賈竦《謁華嶽廟》“神逵徒悚惕”。【案】《文選》卷十五張平子《思玄賦》“神逵昧其難覆兮”。

劉得仁《涇川野居晚望》“煙生柘與桑”。【案】《文選》卷三〇謝玄暉《郡内登望》“桑柘起寒煙”。

繆島雲《僊僧洞》“石徑已迷紅樹密”。【案】《文選》卷二二謝靈運《登石門最高頂》“密竹使徑迷”。

王蕃《奉和元孚大德》“承攀琪樹賦垂珠”。【案】《文選》卷十一孫興公《遊天台山賦》“琪樹璀璨而垂珠”。

卷十三

王棨《省題詩二十一首·天驥呈材》。【案】《文選》卷十四顔延年《赭白馬賦》“漢道亨而天驥呈才”。

《省題詩二十一首·詠清》“露零金掌滿，冰結玉壺盈”。【案】《文選》卷二張平子《西京賦》“立脩莖之仙掌，承雲表之清露”，卷二八鮑明遠《白頭吟》“清如玉壺冰”。

《省題詩二十一首·山明松雪》。【案】《文選》卷二六顔延年《贈王太常》“山明望松雪”。

《省題詩二十一首·原隰荑緑柳》。【案】《文選》卷二二謝靈運《從遊京口北固應詔》句。

《省題詩二十一首·風中琴》。【案】《文選》卷二六謝玄暉《郡内高齋閑坐答吕法曹》“復此風中琴”。

《省題詩二十一首·文不加點》“娱賓初命賦”。【案】《文選》卷十三禰正平《鸚鵡賦》序“時黄祖太子射賓客大會，有獻鸚鵡者，舉酒於衡前曰：禰處士，今日無用娱賓。竊以此鳥自遠而至，明慧聰善，羽族之可貴。願先生爲之賦，使四坐咸共榮觀，不亦可乎。衡因爲賦，筆不停綴，文不加點”。

《省題詩二十一首·邊城曉角》“李陵應下淚”。【案】《文選》卷四一李少卿《答蘇武書》“吟嘯成羣，邊聲四起。晨坐聽之，不覺淚下”。

卷十四

王貞白《禮聶先生新安重圍先生能通兩軍之好及城開民皆復全也》“前山尋隱淪”。【案】《文選》卷二一顔延年《五君詠·嵇中散》“尋山洽隱淪”。

《送建昌馮明府》“清風激貪冒”。【案】《文選》卷二一張景陽《詠史》“清風激萬代”。

又“緑水環庭除”。【案】《文選》卷三二屈平《九歌·湘君》“水周兮堂下”。

卷十五

吕從慶《題畫》“其間有孤松，亭亭表蒼緑”。【案】《文選》卷二三劉公幹《贈從弟三首》其二“亭亭山上松”。

卷十七

顏真卿等《竹山連句題潘氏書堂》“風來似秋興，花發勝河陽”。【案】《文選》卷十三潘安仁《秋興賦》，卷二六潘安仁《河陽縣作》。

又“圍碁百事忘”。【案】《文選》卷五二韋弘嗣《博弈論》“今世之人，多不務經術，好翫博弈，廢事棄業，忘寢與食，窮日盡明，繼以脂燭……人事曠而不脩，賓旅闕而不接”。

卷十九

崔致遠《七言記德詩三十首謹獻司徒相公·雪詠》“從此芳名掩謝家”。【案】《文選》卷十三謝惠連《雪賦》。

《酬進士楊贍送別》“悲莫悲兮兒女事，不須惆悵別離中”。【案】《文選》卷三三屈平《九歌·少司命》“悲莫悲兮生別離”。

《石上矮松》“澗底何如在海涯”。【案】《文選》卷二一左太沖《詠史八首》其二“鬱鬱澗底松”。

童養年《全唐詩續補遺》

卷一

李世民《題龜峰山》“領頭鬱鬱大夫松”。【案】《文選》卷二一左太沖《詠史八首》其二“鬱鬱澗底松”。領，當作“嶺”。本句雖用秦皇封松之典，然“鬱鬱”一詞則本左詩。

武則天《遊石淙詩序》“既而躡崎嶇之山徑，蔭蒙密之藤蘿”。【案】《文選》卷二〇范蔚宗《樂遊應詔》“遵渚攀蒙密，隨山上嶇嶔”。

宋之問《題雷琴》“洛水多清泚”。【案】《文選》卷三〇謝玄暉《始出尚書省》“寒流自清泚”。

王勃《自鄉還虢》"人生忽如客"。【案】《文選》卷二九《古詩十九首·青青陵上柏》"人生天地間，忽如遠行客"。

陳子昂《座右銘》"謗議不足怨"。【案】《文選》卷五六崔子玉《座右銘》"謗議庸何傷"。二作皆五言，體制有相襲。又陳作末句"言行既無擇，存殁自揚名"，崔作末句"行之苟有恒，久久自芬芳"，其意亦相類。

張説《送敬丞》"嘉會良難永"。【案】《文選》卷二〇曹子建《送應氏詩二首》其二"嘉會不可常"。卷二九李少卿《與蘇武詩三首》其二"嘉會難再遇"，同卷蘇子卿《詩四首》其四"嘉會難兩遇"。

卷三

李白《代佳人寄翁參樞先輩》"真是爲君飡不得，書來莫説更加飡"。【案】《文選》卷二七《飲馬長城窟行》"呼兒烹鯉魚，中有尺素書。長跪讀素書，書上竟何如。上有加餐食，下有長相憶"。此詩反用舊句。又該篇爲晚唐之作，非太白之筆，詳原書詩後注。

《摩多樓子》"遠行辭密親"。【案】《文選》卷二六陸士衡《赴洛道中作二首》其二"嗚咽辭密親"。此亦非太白之作。

卷四

張南史《竹》"天風起成韻"。【案】《文選》卷十三謝希逸《月賦》"風篁成韻"。此詩已見《全唐詩》卷二九六。

卷五

權德輿《秋疾初愈月夜詠左思招隱詩因而成詠》。【案】《文選》卷二二左太沖《招隱詩》。

《貞元七年蒙恩除太常博士自江東來朝云云》"引望脰已痟"。【案】《文選》卷二五謝靈運《登臨海嶠初發彊中作》"顧望脰未悁"。痟與悁通。

韓愈《題杜工部墳》"我常愛慕如饑渴"。【案】《文選》卷二四嵇叔夜《贈秀才入軍》"思我良朋，如渴如饑"。思如饑渴，魏晉習語，不具舉。又昌黎此篇爲僞託。

卷六

李郃《過九疑山有懷》“行歎戍麾遠，坐令衣帶賒”。【案】《文選》卷二九《古詩十九首·行行重行行》“相去日已遠，衣帶日已緩”。

卷七

霍總《九華樓》“主人金閨彦”。【案】《文選》卷十六江文通《別賦》“金閨之諸彦”。

鄭愚《泛石岐海》“休登王粲樓”。【案】《文選》卷十一王仲宣《登樓賦》。

卷八

李郢《驪山懷古五首》其二“樓殿參差隱夕陽”。【案】《文選》卷二七謝玄暉《晚登三山還望京邑》“白日麗飛甍，參差皆可見”。

《贈李商隱贈佳人》“黛眉愁入翠連娟”。【案】《文選》卷八司馬長卿《上林賦》“長眉連娟”。

《平望驛感先輩李從實處士周鉷二故人》“昔年携手上河梁”。【案】《文選》卷二九李少卿《與蘇武三首》其三“攜手上河梁”。

卷九

李騭《讀惠山若冰師詩集因題古院五首》其五“碧雲終一謝”。【案】《文選》卷三一江文通《雜體詩·休上人別怨》“日暮碧雲合”。

卷十一

盧郢《黄鶴樓》“草芳南浦徧離情”。【案】《文選》卷十六江文通《別賦》“春草碧色，春水渌波。送君南浦，傷如之何”。

卷十二

錢弘俶《過楚州》“朝野正多歡”。【案】《文選》卷二一張景陽《詠史》

"朝野多歡娱"。

卷十三

貫休《夏雨登干霄亭上宋使君》"霽色澄鮮壑映紅"。【案】《文選》卷二六謝靈運《登江中孤嶼》"空水共澄鮮"。

《新定江邊作》"潺潺夕照滿江湄"（注：日落山照燿，即此處也）。【案】《文選》卷二六謝靈運《七里瀨》"日落山照曜"。

卷十六

無名氏《哭從伯祭酒》"經秋漳浦卧"。【案】《文選》卷二三劉公幹《贈五官中郎將四首》其二"余嬰沉痼疾，竄身清漳濱"。

《奉和詠雪應制》"舞對洛川神"。【案】《文選》卷十九曹子建《洛神賦》"飄飖兮若流風之迴雪"。

陳尚君《全唐詩續拾》

卷一

法琳《别毛明素》"叔夜嗟幽憤，陳思苦責躬"。【案】《文選》卷二三嵇叔夜《幽憤詩》，卷二〇曹子建《責躬詩》。

《勑放還益部臨行賦詩》"僕秉屈原操，不探漁父篇"。【案】《文選》卷三三屈平《漁父》。

王績《被徵謝病》"卧病劉公幹"。【案】《文選》卷二三劉公幹《贈五官中郎將四首》其二"余嬰沉痼疾，竄身清漳濱"。

《春日山莊言志》"平子試歸田"。【案】《文選》卷十五張平子《歸田賦》。

《春日還莊》"滋蘭依舊畹"。【案】《文選》卷三二屈平《離騷經》"余既滋蘭之九畹兮”。

《端坐詠思》“張衡賦四愁”。【案】《文選》卷二九張平子《四愁詩》。

《山家夏日九首》其六“更欲賦閒居”。【案】《文選》卷十六潘安仁《閑居賦》。

卷二

王績《病後醮宅》“公幹苦沉綿”。【案】見卷一《被徵謝病》。

《圍碁》“誹俗韋弘嗣”。【案】《文選》卷五二韋弘嗣《博弈論》。弘嗣此論極言世俗博弈之無益，故云“誹俗”。

《同蔡學士君知詠雲》“巫山臣作賦，汾水帝爲歌”。【案】《文選》卷十九宋玉《高唐賦》之“朝雲”，卷四五漢武帝《秋風辭》“秋風起兮白雲飛”。

《久客齋府病歸言志》“脩竹正檀欒”。【案】《文選》卷五左太沖《吴都賦》“（其竹）檀欒蟬蜎”。

又“沉綿赴漳浦，羈旅别長安”。【案】上句見卷一《被徵謝病》。又《文選》卷二三王仲宣《七哀詩二首》其一“回首望長安”。

劉洎《五言春日侍宴望海應詔》“浮天還納漢”。【案】《文選》卷十二木玄虚《海賦》“浮天無岸”。同卷岑文本、高士廉同題詩亦用“浮天”。

楊師道《五言早秋儀鸞殿侍宴應詔》“洛浦未驚鴻”。【案】《文選》卷十九曹子建《洛神賦》“翩若驚鴻”。

又“稱觴奉高興”。【案】《文選》卷二二殷仲文《南州桓公九井作》“獨有清秋日，能使高興盡”。

李百藥《笙歌二首》其一“無令棗下吹，便作一枯枝”。【案】《文選》卷十八潘安仁《笙賦》“棗下纂纂，朱實離離。宛其落矣，化爲枯枝”。

李君武《詠泥》“不分高樓妾，特況别離情”。【案】《文選》卷二三曹子建《七哀詩》“明月照高樓”“妾若濁水泥”“會合何時諧”。

卷三

張文琮《四言曲池酺飲座銘》“俯映緑水，仰睎翠林”。【案】《文選》

卷十六潘安仁《懷舊賦》“仰睎歸雲，俯鏡泉流”。

長孫無忌《五言春日侍宴望海應詔》“千乘隱雷轉，萬騎儼騰驤”。【案】《文選》卷二張平子《西京賦》“千乘雷動，萬騎龍趨”。

卷四

道世《頌六十二首》其一“蘭蕙佇薰風”。【案】《文選》卷十一孫興公《遊天台山賦》“惠風佇芳於陽林”。李善注：“佇，猶積也。”

薛元超《詠竹》“别有鄰人笛，偏傷懷舊情”。【案】《文選》卷十六向子期《思舊賦》序“鄰人有吹笛者”。

卷八

陳元光《觀雪篇》“圭璧充庭輝”。【案】《文選》卷十三謝惠連《雪賦》“既因方而爲珪，亦遇圓而成璧”。

宋之問《憶嵩山陸渾舊宅》“偃息爲國藩”。【案】《文選》卷十四班孟堅《幽通賦》“木偃息以蕃魏兮”。卷二一左太沖《詠史八首》其三“偃息藩魏君”。

宋務光《七夕感逝》“皎皎河漢匹”。【案】《文選》卷二九《古詩十九首・迢迢牽牛星》“皎皎河漢女”。卷三〇謝惠連《七月七日夜詠牛女》“雲漢有靈匹”。

又“晴壁看遺掛”“流芳行處歇”。【案】《文選》卷二三潘安仁《悼亡詩三首》其一“流芳未及歇，遺挂猶在壁”。

卷九

李嶠《池》“欲識江湖心，秋來賦潘省”。【案】《文選》卷十三潘安仁《秋興賦》“寓直于散騎之省”，又“譬猶池魚籠鳥，有江湖山藪之思”。

卷十一

許景先《若耶春意》“鮮膚潤玉澤”。【案】《文選》卷二八陸士衡《日出東南隅行》“美目揚玉澤”，又“鮮膚一何潤”。

王位之《五言晚汎靈溪之作》“溪水晚澄鮮”。【案】《文選》卷二六謝靈運《登江中孤嶼》“空水共澄鮮”。

卷十二

辛替否《送賀秘監歸會稽詩》“追餞會羣僚”。【案】《文選》卷二〇孫子荆《征西官屬送於陟陽候作詩》“傾城遠追送，餞我千里道”。

又“少别猶千祀”。【案】《文選》卷十六江文通《别賦》“暫遊萬里，少别千年”。文通賦又襲用鮑明遠《升天行》“暫遊越萬里，近别數千齡”。

王瑀《送賀秘監歸會稽詩》“攀餞乃傾秦”。【案】《文選》卷二〇孫子荆《征西官屬送於陟陽候作詩》“傾城遠追送，餞我千里道”。王詩“攀”字即孫詩“遠追”之義。

王濬《送賀秘監歸會稽詩》“遺榮謝珪組”。【案】《文選》卷二一張景陽《詠史》“遺榮忽如無”。本卷送賀監同題之作，李彦和“遺榮辭上國”、李瓘“晚歲更遺榮”、李璆“遺榮子獨前”，皆用張景陽詩語。

韓倩《送賀秘監歸會稽詩》“子綦南國隱，周氏北山居”。【案】《文選》卷四三孔德璋《北山移文》“世有周子……學遁東魯，習隱南郭。偶吹草堂，濫巾北岳”。韓詩“國”疑當作“郭”。

張鼎《古銅雀臺歌》“清風切切有餘悲”。【案】《文選》卷三〇謝玄暉《郡内登望》“切切陰風暮”。

又“試憶望陵三五夜，便是西園明月時”。【案】《文選》卷六〇陸士衡《弔魏武帝文》“月朝十五，輒向帳作妓。汝等時時登銅爵臺，望吾西陵墓田”。卷二二魏文帝《芙蓉池作》“逍遥步西園”“丹霞夾明月”，又卷二〇曹子建《公讌詩》“公子敬愛客”“清夜遊西園”“明月澄清景”。張詩以“明月”一詞綰合陸、曹之作，文心甚巧。

陸善經《送賀秘監歸會稽詩》“丹禁傾三事，青門祖二疏”。【案】《文選》卷二一張景陽《詠史》“藹藹東都門，羣公祖二疏”。陸詩“青門”即“東都門”，東方色青。“三事”爲三公，即張詩“羣公”。

李邕《秋夜泊江渚》“夜聞木葉落，疑是洞庭秋”。【案】《文選》卷三二屈平《九歌・湘夫人》“嫋嫋兮秋風，洞庭波兮木葉下”。

王琚《奉答燕公》“屢傷神氣阻”。【案】《文選》卷二三嵇叔夜《幽憤詩》“神辱志沮”。沮、阻通。此詩又見《全唐詩》卷九八，作者趙冬曦。

郭虚己《送賀秘監歸會稽詩》“白首輕軒冕”。【案】《文選》卷二七謝玄暉《休沐重還道中》“志狹輕軒冕”。

崔顥《和黄三安仁山莊五首》其五“君開山海記，共我摘園蔬”。【案】《文選》卷三〇陶淵明《讀山海經》“擿我園中蔬”。擿，五臣本作“摘”。

卷十三

李解《鳳凰之歌》“處分明兮繫舒慘”。【案】《文選》卷二張平子《西京賦》“夫人在陽時則舒，在陰時則慘，此牽乎天者也。處沃土則逸，處瘠土則勞，此繫乎地者也”。

韋述《送賀秘監歸會稽詩》“藹藹都門别”。【案】《文選》卷二一張景陽《詠史》“藹藹東都門，羣公祖二疏”。

卷十四

李白《江夏送倩公歸漢東》“川藏明月輝”。【案】《文選》卷十七陸士衡《文賦》“石韞玉而山輝，水懷珠而川媚”。明月即珠。

《獨坐敬亭山》“奔來鎮平楚”。【案】《文選》卷三〇謝玄暉《郡内登望》“平楚正蒼然”。

卷十五

高適《餞故人》“天高白雲斷，野曠青山孤”。【案】《文選》卷二六謝靈運《初去郡》“野曠沙岸淨，天高秋月明”。

張諴《詠懷》“論成方辯命，賦罷即歸田”。【案】《文選》卷五四劉孝標《辯命論》，卷十五張平子《歸田賦》。

鄭轅《遊枋口·薜荔壁》“幽姿媚苔壁”。【案】《文選》卷二二謝靈運《登池上樓》“潛虬媚幽姿”。

卷十六

趙還《故功德使涼國公李將軍挽歌詞二首》其二“臨穴淚難裁”。【案】《文選》卷二一王仲宣《詠史》“臨穴呼蒼天，涕下如綆縻”。

獨孤及《揚州崔行軍水亭泛舟望月讌集賦詩》“飽君醉中德”。【案】《文選》卷三〇謝靈運《擬魏太子鄴中集詩·平原侯植》“中山不知醉，飲德方覺飽”。

朱灣《贈饒州韋之晉别駕》“鸞翮時暫鎩”。【案】《文選》卷二一顔延年《五君詠·嵇中散》“鸞翮有時鎩”。

又“每懷受施恩，長記座右銘”。【案】《文選》卷五六崔子玉《座右銘》“受施慎勿忘”。

卷十七

《大曆年浙東聯唱集·自雲門還泛若耶入鏡湖寄院中諸公》“經湖謝客期”（吕渭）。【案】《文選》卷二二謝靈運《於南山往北山經湖中瞻眺》。

《大曆年浙東聯唱集·嚴氏園林》“鳥散紛紛花落”（賈全）。【案】《文選》卷二二謝玄暉《遊東田》“鳥散餘花落”。

卷十八

郎士元《詩》“未晚陰崖日半規”。【案】《文選》卷二二謝靈運《遊南亭》“遠峯隱半規”。

李博士《問韋應物》“宋生昔登覽”。【案】《文選》卷三三宋玉《九辯》“登山臨水兮送將歸”。

劉長卿《同姜汜水題裴司馬東齋》“莫學靈均恨，愁竟楚水波”。【案】《文選》卷三二屈平《九歌·湘夫人》“目眇眇兮愁予”“洞庭波兮木葉下”。

殷濟《憶北府弟妹二首》其二“胡笳曉聽心長共”。【案】《文選》卷四一李少卿《與蘇武書》“胡笳互動”“晨坐聽之，不覺淚下”。

《冬宵感懷》“切切霜風入夜寒”。【案】《文選》卷三〇謝玄暉《郡内登望》“切切陰風暮”。

卷十九

歐陽詹《靈巖述舊》"倦鳥歸飛夕照邊"。【案】《文選》卷三〇陶淵明《雜詩二首》其二"山氣日夕佳，飛鳥相與還"。

卷二二

陽城《謁贈何國子監司籍堅》"童稚候門烹雀舌，黎老植杖盼菊松"。【案】《文選》卷四五陶淵明《歸去來兮辭》"僮僕歡迎，稚子候門"，又"眄庭柯以怡顏"，又"或植杖而耘耔"。

朱千乘《早春霽後山莊即事》"插槿未成籬"。【案】《文選》卷三〇謝靈運《田南樹園激流植援》"插槿當列墉"。

段弘古《孤竹》"抱此孤根滋九畹"。【案】《文選》卷三二屈平《離騷經》"余既滋蘭之九畹兮"。

卷二四

白行簡《滬水羅賦附歌》"玉卮無當兮安可擬"。【案】《文選》卷四左太沖《三都賦序》"玉卮無當"。

卷二五

錢徽《同樂天登青龍寺上方望藍田山絶句》"松雪分明見舊山"。【案】《文選》卷二六顔延年《贈王太常》"山明望松雪"。

卷二七

裴度《新開龍泉晉水二池》"方塘含白水"。【案】此條輯自《白氏長慶集》卷三四《又和令公新開龍泉晉水二池》"今爲白水塘"句注引。然此爲《文選》卷二九劉公幹《雜詩》成句，豈裴度襲用之乎。樂天詩見《全唐詩》卷四五七。

劉禹錫《望賦附宫人憶月之歌》"張衡側身愁思久，王粲登樓日回首"。【案】《文選》卷二九張平子《四愁詩》"側身東望涕霑翰"，卷十一王仲宣

《登樓賦》“登兹樓以四望兮”。夢得歌中每句皆暗寓一“望”字。

卷三〇

栖白《懷竺法深》“吟斷碧雲秋”。【案】《文選》卷三一江文通《雜體詩·休上人别怨》“日暮碧雲合”。

卷三二

裴説《和舍弟寄題東林寺》“元非附鳳攀龍客”。【案】《文選》卷二一左太沖《詠史八首》其五“本非攀龍客”。

邵謁《詞》“車怠馬煩客忘歸”。【案】《文選》卷十九曹子建《洛神賦》“車殆馬煩”。

又“蘭膏明燭承夜暉”。【案】《文選》卷三三宋玉《招魂》“蘭膏明燭，華容備些”，又“蘭膏明燭，華鐙錯些”。

又“荆王流歎楚妃泣”。【案】《文選》卷十八潘安仁《笙賦》“荆王喟其長吟，楚妃歎而增悲”。

卷三三

王鐸《擬送賀秘監歸會稽詩》“宸庭暫别期千歲”。【案】《文選》卷十六江文通《别賦》“暫遊萬里，少别千年”。文通賦又襲用鮑明遠《升天行》“暫遊越萬里，近别數千齡”。

卷三五

錢珝《罷章陵令山居過中峰道者二首》其一“幽人還絶境，誰道苦奔峭”。【案】《文選》卷二六謝靈運《七里瀨》“孤客傷逝湍，徒旅苦奔峭”。已見《全唐詩》卷二三六錢起。

卷三六

孫郃《長信宫》“一從同輦辭君寵，已分齊紈賦妾詩”。【案】《文選》卷三〇謝玄暉《和王主簿怨情》“辭寵悲班扇”。卷二七班婕好《怨歌行》

“新裂齊紈素”。

崔致遠《夢中作》“亂世成何事，唯添七不堪”。【案】《文選》卷四三嵇叔夜《與山巨源絶交書》“有必不堪者七”。

林仙人《五言長句》“風竹韻蕭蕭”。【案】《文選》卷十三謝希逸《月賦》“風篁成韻”。

又“霞城綺建標”。【案】《文選》卷十一孫興公《遊天台山賦》“赤城霞起而建標”。

又“旦暮陰陽變”。【案】《文選》卷二二謝靈運《石壁精舍還湖中作》“昏旦變氣候”。

卷四二

胡嶠《芭蕉詩》“野人無帳幄，愛此緑参差”。【案】《文選》卷二二陸士衡《招隱詩》“密葉成翠幄”。

卷四四

梅遠《築居》“雖在城市傍，而與喧囂隔”。【案】《文選》卷三〇陶淵明《雜詩二首》其二“結廬在人境，而無車馬喧”。

唐鎬《金蓮步》“金陵佳麗不虚傳”。【案】《文選》卷二八謝玄暉《鼓吹曲》“江南佳麗地，金陵帝王州”。

查元方《查公山詩》“大道貴知止，昔賢稱二疏”。【案】《文選》卷二一張景陽《詠史》“達人知止足”。

又“茂先賦鷦鷯，體物知顯晦”。【案】《文選》卷十三張茂先《鷦鷯賦》。

又“平子著歸田”。【案】《文選》卷十五張平子《歸田賦》。

徐鉉《和表弟包穎見寄》“謝眺却吟歸省閣，劉楨猶自卧漳濱”。【案】《文選》卷三〇謝玄暉《始出尚書省》“既通金閨籍”，集注本李善注：“金閨，即金馬門也。謂爲尚書郎也。”（北宋本、尤袤本脱“謂爲尚書郎也”六字）又卷二三劉公幹《贈五官中郎將四首》其二“余嬰沉痼疾，竄身清漳濱”。《全唐詩》卷七五七作包穎《和徐鼎臣見寄》。

李從謙《青青河畔草》。【案】《文選》卷二九《古詩十九首·青青河畔草》。又卷二七《飲馬長城窟行》“青青河邊草”，五臣本作“青青河畔草”。

卷四六

錢惟治《春日登大悲閣二首》其一“玉女窺牖”。【案】《文選》卷十一王文考《魯靈光殿賦》“玉女闚窗而下視”。

卷五三

孫宗閔《愷悌詩·澄俗二章》其二“口含天憲”。【案】《文選》卷五〇范蔚宗《宦者傳論》成句。

卷五五

《趙志集·敬贈張晧兄》“西園追宴喜”。【案】《文選》卷二〇曹子建《公讌詩》“清夜遊西園，飛蓋相追隨”。

又“雲雨俄分散”。【案】《文選》卷二三王仲宣《贈蔡子篤詩》“風流雲散，一别如雨”。又卷二六顔延年《和謝監靈運》“朋好雲雨乖”。

《趙志集·奉酬劉長史》“奇樹有華滋”。【案】《文選》卷二九《古詩十九首·庭中有奇樹》“緑葉發華滋”。

又“遽嗟雲雨别”。【案】見上《敬贈張晧兄》。

《趙志集·仰酬鄭司馬兄秋日望雨見贈之作》“似霧縈丹阜，疑塵颺紫虚”。【案】《文選》卷三〇謝玄暉《觀朝雨》“空濛如薄霧，散漫似輕埃”。

《趙志集·奉酬裴草然秋晚感時見貽之製》“展兹逸驥，握此靈虵”。【案】《文選》卷二四潘正叔《贈河陽詩》“逸驥騰夷路”。卷四二曹子建《與楊德祖書》“人人自謂握靈蛇之珠”。蛇，五臣本作“虵”。

《趙志集·敬和裴草然秋晚感時寄張結之作》“義深潘興，詞均宋悲”。【案】《文選》卷十三潘安仁《秋興賦》。卷三三宋玉《九辯》“悲哉秋之爲氣也”。

又“濫吹連司”。【案】《文選》卷三一江文通《雜體詩·盧中郎感交》“濫吹乖名實”。

《趙志集·敬和徐司馬閑廳晚景之贈》“俄景曖餘暉”。【案】《文選》卷十八成公子安《嘯賦》“于時曜靈俄景，流光濛汜”。又卷三〇陶淵明《詠貧士》“曖曖虚中滅，何時見餘輝”。另卷五八王仲寶《褚淵碑文》“曖有餘暉”，與趙詩字面相同，而文義各異。

又“庭閑諠訟息”。【案】《文選》卷三〇謝靈運《齋中讀書》“虚館絶諍訟”。

又“顧循朽鈍姿”。【案】《文選》卷二七王仲宣《從軍詩五首》其一“願厲朽鈍姿”。此句李善本無，五臣本有。又趙詩“朽”訛作“杇”。

卷五六

無名氏《望嶽》“美物忌芳堅，達人諱明哲”。【案】《文選》卷六〇顔延年《祭屈原文》“物忌堅芳，人諱明潔”。

《五代幽薊人詩》“月明星稀夜，皆欲向南飛”。【案】《文選》卷二七魏武帝《短歌行》“月明星稀，烏鵲南飛”。

《鳳凰峰》“文鳳集南嶽，徘徊孤竹根。於心有不厭，奮翅凌紫雲。豈不曾辛苦，羞與黄雀羣。何時嘗來儀，順於聖明君”。【案】此詩與《文選》卷二三劉公幹《贈從弟三首》其三大同，惟“文鳳”作“鳳凰”，“雲”作“氛”，“曾辛”作“常勤”，“嘗”作“當”，“順於”作“將須”。檢《南嶽總勝集》卷上，稱“古詩曰”，未確指爲唐詩。考《文選》，此實劉楨之作，特後人傳鈔有異文耳，《全唐詩續拾》誤收。

《羅浮山》“雲彩散爲天上綺，日華浮動水中金”。【案】《文選》卷二七謝玄暉《晚登三山還望京邑》“餘霞散成綺”。卷三〇謝玄暉《和徐都曹》“日華川上動”。

卷五七

《顧總見劉楨卒後詩題目曰從駕遊幽麗宫却憶平生西園文會因寄修文府正郎蔡伯喈》“監撫多餘閑，園囿恣遊觀”。【案】《文選序》“余監撫餘閑，居多暇日。歷觀文囿，泛覽辭林”。

附　　録

一、附録條目依南宋淳熙八年尤袤刻李善本卷目篇次排列。

二、篇目後列其所見於《全唐詩》等各書卷次。《全唐詩》僅標卷數。他書則綴簡稱，以相區别。河世寧《全唐詩逸》簡稱“河”，王重民《補全唐詩》簡稱“王《補》”，《補全唐詩拾遺》簡稱“王《拾遺》”，孫望《全唐詩補逸》簡稱“孫”，童養年《全唐詩續補遺》簡稱“童”，陳尚君《全唐詩續拾》簡稱“陳”。

三、《全唐詩》等書一卷之中數引《文選》同一篇目者，僅標一條。

序

昭明太子序　陳五七

卷一

班孟堅《兩都賦序》　四〇八

《西都賦》　四一、二一六、二一八、二二四、二二五、三一九、三七一、三九七、四五〇、五三九、五六七、六〇七

《東都賦》　一九九、二一七、三二七、三六八、四二五、五五一、六四四、七七九

卷二

張平子《西京賦》　四一、二一六、二一九、二二四、三一八、三三六、

三四五、三四九、三五一、三五二、三五四、三九三、四五八、四六三、四六五、四七一、四八四、五二〇、五二一、五三九、五六七、六二三、六四四、六八一、八八一、孫十三、陳三、陳十三

卷三

張平子《東京賦》　三三九、四二五、五九三

卷四

張平子《南都賦》　二一七、三四一、七四六、王《補》、王《拾遺》三
左太沖《三都賦序》　三二四、四〇九、五〇七、七八七、陳二四
《蜀都賦》　一二七、二一六、三四二、四三〇、四七八、五二〇、六一七、七九四

卷五

左太沖《吴都賦》　一三七、二一八、二六六、二九六、三三六、三八七、三九〇、三九三、四〇七、四七五、五〇五、五四一、六二五、六八五、七四六、七五七、七九四、八一六、八四四、八八一、陳二

卷六

左太沖《魏都賦》　五三、八三、二一六、二一七、二一八、七九〇、七九二、七九三

卷七

楊子雲《甘泉賦》　五〇、二二四、三三七、三四三、五六八、七九一
潘安仁《籍田賦》　四四五
司馬長卿《子虛賦》　三五五、八八八

卷八

司馬長卿《上林賦》　二一六、童八

卷九

楊子雲《長楊賦》 三四〇
潘安仁《射雉賦》 二八一、三四三、三九三、五八四、孫四
班叔皮《北征賦》 三七二
曹大家《東征賦》 一四二、一四七、二二七

卷十

潘安仁《西征賦》 二一六、二一七、二三一、三六三、五四一、八八一

卷十一

王仲宣《登樓賦》 一三二、一六〇、一九二、二一六、二一八、二二五、二二八、二二九、二三一、二三三、三五九、三七一、四三一、五〇六、五〇七、五二〇、五三七、五四八、五五八、五六九、五七三、五八六、六〇〇、七四四、八六〇、河下、童七、陳二七
孫興公《遊天台山賦》 一一八、一五九、一六〇、二一六、二二一、二二四、二二九、四三九、四五〇、五三〇、五三八、五四一、六一三、六一四、六二五、六三三、六七二、七五〇、七六一、孫十二、陳四、陳三六
鮑明遠《蕪城賦》 一一一、二五五、二八二、三一六、四五六、五〇六、六九七、七四四、七八七、八〇六、八一六
王文考《魯靈光殿賦》 二一七、四五九、五三七、六九六、陳四六
何平叔《景福殿賦》 一一九

卷十二

木玄虛《海賦》 三四、一九九、二一六、二一九、二七一、三四三、五一〇、六四〇、陳二
郭景純《江賦》 二一六、七一七

卷十三

宋玉《風賦》　二一七、四五九、五四一、五四二、五五八、六二三、七一〇、七五七、七七九、河下

潘安仁《秋興賦》　二二四、二二五、二三〇、三四三、三六二、四三二、四六八、四九九、五〇一、六五九、六六二、六九八、孫十七、陳九、陳五五

謝惠連《雪賦》　一六一、三二八、四五六、四五七、四七一、五一三、五三三、五四一、五四二、六四五、七八五、八一六、孫十九、陳八

謝希逸《月賦》　一三八、二一九、二三〇、二九六、三一六、三一九、三二六、三四三、三六二、四〇三、四二八、四五二、四六二、五〇五、五一〇、五一八、五三七、五四〇、六三九、六八六、六九五、六九九、七〇四、七五七、孫七、孫十一、童四、陳三六

賈誼《鵩鳥賦》　四八、二二二、二六六、三三七、四〇六、五〇六、五一三、五二一、五三五、五三九、五四〇、六一五、六二三、六五六、孫十

禰正平《鸚鵡賦》　二二四、五四一、五四二、孫十三

張茂先《鷦鷯賦》　二一六、二二〇、陳四四

卷十四

顔延年《赭白馬賦》　一六二、二一六、二一七、二二三、二二四、三五二、七八〇、七八二、王《拾遺》三、孫十三

鮑明遠《舞鶴賦》　二二〇、二二四、二二五、三一六、三三二、三七〇、四四〇、四四五、四五一、五三六、五四〇、五五一、五五三、五八八、五九三、六三二、六九〇、七九〇、孫八、孫十一

班孟堅《幽通賦》　八五四、八八一、陳八

卷十五

張平子《思玄賦》　一六二、二二〇、五四〇、七九三、王《拾遺》一、

孫十二

《歸田賦》　二四九、五四八、五六九、陳一、陳十五、陳四四

卷十六

潘安仁《閑居賦》　二二七、二五〇、五三六、五四一、五六五、六六二、七五三、八三九、孫十一、陳一

司馬長卿《長門賦》　二一六、二二七、五三九、六八八、王《補》

向子期《思舊賦》　二二八、三六〇、四五五、四七五、六九〇、八八一、陳四

陸士衡《歎逝賦》　二二〇、二二二、二四六、二八四、三三六、三五五、四四〇、四五一、四七五、八〇六

潘安仁《懷舊賦》　四七五、陳三

《寡婦賦》　七六一

江文通《恨賦》　一五六、二一八、三六二、六七二、八八一、河下、王《拾遺》二

《別賦》　五〇、五二、一五九、二一六、二二三、二二五、二三五、三一七、三六三、四四五、五〇二、五一〇、五二二、五四一、五五九、六二三、六七二、六七六、六八六、六九四、七〇七、七一〇、七一三、七八〇、王《拾遺》二、孫七、童七、童十一、陳十二、陳三三

卷十七

陸士衡《文賦》　二二七、四二二、四二五、四七五、五六六、六一七、六一九、六九八、七八〇、七九四、八一五、陳十四

王子淵《洞簫賦》　河下

傅武仲《舞賦》　一三六、一三八、河上

卷十八

馬季長《長笛賦》　二一九、二三三、五四八、七三一

潘安仁《笙賦》　三四、五九、三三九、七六九、陳二、陳三二

卷十九

卷二〇

卷二一

卷二二

卷二三

卷二四

卷二五

卷二六

卷二七

卷二八

卷二九

卷三〇

卷三一

卷三二

卷三三

卷三四

卷三五

卷三六

卷三七

卷三八

卷三九

卷四〇

卷四一

卷四二

卷四三

卷四四

卷四五

卷四六

卷四七

卷四八

卷四九

卷五〇

卷五一

卷五二

韋弘嗣《博弈論》　孫十七、陳二

卷五三

嵇叔夜《養生論》　七四四
李蕭遠《運命論》　五〇七、五六九

卷五四

劉孝標《辯命論》　陳十五

卷五五

劉孝標《廣絶交論》　二一六、二二四、二二五、二二八、四二五、六四四

卷五六

崔子玉《座右銘》　二二七、童一、陳十六
張孟陽《劍閣銘》　二一八
曹子建《王仲宣誄》　七九四
潘安仁《楊荆州誄》　二一六

卷五七

潘安仁《夏侯常侍誄》　三三七
顔延年《陽給事誄》　四七五

卷五八

王仲寶《褚淵碑文》　陳五五

卷五九

王簡棲《頭陀寺碑文》　二三〇、七六九
沈休文《齊故安陸昭王碑文》　四七一

卷六〇

跋

乙未冬，予始從劉躍進先生治《文選》，傳世諸本，得加泛覽。己亥秋，通閲《全唐詩》，遇字句因襲點化《昭選》者，略識書眉。時檢别集箋注之本，以相參閲，每見其引典不確，心有慊然。又念證《選》之作，限於數家，遠未稱備。臨淵有歎，退而結網，屏除塵雜，專意於斯。浮籤别紙，所積漸多，裒然成帙，録爲一編。今年夏，復加勘益，寫爲定本。此編不牽物役，不受促迫，乃一時興到之作。夫流觀會意，栗里懷欣；僻處著書，瓊州爲樂。若有同好，談藝可資。今將付剞劂，爰述成書顛末。時辛丑六月。